ブラジル日本人作家
松井太郎小説選・続

遠い声

著＝松井太郎

編＝西成彦／細川周平

松籟社

遠い声――ブラジル日本人作家　松井太郎小説選・続　目次

・本書は、私家版『松井太郎作品集』を底本とした。
・読者の便宜のため、著者の了解のもと、表記の統一を行い、一部の表現を改めた。ただし、関西方言の名残りと思われる「行かす」(=行かせる)、「なぜる」(=撫でる)などには、編者との協議により、手を加えなかった。標準語との接触の少ないブラジル日本語の特徴の一端があらわれていると考えたからである。
・今日の観点から見て不適切な表現が含まれているが、本書所収の各作品が執筆された状況に鑑み、訂正を施していない。
・本書中の挿画はすべて著者による。

(編集部)

ある移民の生涯

久しぶりにサンパウロに出てきた従弟と四方山話の末、奥地にいた時分将棋友達で親しくしていた床屋のことを尋ねてみた。一風変わった好人物で独り暮らしをしていた。私がなつかしむと従弟は、

「おやじさん、昨年の夏ぽっくり死んだよ。六十二、三だったかな」

と事もなげに言い、煙草に火をつけた。

「元気のいい人だったがな」

「卒中だそうだ。近所が寄って葬式を出したし、墓石も建てたようだ。おやじさん、少しは貯めていたんだな」

私が何となく物思いに沈んでいると、従弟は大きなあくびを一つして、話の切れ目をさいわいと、旅疲れもあってか、あてがわれた部屋に引っ込んでしまった。

もう四、五年も前になるだろうか、所用でX市に出かけたことがあった。都合で一汽車おくれて戻った。オニブス〔乗合バス〕は出たあとで、悪いことに大雨になってきた。やっと探し当てたタクシーの運転手は、肩をすぼめて御免こうむりたいという始末で、家まで二十キロも歩くわけにはいかず、田舎町の一軒しかない南京虫のいるペンソン〔商人宿〕に泊まることにした。その夜は眠れそうにもないので、食後、卓から離れず所在なさに煙草をふかしていると、ひょっこり床屋が顔をだした。彼はここの一部屋を借りていたのだった。

「どうも聞いたことのある声だと思ったら貴方でしたか。いよいよムダンサ〔居転〕も近づきましたな、永らくご贔屓《ひいき》になりましたのに残念でございます。お別れに一献《いっこん》さし上げたいと考えておりました。今宵

ちょうどよい機会といっては失礼になりますが、私におごらせて下さい」

と言って、女中に命じてビール瓶を並べさせた。酒に話がはずんでノロエステ〔サンパウロ州北西部〕A植民地時代の昔話となった。すると床屋は、

「若い時分S耕地の分譲地にいたことがあります。御地とはつい目と鼻の先でしたな。あそこでは一生忘れることの出来ない思い出があります。貴方がサンパウロへ行かれるとすると、今夜を外にもうゆっくりと話しあうことも多分ありますまい。今まで誰にも話したことはありませんが、私の身の上を聞いて下さい」

と言って次のような話をした。

私は四国生まれの者で、十二才のとき故国で食いつめた両親に連れられてこの国に参りました。もう四十年近くなりますか、モジアナを振り出しに人気の好い土地を求めて、サンパウロ州各地のあちこちを歩きまわりましたが、これという好《よ》い芽も出ませんうちに、両親とも死にまして、兄夫婦とS村で綿作りをしていたことがあります。

私はもう二十才を越していましたが、あれは何年頃でしたか、コーヒーの不況に引きかえ思わぬ綿の高値に夢にも見ないような大金が手に入った年があります。その年の収穫期の終わったころ、兄の知人で大石という者が家族をつれて、歩合作でもよいから土地を世話してくれと、三角ミナス〔ミナスジェライス州の一地方〕から転がりこんできました。昔から法螺ふきの千三屋《せんみつや》で通っていましたが、あちこち放浪しているうちに、大酒は飲むし、借金を踏み倒して夜逃げはする、人柄がすっかり変わったと兄は言っていましたが、モジア

ナ時代の古い友人をすげなく断るわけにもいかず、心やすい地主の処へ世話をしました。大石の家族は十八の娘を頭に小さい者たちが大勢いました。その娘は十年前モジアナの耕地にいた時分は隣どうしでしたので、移ってきた日、ひと目みて珠江さんだとすぐ分かりました。首をかしげてにっこり微笑する仕草などに、幼い頃の面影が残っていました。

あの頃はよく連れだって製粉場へフバ〔トウモロコシの粉〕を取りにいったものです。いつか支配人宅の庭へ垣根の破れから潜り込み、ジャボチカバ〔フトモモ科キブドウ属〕を取った時のことなど忘れません。古色蒼然とした太い幹や枝から、じかにぶつぶつ吹き出した紫の玉をもぎとって、唇にあてて指で押すと、核をつつんだ白い果肉がつるりと口に滑りこみ、すこし酸味がかった甘さが口一杯に広がります。口のあたりを紫に染めて夢中に食ってると、俄かに起きる番犬の吠える声に慌てて逃げ出したことなどありました。

引っ越し荷物の手伝いに行って、美しい娘になった珠江さんとは、言葉も交わさず私も照れくさい思いで、別にどうということもありませなんだ。

その年の暮れも近くなったある日のことでした。頼まれた噴霧器を届けに大石の家に行き、ついでに畑の方に回ってみました。雨上がり後の涼しい微風が吹いて、棉《わた》の葉は白い裏を返しながら、波のうねるように広い畑を渡っていきます。娘は脇芽つみをしていましたが、私を見て畦道まで出てきました。ふと目をやると襟首のところに大きな毛虫が這っています。タツラナという百姓の恐れる毒虫です。

「毛虫がついているから、取ってあげよう」

と言う私に、若い娘などは総じて毛虫などには怖じ気をふるうものですから、びっくりするほど私に寄り添ってきて、身を固くしていました。わけもなく虫を払い落として刺されなかった安心よりも、若い異性をこんなに身近く感じたことのない私は、胸の苦しくなるほど心臓の高鳴るのをおぼえました。彼女も同じだったのでしょうか、顔を燃えるように赤くして逃げるように行ってしまいました。それから時々は会うようになり、親しさもまして冗談など言える仲になりました。

雨もよいの生暖かいサン・ジョン〔聖ヨハネ祭 六月下旬〕の宵宮でした。雲ひとつない晴れ上がった天気なのに遠く西の空でしきりに稲妻が走っています。今夜は下のセバスチョンの家で踊りがあるとかで、人々の出入りがあってなんとなくざわついています。犬どもの鳴き声に、人の叱る声、笑う声など入りまじって賑やかです。時々びっくりするほどの花火の弾ける音がします。私は大石の家に寄って珠江さん、すぐ弟の信吾らを誘って踊りを見物に出かけました。脱穀場に作ったテント張りの会場は広いばかりで、所どころに吊り下げたランプは黒い油煙でホヤを煙らせ、少しも明るくありません。私たちは入口に近い隅に席をとりました。これほどの人たちが何処から来るのかと思うほど、賑やかにぞろぞろと入ってきます。安香水を匂わせ、めかしたてた女たちが、気取った格好で入ってきては服をすこし腰のあたりでつまみ上げ、思いおもいの席に着きます。男どもは今夜を待っていたとばかり、一張羅を着こみ派手なネクタイをきゅうくつそうに猪首にしめ、くわえ煙草で入ってきては、馴染みを探し出して割り込んでゆきます。

「シッコが来た」

誰かの大声に、出入り口に目をやると、シッコの一団が手風琴〔アコーディオン〕、ビオロン〔ギター〕、笛、太鼓などの楽器をたずさえて賑やかに乗り込んできました。彼らは会場の真ん中に陣取り、めいめいに音じめを調整していましたが、まず手風琴が鳴りだしました。鄙《ひな》びた曲の単調な繰り返しですが、聞いているうちにしぜんと腹の底から、音楽のリズムに乗って行くような力があります。煽情的な音曲の高調するにつれて、熱い血のたぎりやすいこの国の男女は、もう夢中になって踊り狂っています。私は踊りの輪を見ていますと型はごく簡単に思われたので、

「珠江さん、組んで踊らないか」

と誘いましたが、なんだか恥ずかしそうにしているので、無理に手をとって出ようとすると、曲は急にやんで人びとはそれぞれの席に散ってゆきます。私は仕方なく腰を下ろしましたが、彼女の手は握ったままでした。親しそうに踊った一組は恋仲なのか、手に手をとって共に座っています。なかには女の腰を抱えこむようにし、何かささやいては笑いあっている連中もあります。私は時々流し目で珠江さんの顔を盗み見しました。彼女はうつむいたまま赤くなっていましたが、べつに嫌がって手を引っこめようとはしません。私は嬉しくなって、たわいのないことですが、握った手に力を込めたものです。

ややしばらく休みがあって、また演奏が始まりました。この度は穏やかなリズムで、足を滑らすようにして踊りながらくるりくるりと回ります。それは前の荒っぽいのに比べると、やや混み入っていて踊り方を理解しないと踊れません。けれども私は珠江さんと共に座って、女のやわらかな手にふれる機会に恵まれたのですから、充分に満足でした。

入れ替わり立ち替わり夢中に踊り狂う彼らの気分は、ようやく高調してきたようです。どうせ踊り明かすつもりの彼らには、まだ宵の口ですが、私たちはそう遅くまでいるわけにもいかないので、焚き火を囲んで焼き芋で騒いでいる子供たちを呼んで、帰ることにしました。大石の子供らは歓声をあげて走って行きます。信吾も行ってしまったのか、辺りには見えません。いつの間にか雲の出た夜空は星も消えて、時

どき雲の中で稲妻が光ります、二人ならんで夜道を歩いていると、私はしだいに胸苦しくなってきました。

その時、自分ながら何を言ったのか譫言《うわごと》のようなことを口走って、珠江さんに抱きついたのです。彼女は驚き、両手をつっぱりましたが、もちろん男の力には敵いません。私は女の首をかきこみ、強く幾度となく唇を吸いました。濃い闇は私たちを包み、鳴く地虫のかすかな声がよけいに静寂を深めます。この一刻、広い天地に生きている者は私たちだけだと感じた時の、あの高い情熱を生きただけでも――お笑いください――この世に生を享けた甲斐はあったというものです。

その年の収穫期の終わった頃、珠江さんに縁談が持ち上がりました。話を持ってきたのは大石のパトロンとのことで、彼女の父はたいへん乗り気らしいと、夕食後、何も知らない兄はありふれた世間の噂として話題にしたのですが、私は気が気ではありません。翌日用事をつくって大石の家を訪ね、隙を見て珠江さんにただしましたところ、

「前に、母さんからちょっとそんな話はあったけど、まだ早いといって、断っておいたの」

「それでも、あなたのお父さんはたいへん乗り気と聞いた。相手は隣村の望月さんだろう。あそこは金持ちだしなあ」

「わたしは貴方のほかは誰にも嫁《とつ》がない。父さんの話は断るから」

と私を有頂天にさせるような殺し文句を言うものですから、一応安心して帰りましたが、また心配になってきました。頼りになるのは彼女の決心だけですが、一筋縄ではいかない親父さんの事を考えると、はなはだ心もとない次第なので、珠江さんもあんなに言ったのだからと浅い考えで、嫂《あによめ》に大石の娘を貰っ

てくれるように兄に言ってくれ、と頼むと、

「新さんもなかなか隅におけんのね。でもねえ、珠江さんには望月さんから話がかかっているのよ」

と笑って相手にしてくれません。私はむきになって、どうしても兄に頼んでくれと言い張りました。その日の夕食後、兄は難しい顔で、

「新次、珠江さんは諦めるほうがいいぞ、望月さんが先口だからな」

「でも、望月さんは断られるよ」

私は一縷の望みをかけて答えました。

「お前、どこから知ったのか。親父さん、もう結納金をもらっているぞ。お前の気持ちは分からんこともないが、この度は諦めろ。珠江さんだけが娘じゃない、お前がその気になれば、俺がええ娘さがしてやる」

条理のかなった兄の言葉にいつもなら納得する私も、これだけは承知するわけにはいきませんでした。兄と私とはだいぶん年が違います。考え深くて思慮に富んだ兄には親しみをいだき、敬愛もしていましたが、今の兄の言葉はどうしても私の気持ちにおさまりません。――珠江さんは駄目だから、他の娘にせい――と言う兄には、珠江さんは他の娘たちと同じなのです。けれども私には珠江さんでなくてはならない。堰《せ》かれた恋ほど燃え上がると言われますが、もし彼女が他の男に嫁ぐような事になれば、まこと、私は生きているつもりはありませんでした。

私は信吾に青年会の用があるからと言って、姉さんを呼んでもらいました。彼女は不安そうな暗い表情で、ちらっと私の顔を見てうつむいたままです。

「珠江さん、君のお父さんはもう結納を受けたというではないか」

と責めるようなことを言いましたが、彼女は黙っていて何の返事もしません。私は震える両手を珠江さんの肩に置き、

「逃げよう、明日朝早く呼びにくるから」

いま思い切った事をしなければ、世の習慣におされて、ついには女を見も知らぬ男に取られると考えたのです。彼女には複雑な思いが湧いたのでしょう。目にいっぱいの涙をためて、私をじっと見つめてからうなずくと、身をひるがえして走り去って行きました。

そういう訳で二人は駆け落ちをしました。追っ手をおそれて間道づたいに、三十キロもあるC町に着いたときは、夕闇が低い家並の軒にからみ、蝙蝠《こうもり》がひらひらと飛び交わしています。線路わきのわびしいイタリア人のペンソンに一夜の宿を求めました。夕食後あてがわれた小部屋に入ると、何となく不安の念が雲のように湧いてきて、廊下を歩く人の足音さえ追っ手ではないかと、じっと耐えているのが苦痛でした。この度の行動は、深く考えて前から計画していたものではないので、私の懐中には五十ミルレース〔当時の貨幣単位〕ばかりしかありません。これではいくら物価の安かった時分でも、二日と泊まることはできないので、明朝一番の汽車でB市の近くにいる遠戚の者をたずねることにしました。それでいくらか不安も消えましたが、離れて寝台に腰かけている珠江さんはうなだれて物思いに沈んでいます。長女ではあり、家思いの彼女にしては無理もないことです。私は気の毒になって、

「何も心配することはないよ」

と寄り添い、彼女の手を取りなぐさめました。

「新さん、いつまでも可愛がって」

彼女は真実、情のこもった表情で、私の手を取り自分の胸のふくらみにひたと押し当てます。日ごろ慎み深い彼女の大胆な愛情のしぐさに、私の情欲は火をよんで燃えあがり、彼女を引き寄せて抱き、――珠江は俺の女だ、どんなことになっても、誰にも渡すものか――と自分の愛情を確かめるように、骨も砕けよとばかり珠江を抱きしめました。

年甲斐もなくつまらぬことをお聞かせしましたが、先をお話しいたしましょう。


翌朝一番の汽車でB市にゆくつもりで、改札口から歩廊に出ますと、出会い頭に兄に見つかりました。失敗《しくじ》ったと身もすくむ思いでしたが、いまさら逃げ出すわけにもいかず、どうなる事かと不安のまま立っていますと、兄はつかつかとやってきて、

「何処まで行くつもりだ」

と気も急《せ》いたふうに尋ねるので、

「岡田のところで、とうぶん世話になる」

私は遠戚の者の名を知らしました。

「早く出よう、汽車もオニブスも危ない。タクシーで行け」

この時、はじめて兄は私たちの味方だと分かったのです。私のかげで小さくなっている珠江に、

「珠江さん、心配することはない。お父さんと話し合ってみよう」

と優しくいたわる兄の態度に、ようやく私も安心して、兄に導かれて駅を出ました。走り去る車のなか

で、――ああ、やっぱり血を分けた兄弟だ。世の中でたった一人の味方だ――と思えば、私もつい瞼が熱くなりました。

その後、一ヶ月も経った頃、兄は私たちを訪ねてきました。私たちの駆け落ち以後の事情を、笑って話してくれましたが、やはり世評などで心痛しているのは隠されず、それが顔に出ています。

娘のいなくなった日、大石は前からうすうすは感じていたらしく、家に怒鳴りこむなりフォイセ〔長柄の鎌〕を庭に突き立て、ピンガ〔火酒〕でいきりたち、

「お前、新次とぐるになって、うちの娘を騙して逃がしたのだろう」

などと喚くのですが、兄はなんだか訳が分からなかったそうです。まさかと思ったが、嫂に言って、掛け出しになっている私の部屋の戸を開けてみて、もぬけのからなのに驚き、二人に知らしたので、大石も兄が事情を知っていて逃がしたのではないと、しぶしぶ承知したのですが、

「あいつらの隠れ処は知っているはずだ」

とその後もしつこく探りに来たそうです。

「新次の奴、俺の顔に泥をかけやがって、あいつ殺しても足らん。見ておれ、俺の目の黒いうちは絶対許さんからな」

などと兄にも息まき、村中に吹聴して歩いたと言います。なかには面白がって大石をからかう者もいたそうですが、何といっても兄に迷惑をかけたのは悔いとして残りました。混み入った経緯の後、大石の家族はパラナ州へ移って行きました。彼らの移転の前の日、珠江のすぐ下の信吾が兄を訪ねてきたそうです。

「おじさん、姉さんの居所知らないか」

兄は訊かれたので、

「お父さんから尋ねてこいと言われたか」

「いや、隠れて来た。母さんから、これ姉さんのだから、小林さんに届けておいでと言われてきた」

少年は兄に新しい腕時計を差し出した。珠江が逃げ出すとき、忘れていった物です。兄は受けとってから、

「折があったら姉さんに渡そう。居所は分かっているので心配はない。当分は知らんことにしといてくれ」

「お母さんも言っていた、父さんは分からず屋だと。おれ、姉さんや新次兄さんが好きなんだ」

という信吾に、兄もついほろりとさせられたそうです。大石の家族が出発して、私らが兄の許に戻った日、時計を珠江に渡して兄はこの話をしたのです。妻は泣いていました。

私どもで大石との騒ぎがあって、村の居心地もよくないので、兄はこの際思いきって百姓はやめて、サンパウロに出てみようと言います。私は百姓を続けるつもりでしたから、その頃売り出されていたX土地会社の分譲地に移ることにしました。これが兄弟の最後の別れになるとは夢にも思いません。都会に出た兄は既製服の下請けの仕事にありついたと、便りがあったので安心していましたが、半年も経たぬうちに交通事故で死んだとの電報が来ました。しかし、その電報は一ヶ月も郵便局に放ってあったので、兄の葬式にも間に合いませんでした。私はその頃、旅行できない事情があって、速達の手紙を送っておいたのですが、返事はありません。しばらくたって嫂の父から書状が来て、嫂は実家に帰っていることが分かりました。二人の間には子供がなかったので、たぶん再婚したと思われますが、達者でおればもう六十は越え

ているはずです。

ああ、そうでしたか。本街道へ出る分かれ道の近くに住んでおられましたか、あそこには確か居酒屋があって、太い棉が一本茂っていました。そういえばヘチマ棚のある木皮葺きの農家がありました。あれからでも分譲地までは十五キロはありました。そこには無人の案内小屋があるばかりで、私のロッテ〔区画〕まではまだ五キロはありましたでしょうか、それでもところどころ伐採した処もあって、そこには早くも邦人が住んでいました。案内者が――お前の土地はここだ――と言って、地面に打ち込んである棒杭を示します。

昼でもなお暗く、涼気を呼ぶ鬱蒼と茂った原始林のど真中に放り出されたのですから、気負いたっていた私も唖然となりました。会社の馬方は荷物を降ろすなり、こんな処に長居は無用とばかり、車をまわして密林の間道に消えていきます。私は妻が怖じけないかと心配でしたが、彼女はだまって荷物などを分けているので安心しました。

その夜は俄か作りのテントを張り、焚き火を絶やさず一夜を明かしました。翌日はさっそく伐採にかかりました。はじめての斧でふた抱えもあるペローバ〔キョウチクトウ科〕の大木に打ち込みます。と、一撃ごとに澄んだ山彦が響き、しだいに斧が食い込むにつれて、幹の芯まで赤い口をあけていき、梢がかすかに震えだすと、大きな幹が傾くとみるまに、ごおっと風を呼んで地響き立てて倒れます。まず家を建てる敷地を伐り開いて仮住居をつくり、井戸を掘り、三域〔一域は一アルケール。二町五反、約二・四ヘクタールに当る〕の伐採が終わった頃は、七月も終わりに近く乾期の末でした。

よく晴れた無風の日、隣の人たちの応援を得て山に火を入れました。私は伐採地の真ん中まで入っていき火を放ちますと、連日の日照り続きでよく乾いた枯葉はぱっと燃え上がり、黒い煙の柱が空に立ち上がります。上がる煙を合図に、助勢の人たちが火道に沿って火をつけていくと、たちまち起きる風に勢いを得た火の手は、乾いた下草に燃え移り、火炎に乗った幾千の木の葉は火粉となって舞い上がります。つのる風にますます勢いを得た火勢は五メートルもの高さに立ちのぼり、火は風をよび、風は火をあおりたてて、すさまじい音をたてながら全てを舐め尽くしてゆきます。

ところどころ伐り残した椰子が、立ちのぼる熱気のなかで総毛立ちになって揺れているうちに、一瞬、青葉は火の玉となり、渦巻く黒煙のかなた、一本の棒になって見え隠れするうちに、四方から迫った火勢が一点に合して、ひときわ高く燃え上がった後は火も急に衰え、風も落ちて山焼きは終わりました。

その夜、荒削りの食卓を囲んで、男たちは祝宴を張りました。卓上にはピンガの瓶が並び、大皿には若鶏の刺身が盛られ、酢味噌和えの椰子の芽も出ています。半日の火にほてった顔に酒がまわって、それぞれ一癖ありそうな人々の面構えは、赤鬼のように吐く気炎も盛んなもので、親分格の山城さんは私をおだてあげ、

「小林、おめえは幸先がいいぞ、きょうの山焼きはよく焼けたからな。やっぱり奇麗なかかあ持っとる奴は運もええ。ここは米がよく出来るで、一域二百俵は太鼓判だ。そのうちコーヒー樹は育つ。ここでは内地のように小作の子は一生、小作じゃねえ、一国一城の主だ。しかし恐いもの知らずの殿さまになってもいかんがな」

身ぶりおかしく話せば、わっとあがる笑い声に、山奥の五軒家とは思えぬほどの賑やかさで、これでは

まるで深い森の中の鬼の酒盛りです。

目を覚ますと粗壁の隙間から夜が白んできます。珠江は起き出して台所でコーヒーを漉《こ》しているのか、香ばしい匂いが漂っています。渋い目をこすりながら外に出ると、しっとりと夜霧にぬれた原始林は、水蒸気が樹々の間にたちこめて、まだ目覚めないといった様子です。それでも早起きの小鳥たちのかしましいほど嬉々としたさえずり、きつつきのコンコンと木をつつく乾いた音。朝の食事をすますと、私は斧を担いで開拓地へ出かけます。雨が降るまでに植えつけの邪魔になる小枝は払っておきたいし、コーヒーの種をまく穴も掘っておきたい。心は急く一方でした。焼け跡の一日の労働がすんで、森の彼方に沈む夕陽を見ながら帰路につく私どもは、顔も手も、炭と灰で真っ黒なのを互いに笑い合ったものです。

ドラム缶の野風呂でひと浴び汗を流し、よい湯かげんにつかっていると、とろけるような疲労からの解放があって、夕食後ごろりと板敷きの寝台に転がれば、あとはすぐに白河夜舟です。ある夜のこと、何となく家の外が騒がしいので、目をさますと、豚小屋で何かあるようです。

「おい、オンサ〔豹〕が来とるぞ」

と言って妻を起こしました。珠江は恐がってしがみついてきます。私は愛蔵のカラビーナ〔ライフル銃〕の筒口を壁の割れ目から突き出し、見えない的に向かって一発、また一発と放ちました。翌朝起きてみると、大事に飼っていた孕み豚は影も形もありません。

九月に入って雨期の前ぶれの慈雨が、じっくりと大地をうるおしてくれました。朝早くから細雨に曇る開墾地に、播種機を使って米まきです。流れる灰色の雲のすきまからもうかなり昇っている太陽が白くすけて見えたかと思うと、すぐに厚い雲層のなかに消えます。シャツが汗ばみ空腹をおぼえる頃、妻は水樽に弁当をさげてきました。切り倒した丸太にまたがり、ガツガツ食っている私を妻はぼんやりと見ているので、

「おまえ、食わんのか」

私がきくと、

「吐き気がして、食べたくないの。あなた、どうも悪阻《つわり》らしいわ」

と妻ははにかんでいます。近ごろ少しやつれたと思っていたから、そうだったのかと合点はいったものの、嬉しいような、ちょっと早すぎたかなという、男の自分勝手な気持ちを持てあまして、妻に笑いかけましたが、苦しい今の境遇や生まれてくる子供のことなど考えると、しぜんと顔のすじのこわばるのを、どうしようもありませんでした。

降りに降った雨期もようやく明ける頃、コーヒーの若木の世話から帰ると、妻は寒気がすると言って夕餉の支度もせずに伏せっていました。二、三日前から体調をくずしたのを知って、普通の身ではないので休ませておいたのです。

妻はがたがたと震えていて、寒いから有るだけの着物を重ねてほしいと言うので、額に手をやりますと、燃えるような熱ですが、薬といってもアスピリンぐらいなものです。そのうち、発汗して熱はなくなりました。私は強いて風邪だろうと思い、妻にもそのように言ったものです。ところが日ならずして私も寝込んでしまいました。

四十度近くの熱が出て発作がおわると、日ごろ疲れを知らない私でも、ぐったりと体から力が抜けてし

まいます。月一回の町への便に、薬を頼みに山城さんのところへ行って知ったことは、どの家族にも一人、二人の病人が出ているということでした。

妻の発作は軽いのに、いつまでも後をひき、はっきりしません。しだいに目立ってきた大きな腹をかかえ、肩で息をしながら家事をしています。私にも発作は来るのですが、仕事には出ていました。その内にマラリアの奴の出方も分かってきて、熱の出る頃を見計らって家に帰り、布団をかぶっていると案の定、ガタガタと歯が鳴り、身体は震え出します。こんな仕儀で野良仕事は遅れるいっぽうです。早蒔きの稲はもう刈り時だし、コーヒー苗の手入れもしたいし、心は急くばかりで、一日も早く籾を収穫して、薬や滋養物を求めたいと思ったものです。

どうも妻の容体は思わしくなく、黄疸が出て体じゅうが黄色くなりました。熱があって入浴はやめていたのですが、久しぶりに湯をたてて妻を入れ、背中を流してやりました。太く肥えていた腿も干鱈のように痩せて、異様に目立つ腹をかかえ妻は黙って座り、私のなすままにしています。細い首筋に絡むおくれ毛もわびしく頼りない様子です。

「きついか」

「これで、さっぱりしたわ」

「明日、町へ行こう」

私は妻のことが気にかかっており、何とかせねばならないと思いつつも、貧しい財布の底を見てためらっていたのですが、町の仲買人から前借ができると聞いて出かけることにしました。

翌日朝早く妻を連れて隣の山城さんまで出かけ、頼んで馬車を出してもらいました。医者に診てもらい、帰路についたのは昼過ぎでした。途中で夕立にあい私たちはずぶぬれになり、低湿地の道では難儀でした。深くえぐれた轍《わだち》に車輪はめりこみ、ねばり強い騾馬が懸命に曳いても輪は沈むばかりで車軸が泥についてしまいます。私たちは車からおりて、男二人が荷台を持ち上げ、馬をはげまして、やっと難所を通り抜けました。

帰宅してから妻は寝ついてしまいました。私も昨日雨にぬれたためか気分はすぐれませんが、刈り時の稲を放っておくわけにはいかず畑に出ました。夕方帰ってくると妻は下腹の痛みを訴えます。出産予定日にはまだ二ヶ月もあるのですが、とにかく自分一人ではどうしようもないので、夕暮れの山の中を走って、山城の婆さんを頼んできました。眠れない一夜が明けましたが、まだ生まれません。私は婆さんに任したものの、どうも不安でじっとしておれません。湯は沸いているし、必要な品はそろえてあったので、私はすることもなく家のまわりをうろつくばかりです。かすかなうめき声がもれ、婆さんの励ます声がします。

「新次、ちょっと来なせい」

婆さんが呼ぶので、私はもう生まれたのかと部屋に入りました。座った婆さんの肩ごしに見たものは、下半身むきだしにして膝をたて股を広げた妻の姿です。濡れた陰毛を割って白い塊がはみ出しています。

「逆子じゃでのう、出にくいわ。奥さんの頭のほうで力になってや」

私は寝台に上がりこみ妻の頭を膝にのせ、両手をしっかりと握らせました。婆さんのかけ声に妻は歯をくいしばっていきみます。

「それ、もうひときばりや」

生まれ出る子を手で受けるようにして励まします。妻が額に玉の汗をかいて、いちだんと叫び声をあげた時、

「ああ、生まれた。良かった」

と婆さんが言ったのには、別の意味があったのです。私を見て老婆は首を横に振りました。出生児は泣きもせず、ぐったりとなって色が変わっていました。妻は薄目をあけて、

「赤ん坊は――」

と聞きますから、私も辛かったが、首を振りました。妻はがっくりと虚脱したようになって、目に恨みをこめて私を見つめました。ハンカチで彼女の額の汗をふきながら罰せられている気持ちでした。

「のう、珠江さん、気をしっかりもつんやで」

婆さんは死児のへその緒を切り、小さな着物を着せ、北枕にして別に寝かしました。そして訳あるらしく、そっと私を呼び、

「後産は出たがな、出血がひどいもんな、おらもこんなの知らん。医者に来てもらったほうが良いぞな」

「来てくれるだろうか、道はひどいしな」

「正男を馬でやろう。農場から車で走ってもらおう」

私がすぐ行こうとすると、婆さんは、

「お前は病人から離れるでねえ」

そう言い残すと、小走りに森の中に消えて行きました。

婆さんの慌て方から、私の不安は募る一方です。家に入り、妻の様子を見ると、静かな寝息なので、ひとまず安心し、産後に心配がないようなら、明日にでも馬で死児の埋葬に町へ行こうと考えました。婆さんは近くの新垣さん、太田さんを連れてきてくれ、すぐに石油箱をこわして小さな棺つくりにかかります。何かと道具など、私がそろえていると、窓から婆さんが顔を出して、ちょっと来いと目で知らせてきたので、急いで行くと、

「お前は珠江さんの側から離れたらいかん。これを見なせい」

婆さんは青い顔をして、バーニャ〔脂豚〕の空き缶を傾けて見せます。缶の底には両の手のひらに余るほどの血のこごりが、寒天のように震えています。私が急いで妻の横に駆けつけてみると、病人は小刻みに体をゆすり、

「寒い」

と訴えるので、手足にさわってみると氷のようです。熱い湯を瓶につめ、布でまいて足の裏にあて、蜂蜜を湯にといて血の気のうせた唇に、すこしずつ流しこんでやりました。突然妻がむっくり起き上がろうとするので、私はあわてて肩をおさえ、

「珠江、動くと悪いから」

「苦しい」

と妻は私の手を払いのけ、寝返りをうって、板敷きの床の前や後ろに布団まで蹴って転がるので、あらわになった下半身いちめん血だらけです。あまりの事態に仰天した私は大声を出したので、駆けつけてきた婆さんも病人の急変になす術もありませんでした。しっかりと握った妻の手に痙攣が走り、顔にはもう

死相が出てきました。このまま医者にも診せず見殺しにするかと思えば、胸がせまって無念の涙が頬を流れました。引きついで強い引きつけが起こり、体を弓のように反らして、

「ああっ」

苦しそうに短い叫び声をあげたので、私は狂気のようになって、妻の名を呼び続けましたが、もうなんの反応もなく、痙攣のおさまりと共に息を引き取りました。


馬の蹄の音が遠くから響いてきました。

「正男が戻ってきたな」

婆さんが窓から見ていると、彼は開拓地をいっさんに駆け抜けて庭に入り、汗みずくになった馬から降りて、

「ドトール〔医者〕はすぐ来るよ。車が泥道でつかえ、牛でひっぱりあげるのに暇どった」

「遅かったわい。小母さん、とうとうこんなことになってしもうて。いっぺんに二つの葬式とはなあ」

日ごろ、妻を自分の娘のように可愛がってくれた山城の婆さんも声をあげて亡妻の上に泣き伏しました。

翌日、早く、本部から二頭立ての馬車が来ました。

「もうお別れや、みんな焼香してや」

山城さんの声に隣の人々が形ばかりの焼香をすまし、私の番になりました。妻は青みをおびた蠟色の顔を粗末な棺のなかに沈めて、一夜たっただけでもう別のものになっています。その顔はもう喜びに笑わ

ず、悲しみに泣かず、寂しがらない。これで永劫の離別になるかと思えば、人々の手前こらえにこらえていたのですが、いまはもう愛惜の情が堪えがたくなり、棺にしがみつきました。

「小林、あんまり泣いては仏に悪い」

山城さんは私の手を取って別の部屋につれていってくれました。馬方の叫ぶ声に鞭が鳴り、鎖のすれる音、車輪のきしむ音、馬車は出た模様です。婆さんが妻の使っていた皿を戸口に叩きつけたのか、乾いたあの響きは私の胸に突き刺さり、永らく忘れることができませんでした。

何か悪意のある見えない力が、私を責めさいなんでいると思いました。ここ一年ほどのうちに兄と妻と子とつづいた三つの死は、どう考えても不条理に思われるのでした。私の体の衰えに、マラリアの病勢は進んでいるようです。――今度は俺の番だ、さあ殺してくれ――と捨て鉢の気持ちでごろごろしていると、皮肉にもしだいに快方に向かっていきました。

落雷に打たれた生木のように、真二つに裂けたここの暮らしを、私はもう続けることは出来ません。苦労して植えつけたコーヒー樹も、初年度入金も土地代も、私にはもう意味がなくなりました。稲は収穫して金にかえ、家を出る日、着替えをトランクに詰め、壁の銃をはずして肩にかけ、家の中を見渡しました。炊事器具とわずかばかしの農具があるばかり、妻の亡くなったあとの住まいは、鬼気せまるほど寂として物音一つしません。私は戸口を閉めて家をあとにしました。山城さんの家に寄って正男に銃を贈り、婆さんに礼を述べ、後ろ髪を引かれる思いで分譲地を去りました。

途中、サンタ・セシリアの町に寄って妻の墓に参りました。小高い丘の上の共同墓地はひっそりとして人影もありません。赤土の肌も新しい土饅頭に木の十字架が立っています。供花は枯れすぼみ、燃えつきた蠟は流れて白く土にこびりつき、盛り土には罅《ひび》が走っています。この下に妻が埋まっていて土に帰ってゆくのかと思うと、過ぎ去った日々の楽しみの数々が幻のように去来して、そのままたたずんでいると、後ろから足音がして墓守りが脇に立ちました。幾らかの心付けを渡して、折々の手入れを頼み、尽きぬ心を残して立ち去りました。

それからは色々な事をしました。呉服屋の売り子から、仲買いの手先、鍛冶屋にいたこともあります。気が向けば一年か二年、嫌になれば十日で出たところもあります。そのうち、戦争でやかましくなり、ひょんなことから将棋の縁で床屋の親方に知られ、私も三十近くでしたが、弟子の格好で居ついてしまいました。この商売もその時習ったもので、そう気ままに出歩いたり出来ない時分でしたので、つい五年ものあいだ床屋にいました。戦争が終わると変な噂が流れ、親方は勝ち負け〔勝ち組・負け組の抗争のこと〕で店をあける日が多く、しぜんと私が店を守るようになりました。

そんな折、親方は二日家に帰ってきませんでした。今までそんな事はなかったので心配していると、見知らぬ人が来て、親方は警察の留置場にいると知らされました。おかみさんはあれほど言っておいたのにと、ただおろおろするばかりです。親方はだいそれた事をする人じゃないからと慰め、隣の町の警察まで面会にやりました。帰ってきておかみさんの言うのには、大勢で集合している所へ警官に踏み込まれ、そのまま拘引されたとのことです。そんな訳で私が親方がわりになって商売を続けました。一ヶ月たちましたが釈放される見込みはありません。おかみさんは目を泣きはらして面会から戻ると、
「どうも島送りになるらしい。ここや健坊はどうなるんかしら」

と訴えますから、気の毒になって、

「おかみさん、親方が帰ってくるまで何年でもいてあげますよ」

私の言葉にようやく安心したもようです。日ごろ、私によくなついている健坊のためにも、一肌脱ぐつもりで仕事に精を出したので、親方のいた時よりも客は増えました。

夏から秋に変わるころ、寝冷えから風邪をこじらせた子供が高熱を出したので、医者に診せたところ肺炎とのことで、二夜の看病にげっそりしたおかみさんに代わって、私も看ることにしました。一週間ほどで子供の熱も下がり、危険期は過ぎて寝息も安らかによく眠っています。

「もう今年もしまいだよ。もう二ヶ月にもなるのにどうしたんだろうね。こんな時、親方がいないと本当に困ってしまう」

壁の暦に目をやってつぶやくおかみさんの愚痴は毎日のことなので黙っていると、

「なあ、新さん、お医者さんのお礼どうしたものだろうね。差し入れやなんやらでえらい物入りだろう。いま手元にないんだよ」

私も相談にのらされては知らぬ顔もできず、

「医者の代ぐらいなら立て替えておきますよ」

「そうしておくれかね。親方も親方だよ、店をほったらかしてさ。お先棒なんか担いで島送りにでもなれば家はどうなるんだろうね」

私は聞いていませんでした。今年もしまいだと言うおかみさんの話に、来る月の五日は妻の命日でした。暦をめくると日曜日にあたるようなので、

「おかみさん、こんどの土曜日、店をしめてからちょっと旅行してきます。月曜までには戻りますから」

「新さん、おたのしみかね」

と私の顔を見て、卑しく笑うので、

「墓参りです。こんどの日曜は妻の命日なので、ノロエステまで行ってきます」

「そう、毎年のことね。良かったんでしょう」

「どんなに惚れ合った仲でも死んでしまっては何にもなりませんよ」

「あんたという人は情が深いのですよ。うちの人なんかは女子供をほったらかして、自分勝手なことをしているんだから」

と言いながら私にすり寄ってきます。遅い夕食の後のことでした。事が終わってからつまらぬ関係になったと後悔しましたが、ぬるま湯の風呂につかったようで、出るにも出られないような嫌な気分ながら、ずるずると不倫の泥沼にはまりこんでゆきました。


それから月の変わったある日、私がお客を扱っていると、

「新次、戻れたぜ」

親方は案外と元気で店に入ってきて、小指を立てて目で知らせますから、

「お帰りなさい。無事でなによりです。みなさん達者ですよ、奥におられます」

と笑顔で迎えたものの、これは危ないと気がつくほど剃刀をもつ手が震えました。

その夜は親方の無事帰宅を祝って、ご馳走が並び、ビールの瓶も立ちます。久しぶりに体の垢を洗い落

とした主人はくつろいだ気持ちで上機嫌です。

「なんといっても家が一番ええわい。風呂のないのはこたえたなあ、体中がかゆくなってよお」

「新さん、親方の体の垢といったら、へちまでいくらこすっても、苔みたいにぼろぼろ取れるんだよ、びっくりしてしまった」

おかみさんは情を通じた私を恐れて、わざとはしゃいでいるように見えました。

「よし江、新次に注いでやれ」

女は意味のある微笑を含んで、私のコップにビールを注ぎます。

「ぐっとやってくれ。ああ、それはそうと、子供の病気の折はたいへん世話になったそうで」

「あんた、お医者さんの代も、新さんが立て替えてくれたんだよ」

「いや、すまん」

自分の留守に妻を寝盗られたとも知らない好人物の親方を見て、悪い事をした、もうこの家には長くはおれないと考えました。今日こそは暇をもらおうと思うものの、つい言いそびれているうちに、ある日、親方は私を呼んで、

「お前にはずいぶんと世話になったが、近いうちに店を売ろうと考えているので……、どこへ出しても腕の良い職人で通るお前だから、もっと実入りの良い大きな都会へでも行って稼いでくれ」

と言いにくそうでした。これはてっきり女の指図と感じましたが、私にはかえって好都合なので、親方には心から礼を述べて、トランク一つの身で飄然とB市に来ました。もう人に使われるのは嫌ですから、気ままにしながら飯の食える仕事はないかと、虫の良いことを考えていますと、ふと――これはいける

――と思いついた仕事があります。親方の店で働いていた時分、月のうちに何人かは、切れ味の鈍ったバリカンや剃刀を持ってきました。親方は良い顔はしませんでしたが、私が暇をみては仕上げていました。これならきっと商売になるとおもい、金物屋で荒砥石に仕上げ用をもとめ、鍛冶屋にいた時分にならった鋸の目立て仕事に、ヤスリの大小をいくつか買い、邦人の植民地を当てに行き先のない旅に出ました。

気ままな放浪生活を続けるうちに、物ぐさが身にしみて、サンパウロの奥地からパラナ州までうろつき歩きました。私の旅に出た頃はまだ人の心も暖かく、食事や一夜の宿に事欠くことはなく、中には面白がって私のような流れ者の見聞を聞いてやろうとする人もありましたが、戦後経済のインフレがつのるにしたがい、人心も荒《すさ》んできて、よほど親切な人にでも出会わないかぎり、野宿するような目に遭います。以前この先に○○植民地があったはずと訪ねてみますと、昔のおもかげは跡形もなく、茫々と一面の荒れ牧場で、ところどころ先住者の植えた竹の群がりがあるばかり。仕事の当て外れだけでなく、移り変わる世の中を現実にはっきりと見せつけられました。

私の目的もないような放浪の旅にも一つの念願がありました。それは大石の家族のその後の様子です。行く先々でそれらしい家族に会えば、それとなく観察したり人にも尋ねてみたりもしましたが、杳として彼らの行方は分かりません。貧乏の果て、邦人社会から脱落して、外人の中に入りこんだとも考えられますが、親父さんはもう生きているとは思われません。せめて信吾にでも会って、いつどこで行き倒れになるか分からない身の上ですから、肌身から離したことのない妻の遺髪を渡し、姉としての供養を頼むつもりでした。ところがこの店をあける一年まえ、偶然に大石の所在が知れました。

もう一昔にもなりますが、ある年のこと、北パラナの奥へ旅をしました。気が向いてそれまで行ったことのないC郡まで足をのばして邦人の部落に入りました。オニブスを捨ててとっつきの農園を訪ねました。木造の地主屋敷を中心に幾棟かの倉庫、それに沿った広い乾燥場すべてがよく整っていて、裕福らしい耕地です。なによりも見事なのは丘に向かって整然と植わっているコーヒー樹です。五年前の霜害も軽くてすんだのか、濃緑の葉のしげりは陽光を受けて、油を流したように照り映えています。

玄関に立って来意を告げましても、裏のほうで犬が吠えるばかりで人の気配もありません。しばらくたたずんでいますと、倉庫から四十がらみの太った主人らしい男が出てきました。

「研屋《とぎ》です、剃刀、鋸の目立てなどします」

長年どこででも言ってきた口上を申しますと、主人は私を倉庫の前に連れていき、大小五丁の鋸を出すと、あまり口をきかずに屋敷に向かいました。

——朝っぱらから、こんな仕事が貰えるなんて、今日は運が良いわい——と嬉しくなり、棉の蔭に座って仕事を始めました。これは自慢ばなしになって恐れ入りますが、私はまだいいかげんな仕事をした事は一度もありません。とくにバリカン研ぎには自信があります。子供さん方の頭髪を刈るぐらいなら、頭の砂埃さえ気をつけてくだされば、二年ぐらい毛を引くことはありません。

それで一度仕事をもらった家では、再び行くとよく憶えていてくれて、仕事をさせてもらったものです。私はいったいに凝り性でして、仕事に熱中して一心に働いている時が、浮世の苦労を忘れた一番楽しい時間でした。自分の気のすむまで充分に仕上げて、もう一度ためつすがめつ見て納得したので、道具類をしまい、一服していますと、主人がみえて手間賃を聞かれるので、——一丁三十ミル〔ミルレイスの略称〕いただいています——と申しますと二百ミル札をくださり、——もう昼だから茶でも飲んでいけ——と先に立って行かれます。

私はしびれた足を引いて、事務所ふうな客間に入りました。一見無口らしいこの家の主も、私のような者を相手に世間の事情など聞かれます。

「ここには、もう古くからお住まいですか」

話の穂を継ぐつもりで、私が尋ねますと、

「ここでは十年と少しだが、パラナでは三十年以上になる。少年の頃、親父に連れられてきた。四年と六年の農園育成の契約を二回した。ひどい境遇のなかで前からの深酒がたたって、頼みにする父にはぽっくり死なれた。母にはいくらか楽をさせましたが、亡くなる前に、ある事情で行方の知れない私の姉のことを気にしていたので、死に目に会わしてやりたかったが、その頃は思うにまかせず心残りです」

話し終わった主は壁の上の額を見上げるので、私も目を移したとたん、思わず、

「あっ――」

と低い叫び声が出ました。同時に茶碗は手からすべって床に落ちました。

壁の上には大型の額縁に大石夫妻の肖像がかかっていたのです。長い間捜し求めていた大石の家族と、こんな処で出会うとは夢にも思いませんでした。

主人はびっくりしたと見えて、けげんな顔で私を見つめました。

「どうも年をとりますと仕事の後などで、手がしびれて困ります」

と粗相をわびました。主人は茶碗を替えてすすめてくれましたが、私は心が顚倒してしまって、それどころではありません。早々にお暇をして逃げるように大石の家を後にしました。コーヒー園の間道を急ぎ

郡道に出て、やっと胸の動悸がおさまりました。

ああ、あの屋敷の主人は珠江のすぐ弟の信吾に違いない、そう思って見れば三十幾年のちの今でも、少年の頃の面影がありありと残っていました。初対面の時はなんの気もつかなかったが、鼻のわきの大きな黒子《ほくろ》は何よりの証拠です。大石の家も世に出てくれたかと、安堵の喜びと共に、言いしれない寂しさがひしひしと骨にまで滲みてきました。

随分と苦しい事もあっただろうが、その苦労が報われて今なに不自由のない、陽のあたる場所で暮らしているようです。私のような風来の者に向かっての態度からでも、心の暖かい人間なのは分かりました。そんな家庭に身内とはいえ、どうして名乗って出られましょう。不運な者は不運なりに生きる道を選べると考えました。私も寄る年波で放浪の旅もしだいに苦痛になってくるし、また大石の居所も分かったとなれば、旅の目的も半ばなくなったようなものです。小額ながら貯金もあったので、気に入ったこの町で店を開けました。長々とつまらぬ身の上話をしましたが、もう夜半も過ぎましたでしょうな、この辺で休ませていただきましょう。


一九七〇年七-八月（『農業と協同』二二九-二三〇号掲載）

遠い声

未明から始めたアフトーザ〔口蹄疫〕・ワクチンの接種が、やっと終わったのは十時過ぎで、もう昼食近い時刻であった。日頃、仕事は牧夫たちに任して、手は貸さないのだが、三百頭からの牛群を一時に処理するとなると、人手も足らず、私も起き出していった。注射器に薬液をみたし、係に渡す軽い作業も、長時間の立ちずくめで、作業のすんだとき、足もとから急に疲労がのぼってきた。

昼食後、私は安楽椅子を庭先のアバカテ〔アボカド〕の大樹の蔭に持ち出し、一服つけていると、牧夫のフィルモが馬をまわしてきた。

「旦那、午後にはひと荒れ来そうですぜ」

「そうか、天気が変わるようなら、乳牛を遠くにやらんようにしてくれ」

「そうですな、大戸は閉めておきやしょう」

フィルモは一鞭あてると、身軽く出ていった。

今朝、組合の集荷車が置いていった郵便物の中に、長男からの便りがあった。ポ文〔ポルトガル語〕の時候見舞いで、べつだん変わった消息でもない。私は十年前に妻を亡くした。三人ある息子のうち、誰かが家業を継ぐと思っていたが、成人するとみな都会に出てしまった。それで、家族持ちの牧夫の妹マリアに私は身のまわりの世話をしてもらい、四百ヘクタールからの牧場を守って、孤独な老後をおくっている。

北東線開拓に始まるこのA郡一帯も、半世紀の歴史が流れている。一時は邦人集団地として殷賑をきわめた時期もあって、コーヒー栽培熱に浮いたが、この地方の土質にあわず、大勢は勝負の早い雑作に移っていった。来る年々の農家の収奪に、地力《ちりょく》は急速に疲弊していった。

ある不作の年があって、ついに移転する家族がでた。私の父は頼まれてその一域〔一域は一アルケール。二町五反、二・四二ヘクタールに当る〕を買ったが、まったくの捨て値であった。当分は休耕地にするつもりで、牧草を植えておいた。それがきっかけとなり、父は将来の計画をたて、次々に隣接地を買い足した。父の志を継いで私は牛飼いになったが、いまは齢も齢だし、仕事はフィルモとマリアの兄ゼロメの、二人の牧夫に任してある。

椅子によって一時休息のつもりが、食前にやった地酒がきいて、私はいつの間にかぐっすり寝入ってしまった。マリアに揺り起こされて目を覚ました。知らぬ間に天候は急変していた。私が椅子を露台に引きあげる間にも、重いアバカテの果実を揺するほどに風は出ていた。先走りの雲塊は渦をまいて、地上を襲ってきた。突風に湧き上がる砂塵のかなたで、

「エイホー、エイホー」

と叫ぶ牛追いの力強い声がして、一団となった乳牛の群れは、水飲み場から追いあげられてくる。獣は尻尾をふり上げ、角をつきあて、鈍重な厚い肉をこすりながら、狭い牛道を我先にとひしめいて、追い込み柵になだれこんできた。

ようやく小降りになったのは、夕方になってからであった。家の前を通る郡道は、濁流の泡だつ奔流に変わっているに違いない。この露台まで氾濫している水音が響いてくる。手入れも悪いこの辺りの道路は、長年の雨水の浸食で平地よりも一段と低く、いったん豪雨になると、一見なんでもない道が上方の広い丘の斜面から流れこむ水量でたちまち急流の川に豹変するのであった。二年ほど前、ふたりの少年が使いの帰途、すごい夕立のなか、遭難した事件があった。ひとりは低地の砂原で、素足を空に突き上げた無惨な姿で見つけたが、もう一人はついに分からずじまいになった。

翌朝、台所でコーヒーを啜っていると、フィルモが顔を出した。

「いまから柵を見回ってきます、きのうは大分荒れましたからな」

「まだ降っているじゃないか」

「すぐには上がりませんで、この雨は」

「じゃ一杯やっていけ」

私はマリアに、地酒をフィルモのコップに注《つ》がさせた。牧夫は軽くコップを持ち上げ、ぐっと一息に飲んだ、皮帽子の紐がすこし揺れた。注がした二杯目も蝦蟇《がま》の口に吸われる虫のように、男の口に消えた。

「マリア、すまんがもう一杯」

「知らん。呑み助、勝手にたんとお上がりなさい」

彼女はふくれて、居間に通ずる階段をのぼって消えた。フィルモは額に笑みをよせて、こんどはゆっくりとコップを口に運んだ。

「旦那、マリアも良い女盛りですな」

「お前、気があるんか。一つ当たってみい」

「へへ、わっしのことじゃないんで、あれも可哀そうだといっているんで」

「おい、おい、それはどういう意味だい」

と私は口に出してみて、はっとした。牧夫あたりから変に勘ぐられても、仕方ないと思う節がないわけでもなかった。フィルモの妙に気をもたせた話の前から、私はマリアの使用人の域を越えた親切を感じていた。混血ではあるが、賢く、白皙で器量も人なみ以上で、三十過ぎとはいえ五、六歳は若くみられる性であった。どうかすると私の部屋で所在なく、ぼんやりと考えていることがある。

「マリア、用がすんだら下がってよいのだよ」

「はい、旦那さま」

と彼女は素直に自分の部屋に帰っていく、何となく寂しさを揺曳した後ろ姿である。私は深く考えもせず、婚期をはずした娘によくあるという憂愁ぐらいに思っていた。


フィルモは帽子をかぶりなおし、乗馬用の羅紗のカッパに体をくるんで、降りしきる小雨のなかをでていった。

近所の大牧場主から見れば、私など物の数にも入らないが、それでも所有地を一回りすると、ゆうに八キロの道のりになる。昼近くになって、牧夫は濡れて帰ってきた。

「どうだった」

「たいして傷んではいませんや、止め釘の飛んだのはありましたがな」

「ご苦労だった。昼飯やってくれ」

「旦那、今日は危うくこいつの脚を折るところでした」

湯気をあげている馬から鞍をはずしながら、フィルモは言った。

「どうしたんだ」

「ゆっくりやっていたんで、大事なかったんですがね。サウバ蟻〔葉切り蟻〕の巣に馬の奴、片脚かけるとドサッと崩れましてな」

大雨の後などで、表土がゆるみ、蟻の古巣に馬が脚をつっこんだというのは、私も聞いたことがある。

「それは危なかったな」

「それが、旦那、ちょっと変なので」

「どんな具合にだ」

「どうも底のほうに骨らしいものを見ましたんで」

フィルモの報告には、容易ならぬものがあるとして、気色ばんで私は聞いた。

「それは何処だ」

「二番谷の先にあるイッペ〔ブラジルの国花〕の古株の近くだす」

「うん、分かった。マンソンに鞍を置いてくれ、ゼロメも連れていこう」

私たち三人がその場所に着いてみると、フィルモの言ったとおり、一メートル半はある穴が口をあけていた。覗いてみると、肋骨らしい骨が、赭土《あかつち》にまみれて露出している。

「ゼロメ、お前降りていって、土をすこし掻きわけてみい」

「旦那、わっしゃご免こうむりたいもんで」

ゼロメは顔色を変えて後ずさりする。

「わっしがやりやしょう」

とフィルモは言うと、もう穴の中に降りていた。

「人間のですぜ、それにもう一体下にあります」

「もうよい、上がってこい」

私は思わず大声を出していた。人骨と判明すれば、そのままにしておく訳にはいかないだろう。いちおう警察に届けを出さねばなるまいと考えた。

「いまから、車で町まで行けるかい」

「昨日はかなり荒れましたからな、まだ集荷車も来ていません」

「しかし、これをほっておくことはできん。ゼロメ、お前行ってくれ」

家に帰ると、かねて面識のある署長あてに一筆したため、牧夫に持参させた。今日はたぶん組合の車は来ないだろう。私はこの事件で騒いでいるゼロメの女房に、けさ搾った分を乾酪〔チーズ〕に加工しておくように伝えて、露台に出た。安楽椅子によって、この事件の概略でも把握しようと努めたが、どうも気持ちがうわずっていて、考えは纏《まと》まりそうもない。私はいらつく気持ちをおさえて一服つけていると、もう一度あの現場へ行ってみたら、何か手がかりでもないかと考えた。

フィルモとマリアは乳脂分離の作業を手伝っているのか、屋敷には見えない。私は馬に鞍をつけ、誰にも見られずに煙る雨の中へ出た。現場に着いて上から見ると、降りしきる雨に穴はまた一段と陥没し、上向きの一体の頭蓋骨は雨に洗われて、土から露出している。別の一体のは赭土に埋もれているらしい。

私はもっと見極めようと、穴の縁に足をかけると、ずるりと底まですべり落ちた。白骨となった人頭のもとの眼、鼻、口の穴には土が詰まっている。見ると上顎に変わった色の一本の歯がある。私が興味にかられ、手にした鞭の先でつつくと、それはポロリと欠け落ちた。掌に受けてみるとかなりの重さを感じたので、変色はしているが金歯のように思った。これは事件を解く何かの証拠品になるのではないかと考え、上着のポケットに収めて、穴から出た。

帰宅すると、私は追い込みの水飲み場で、持ち帰った黒い歯を砂で磨いた。すると屍毒にむされた地金は、金色に光ってきた。私はその入れ歯を眺めながら、これはどうも邦人の、それも若い女のものではなかったかと、推察は飛躍するのであった。

町へやったゼロメは夕方濡れそぼって、腹から滴をたらしている馬で帰ってきた。

「どうだった」

「B市からの指令を待って、明日にでも行くことになるだろうと言いました」

私はゼロメに酒を出し労をねぎらった。フィルモも顔を出したが、彼はつねに似ず不機嫌であった。

この地一帯は邦人旧植民地で、入植者たちが離散してからでも、三十年からの歳月が過ぎている。父が二十域を求めて、原始の森に斧を入れたのは、私の幼少の頃とおぼえている。はからずも陽の目をみることになった蟻の古巣の人骨は、自然死した遺体を家族の手で埋葬したものだろうか。過去にマラリアの大流行をみた時期があって、多くの犠牲者を出しているが、いかに状況困難なときでも、村に不幸のあった時には近くの者がたがいに協力して葬式は出している。疑惑を推しすすめていくと、入植以前となるが、それは無人の原始林で問題にならない。くだって私が管理してからの事とは、とうてい考えられない。毎日牧夫が牛を追う、何ひとつ遮蔽物のない牧場で、あの大きな穴を掘る事など不可能だからだ。私は日ごろ愛用のチエテ産の縄煙草に火をつけ、あれこれと浮かぶ考えを一つに絞っていくと、まず私ども父子二代の、牧場経営の三十年を除外し、逆算して開拓以来十八年ほどの間の出来事と、推理せざるをえなくなった。

翌日、白いナンバープレートをつけたジープが、軍警曹長、警察医、人夫など連れてきた。私は官憲を現場へ案内することにしたが、フィルモは証人として重要なので、さっそく彼を呼んだが返事はなかった。不審にかられて牧夫小屋を開けてみると、彼の持ち物はみんな消えていた。昨日からどうも変だと感じていたフィルモの態度がこれで了解できた。彼はこの事件に関わるのを嫌って、昨夜のうちに逃亡したのであった。事情の何かはマリアに訊けば分かるだろうが、今この件で暇どっている訳にもいかないので、ゼロメを連れていった。人夫はすぐ穴に入り、スコップで土を放り上げながら、骨片は拾ってバケツに収めた。

一時間ほどで採骨の仕事はすみ、私たち一同が引き上げてくると、言いつけておいたように、マリアは手軽な酒肴の用意をしていた。曹長と医者に客間に来てもらい、労をねぎらった。

「ドクター、掘り上げたあの人骨は、何年ぐらい経ったものでしょうか」

「わたしでは何とも言えませんな。B市の鑑定専門家に送られるでしょうが、新しいものではないですな」

私は若い曹長にも話しかけた。

「曹長殿、あなたは今日のような事件に、立ち会ったことはありますか」

「初めてですな」

「あの二体は殺害されたものでしょうか」

「小官としてはここで私感を述べるわけにはいきません」

曹長としては当然な答えであったが、私たちの間に白けた気分が流れた。偶然とはいえ二体の遺骨は、私の土地から出ている。警察として疑えば私も被疑者になる。二人にビールを用意しておいたが、過ぎた歓待も考えものと思い、礼儀程度にとめておいた。

フィルモはやはり失踪したのであった。前にいたジョンは良い牧夫だったが、牛追いに買われて出ていった。その後に入ったのがフィルモで、四十がらみの浅黒い肌をした混血で、痩せて背の高い男だった。流れ者なので気はすすまなかったが使ってみることにした。日がたつにつれて、私は彼の伎倆に舌をまいた。一匹蛆の治療に手を焼く獰猛な種牛なども、彼にかかればひとたまりもなく地響きをたてて倒れた。北方生まれと言ったが、もとより素姓は分からない。怒らせれば恐い男に違いないが、私には従順で、特に家畜を大事にした。

私は彼の腕前を買って、それ相応に報いたつもりであった。定めのない牧夫の世界で、めずらしくも二年あまり働いていた。そのうえ私とは気の合うところがあって、彼が暇をとるなどとは思わなくなっていた。ところがこの度の事件である。ゼロメは律儀者だが乳しぼりの域を出ない。私はさっそく熟練の牧夫を雇う必要に迫られたが、いざ求めるとなると、フィルモのような男はなかなか手に入らないのである。

一ヶ月ほどして、町の警察から呼び出し状が届いた。近ごろはめったに車の運転はしないのであるが、これには代理を出す訳にはいかず、朝から出かけた。

署長の話では、あの二体の人骨は、一体は男で、もう一つのは女のもので、すくなくとも四十年ぐらい土中に埋没していたものと推定した報告が、届いているという。私は訊かれるままに、亡父の代よりの過去のあらましを話した。署長は私の説明を聞いて、

「なにしろ、大分昔のことだからな」
と興味はなさそうである。タイプをたたいていた書記は立って机の上に書類をおいた。署長はそれを取りあげて署名せよと言う。法律のことは良く分からないが、目を通してみると、この事件の届け人のものらしい。別に異存もないので、一筆走らせて私の役目はすんだ。

表向きにはこの件は一応けりがついたことになる。しかし、私の手許には例の金冠が残った。そのうえ自分の地所から二体の遺骨が出たことは、何かの因縁かとも考え、もうすこし事件の真相を探ってみようと思い立った。そこでまず、あの人骨の埋まっていた処は、以前誰の所有地であったか調べることにした。さいわいにも、私の家にはA村草創期から日会〔日本人会〕解散までの全記録が残っている。

夕食後、私は書斎に入り、ガスランプの下で埃くさい記録簿のページをめくった。開拓村では町に通ずる街道の近くを一区とし、つぎつぎと奥へ区割りをしている。父は六区に属して、この区に居住者は十家族いた。私のいちばん知りたいのはこの区の家族たちの動静であった。

名簿を見ると、入植後七年目に貝谷が村を出ている。そのあとすぐに松山が六区に入っているから、松山は貝谷の土地を買って来たのだろう。戦後つぎつぎと転出者の出始めた頃、父は近隣の土地を買い集めていた。そして松山のも父は買った。私は古い測量地図をひっぱりだし、目を通したところ、あの陥没した蟻の巣は、松山の土地であったことが分かった。それで調査範囲を一段とすぼめて、父に土地を売って転出した松山か、その前の持ち主貝谷に焦点をしぼることにした。

戸を軽くたたく音がして、

「旦那さま、コーヒーはいかがでしょう」

マリアの白い顔がのぞいた。

「お前、まだ起きていたのか。コーヒーはいらない、わたしはもう寝る。お前も休みなさい」

彼女は私のために別室で起きていてくれたらしい。

翌日、私はA植民地の全記録を読んだ。するとそこに意外な記事を見出した。それは一千九百某年月日の日付で、六区在の貝谷家の長女初音が、同家の使用人でミナス州から来ていたジョンなる者と駆け落ちした件である。記録によると、その日の朝、貝谷は娘の不在に気づき、まさかと思ったが雇い人の小屋をのぞくと、ジョンもいないので急を会長に知らせた。当時では大事件として村中騒然となり、青年たちは急報を受けて集合した。一台しかないトラックに数名の屈強な者が乗りこみ、町へ急行した。他の人たちも馬でそれぞれに散っていった。

遠くB市まで足をのばした三日間の捜査ののちも、二人の行方は分からずじまいであった。

私はこの記録を一読して深い疑惑をいだいた。しかし、二人の駆け落ち者が何処かで、幸福に暮らしているとしたら、私の推理などはお笑い草でしかない。私はまず貝谷の消息を知ることが、肝腎の手始めと思ったが、これはまさに雲をつかむような話である。ところが運良く、古くからA町でガソリンスタンドを経営している人から、昔雑貨商をやっていた花岡なる人が、まだ隣町にいるはずだと教えられた。私は家をさがし、名前を告げて来意を述べた。花岡老人は私の質問にお国なまりで、次のように話してくれた。

「この町もいまでは、こげいに落ちぶれたばってん、一時はなあ、あんた、A町と肩をならべたことも、あるほどでしたけんな。村の人たちもわしどものけちな店をひいきにして、くださったもんですたい。あなたさまは植民史をまとめ、子孫の消息まで調べていなさるとは、功徳なことですたい。お尋ねの貝谷のことは、知っているどころじゃありましぇんわ。あれも運悪く、かかあには早く死なれるし、また娘は毛唐にかどわかされましてな。三年ほどして貝谷はサンパウロさ行きよりました。ええ、娘ですかい、初音といいよりました。その後の消息は誰も聞いとらんけん、たぶん男の国さ、はっていきよったんでしょうたい」

私は老人に厚く礼を述べ、花岡家を辞した。帰宅すると早速、A郡出身で長男の仲人でもある、サンパウロ在の磯部に手紙をしたためた。おそらく二、三世の代になっているだろう、貝谷家の消息の確認を依頼した。返信はすぐに来て、期待に添うよう調べてみると約束してくれた。私は磯部に望みの糸を託して、彼の返事を待った。二ヶ月たったが磯部からはなんの便りもない。貝谷の消息が分からないようでは、この事件は諦めるより仕方はない。ところが半年近くなって、とつぜん速達が来た。

この度の君の依頼には苦労したとあり、邦人名簿録をはじめ、人にも訊き、手を尽くしたが、貝谷の行方は杳として分からなかったところ、予期しない人から、以前洗濯業をやっていた者に貝谷というのがいたので、この業界で古株の某に尋ねてみよと教えられた。さいわい某に一面識あったので早速照会したところ、貝谷は故人となり、二世は病身で今は廃業している。某は店舗の転売を世話した関係もあって、その後も交際はしていると言い、貝谷の住所を教わったので、お知らせするとあった。

貝谷家の消息が判明した以上、これはどうしても一度、サンパウロまで出向かねばなるまいと考え、翌日、私は町まで出てバスの前売り券を求め、長男宅に電話をいれ、某日朝七時ごろ、プレステス・マイア駅前の、バス発着所まで出迎えに来いと伝えた。

私は磯部に何か、手ごろの土産物をと考えたが、草深い田舎のこととて、これといって都会人に喜ばれる品はない。私は自家製の牛肉の味噌づけを、持っていくことにした。着替えを詰めたトランクに土産物をあわすと、かなりの荷物になった。留守居をマリアとゼロメに頼み、夜行の長距離バスの客になった。めったに家からは遠く離れないが、たまの旅行は悪くはない。ひと眠りするともう明け方であった。席をたって便所を使った。バスは薄い朝霧のカステロ国道を走っている。やがてチエテ河の岸に出ると、車は橋を渡り、こみいった街通りを抜けて、目にも鮮やかな五色の樹脂瓦で葺いた、丸屋根の超近代的なバス・ターミナルに停まった。

向かいのくすんだ赤煉瓦つくりの、プレステス・マイア駅の塔の大時計は六時である。二個の重いトランクを受けとり、私は歩道に突っ立って茫然となった。怱忙《そうぼう》として往き通う人の群れは、巣を壊されて吹き出てきた蟻そのままだ。流れる車と人の波の喧騒にもまれていると、どんと後から突いてくる奴がいる。もうしばらく待ってみて、迎えが来ないようならタクシーを探して、長男の家まで行くつもりでいると、横から肩をたたかれ、見ると長男であった。

「どうも遅くなってすみません。何しろこの時刻は、車がすごく混むものですから」

「この人出の中でよく俺が分かったな」

「そりゃあ、すぐ分かりますよ」

私はつい、ぽっと出の山猿は目立つからなあ、と口に出しかかって止めた。つい気持ちがはずんでいた。息子たちの間では、私は頑迷一徹で通っている。話では長男の嫁は、私を恐がっているということである。

ある年の休暇に農場へ遊びに来たことがあった。季節は冬で、牧場主泣かせの乾燥期であった。高慢ちきな若い嫁は軽装で歩きまわっていたが、森でダニの玉にふれて帰り、悲鳴をあげて大騒ぎになった。私は内心おかしくてたまらなかったが、意外にも口から出たのは予期もしない一喝であった。嫁は頭からDDTを散布されて、あくる日ほうほうの態で帰っていった。

その夜、私は磯部に連絡をして先方の都合を訊いた。そして翌日彼を訪れた。この度の調査の協力を謝した。積もる話のすえ、磯部はなぜ特定の人物、貝谷の消息だけを私が知りたいのかと、不審顔に訊いた。彼とは気心の知れた仲ではあるが、これだけは真相を明かすわけにはいかないので、

「柄にもなく、A植民史を編んでみようと思いたち、それで調査をしているんだ。近頃になってある老人から、貝谷は入植当時から日記をつけていたと聞いたもので、できれば参考までに、その記録を拝見したくてな」

事実、貝谷は長年のあいだ、村を去るまで書記を務めていた。

「それじゃ、さっそく某に頼んで行ってみよう」

貝谷は五十がらみの、黒眼鏡をかけた陰気な男であった。長年糖尿病を患っていて、視力が弱って独り歩きもできかねると言った。けれども私の訪問を迷惑がっている様子もなく、A植民地の話題にも乗ってくれた。

A村時代の日記の類が残っていれば、お借りできないかと、私は頼んだ。

「さあ、わたしは目が悪いので、父の書いたものを調べてみたこともありません。古いものは大方整理したので、たぶん無いはずですが」

そう言うと、貝谷は不審顔に額に皺をよせて首をかしげた。私は三人もで押しかけ、また初対面では、訊くものも訊けないと、翌日ふたたび貝谷家を訪れた。彼は別に気を悪くしている様子もなく、前日の手土産の礼など言われたので、この分ならと、私は肝腎の用件に入っていった。

「昨日、ちょっと話しましたが、私はA郡の邦人の歴史をまとめています。それでA村の記録にも目を通しました。すると次のような事実が分かったのです。あなたのお父さんは私の父などと共に、村の草分けの一人として入植したのですが、不幸にもお宅では三年目に、お母さんが亡くなられている。それからこれはちょっと言い難い事柄ですが、五年目にお姉さんの初音さんは、お宅で使っていたジョンと駆け落ちしています。これは村の歴史として記録されますが、私には特別な関心はありません。現に私の三人の息子のうち、二人は外人と結婚していますからね。ただお姉さんの場合は、年代的にすこし早かった。それで集落では大騒ぎになったわけです。ところでお姉さんの行方というか、消息はありますか」

と私は何気なく、事件の要《かなめ》を突いてみた。

「あれは、わたしの七歳ぐらいの頃ですかね、姉が雇い人と逃げたのは覚えています。コーヒーの花が真っ白に咲いていた季節で、姉さんはもう帰ってこないと泣いたものです。わたしと姉とは年もかなり違うので、亡き母のかわりに世話になっていたのです。父はあの事があって以来、人が変わったように無口になり、頭をかかえて泣いているのを見たこともあります。一生忘れることのできないほど、辛かったのでしょう。お尋ねの姉はいまだに行方不明です」

私はたいへん厚かましいと思ったが、貝谷にA村時代の写真があれば、見せていただけないかと頼んだ。彼は細君を呼び、古い家族の写真帖を持ってこさせた。渡伯以前から、初期のA村時代のスナップが、黄色くくすんで、だいたい年代順に並んでいた。開拓当時の椰子壁の家を背景にして、家族一同で撮った一枚に私は目を凝らした。家長は上背のある痩せた人で、細君は写っていない。十五、六とも見える長女と、かなり年に開きのある二児が並んでいる。娘は顔をすこし傾げて、向けた器械に笑っている。なかなかの美人で田舎には惜しいような器量とみた。私がアルバムのページをかえすと、その先にはもう娘は写っていない。私はこの一枚を見て、自分の予想が的中するのに、恐ろしくさえなった。

父の日記を捜してみようと約束をしてくれた貝谷夫妻に、不躾な訪問を詫び、後日のため名刺をおいて貝谷家を辞した。これで私のサンパウロまで来た目的は済んだ。この大都会に着いてから、何もしないのに、ひどく疲れ、喉がいがらっぽくなり、咳も出るようになった。

息子はもっと滞在していけと勧めてくれたが、私は帰ることに決めて、その日の奥地行きのバスの座席を取らせた。

私はこの度の旅行から、自分の推定がかなり正しいとの認識を持って帰ってきた。あれから警察署はなんとも言ってこない。署も四十年から経った人骨をいじくっているほど暇ではないらしい。心ならずも他人に頭をさげ、嘘までついて、この事件の究明に乗り出したのも、誰か一人でもその真相を知り、哀れな二人の霊を弔えればと考えたからであるが、A植民史さえ時の流れに消え去ろうとしている。たまたま人の目に触れた一事件などは私の力の及ばない、はるかな過去に埋没しているのを知らされた。私はしだいにもとの単調な田舎の生活に戻っていった。

半年ほどたって、磯部から手紙がきた。貝谷は持病が悪化して死亡したとあり、遺品のなかに先代の日記があったので、前にわざわざ遠くから、古い記録を求めてきた人に、これを渡してほしいとの未亡人の口ぶりだったから、近日発送するとの便りであった。

十日ほどたって町に出ると、郵便物は届いていた。帰宅すると、私は心躍らせて、固く十字に結んだ紐をほどき、時代がかった日記を手にした。日記には当時の開拓の様子が克明に記録されてあった。貝谷の妻の発病から、死亡までの経緯が記してある。ところが私の知りたい肝腎の初音の失踪の頃の日付はない。A村の記録にはちゃんと貝谷の娘の家出が、駆け落ちとして載っているのである。ところが貝谷の日記にはそのところは抜けている。私は不審にかられて注意して見ると、あきらかにこの何ページは誰かによって抜き取られたものと、考えざるをえなくなったのである。この落丁の中にこそ初音、ジョンの駆け落ちの真相が、述べられていたのではないのか。貝谷は遺書として残すつもりであったが、のち心変わりしてこの部分を抜いて捨てたのか、あるいは日記は完全なかたちであったが、貝谷二世がこの父の告白のところを破ったのか。私に日記を送ってくれた未亡人は多分なにも知らないだろう。私はこの抜き捨てられた何枚かに書かれていたに違いない、遠いかすかなうめき声を聞きたかったが、貝谷家二代の死んだいま、私のつかんだ探索の糸は、光なお届かない人生の深淵の底で、ぷっつりと切れていた。

また長い雨期がまわってきた。

雨の晴れ間の午後、私が台所におりてコーヒーを啜っていると、

「旦那さま、つい失念するところでしたが、きょうは丘の上のカンポ・サント〔無縁塚〕の命日ですが、お参りになりますか」

窓ぎわでスープにする豆を選《よ》っていたマリアは、私に訊いた。

そういえばフィルモが出ていってから、もう一年もたっていた。

「そうだな、いっしょに参ってみようか。ときに、お前に一度訊いてみたいと思っていたが、フィルモは逃げ出すとき、何か言っていかなかったかい」

「そうですね、旦那さまが尋ねるまでは、話してくれるなと口止めされていました。あの人はやむをえない事情で、農場主の息子を殺してきたと言っていましたが」

私の予想はあまり的をはずれてはいなかった。知っていればなんとかしてやれたのだが、所詮フィルモは誰かの庇護の下では暮らせない、野の狼である。

私は書斎に入り、机の抽出しから今では不要となった金冠をポケットにおさめ、露台に出てマリアを待った。彼女は庭花の束を手にしてきた。大戸から先はゆるい上がり坂になる。丘の無縁塚につくと、彼女は花束を供え、お祈りをあげた。私は風雨に傾いた十字架を立て直し、塚の木の根もとに金冠をそっと落としこみ、両手で土を盛り上げた。

その時、長い余韻をもった角笛が聞こえてきた。下の水飲み場から牛群を追い上げてくるのは、ゼロメと新顔のジョゼーである。

「ジョゼーもだいぶ慣れたようだな」

「まだ若いし、この仕事が好きと言っているから、よい牛追いになるでしょうね」

暮れなずむ丘の斜面をゆったりと移動していく牛の大群を見つめて、マリアは放心の態で立っていた。河岸から湧いた靄《もや》が、丘の頂上を残して白く野原をうめる時刻。遠くかすむ青い地平線に、まさに燃えつきんとする太陽はその円周の一端を接触させるところだった。その時、私たちの頭上を鳴きながら飛翔する番《つが》いの鷹が、しだいに小さい二点となって落陽の中に消えていった。

一九七九年一月（『パウリスタ年鑑』一九七九年度号掲載）

うらみ鳥

この迂回線を走る六輌編成の郊外電車は、Ｅ駅の構内にかかると、しだいに徐行しながら待避線に入った。窓ぎわに身をよせて、まどろんでいた良作は、切り替え線を渡る車輪の軋む音で目を覚ました。ＲＦＦＳＡ〔連邦鉄道〕のマークを白く打った、代赭《たいしゃ》色の貨車群が車窓をよぎると、彼の座席の辺りは急に翳った。つぎつぎと車輌が緩慢に流れ去っていった。やがて前方の通路が明るみ、光の縞がこちらに渡ってくると、最後の一輌も窓から消えさった。

電車は軽い振動を連結器に伝えながら、ひっそりとした無人のホームに停まった。疎《まば》らな乗客は片方に開いた扉から降りていき、良作はひとり残された。前にも彼はこの線を二、三度利用したことがあるので、本線に接続する乗り換え駅でないのは分かっていたが、いちおう足もとの荷物をまとめて腰をあげた。念のため前方の客車をのぞくと、そこも座席はがらあきで乗客ひとり見当たらない。これは突然の変事か、予定以外の出来事に違いないと考えた。すると後部の連結部のシートの蔭から、胸にノート類をかかえた若い女が渡ってきた。眼鏡をかけた怜悧な容貌と、地味ながら上手に着こなした服装から推して、女教師のようであった。良作はその人にでも訊けば、事情のあらましでも分かると思い、女の近づくのを待って話しかけようとすると、

「あなた、ここで降りなければいけません。この電車、先へは行かないそうです」

と女の方から口をきいてきた。

「ご親切にどうも。なぜＣ駅まで運転しないのですかね。わたしはＭ市まで行きたいのだが」

「わたし、Ｐ市までです。困りますわ。いつもは本線に乗るのですが、今日はちょっと気まぐれをおこし

てこの始末です。なんでもこのダイヤの電車は、ここから北駅に引き返すそうです」

「わたしも、あなたと似たようなものだ、それで次の便はどうなっていますか」

「いま、駅員に尋ねると、次は三時三十分だそうです。わたし教室を一つ受け持っていて、そう待てないので困るんですの」

　良作もできれば、銀行の閉店時までに、M市に着いて用件をすましたかった。

「出ませんか。なにか他に便はないかな」

　二人は貨車用らしいプラットホームを渡って構内を出た。踏切を越して小石まじりの上がり坂をのぼって、彼は失望した。そこは十字路で駅員相手らしい居酒屋がたった一軒と、漆喰の剝げ落ちた古屋が十数軒、ばらばらと建っているだけの寒駅であった。

「これじゃ、仕方がないなあ」

　良作は思わず口に出し、女教師を見た。彼女は神経質らしく靴の先で地面を打っていたが、別に良い思案もないらしい。

　この丘の上から見下ろすと、駅は切り通しを出た先の、やや開けた低地にあって、構内の待避線には貨車が発車を待っている。陽光に白く反射する二本の軌道は、架線鉄柱とともに駅を出て、ゆるく湾曲しながら丘陵の裾に消えている。線路下の低地には、握り固めたような貧家が密集しており、その先の煉瓦工場の平窯から白い煙がたって、淡々と空に消えていく。その辺りの採土跡にできた、いくつかの人工池が錫《すず》色に光っていた。

このような場所では、とても空タクシーが都合よく通るなど望めないことだが、良作はなんとか乗り物を探して、女を授業の時間に間に合うように、乗り換え駅まで送りたい気持ちになった。女はノートを小脇にかかえなおすと、肩にかけた皮バッグの口をあけ、煙草を取り出してなれた手つきで火をつけ、彼に封を切った箱を差し出してすすめた。良作は好意を謝して断った。心臓に宿痾《しゅくあ》のある彼はずうっと煙草は断《た》っていた。二人はしばらく道端に佇んでいたが、別によい思案があるわけでもなかった。

その時、踏切を越えて一台のコンビ車が、砂埃を巻き上げてのぼってきた。女はくわえていた細巻を足もとに投げ捨て、すかさず片手を上げた。車は十メートルほど先で急停車した。駆けよった女に、運転手が頷いているので、良作も車に近寄ると、車窓から首を出した若者は不機嫌に、

「一人しか乗れない、お前は駄目だ。席がない」

と無愛想な口をきいた。良作は、四時までにはどうかしてM市まで帰りたいので、なんとか便乗させてくれないか、それなりの代金は払うと言って頼んだ。

「しっこいな、乗れないと言っているじゃないか」

若い男はブレーキにかけた足をはなすと、アクセル板を強く踏んだ。自分の席は取れたものの気の毒がっているような先生に、良作は別れの手をふり、車に背を向けたが、もう一人楽に乗れる座席があっただけに、やり場のない怒りで手がふるえた。彼は決して他人の善意を利己的に期待するような、甘い考えは持っていないが、しかし、今日はさすがに応えた。あんな家で使っている小僧みたいな奴に、頭を下げることもなかったのだと、いっそう癪のたねになった。興奮はすぐに彼の心臓にさわって、心悸亢進ぎみに胸の中でおどった。すこし不安になった良作は、道端の電柱に寄って、脈搏のおさまるのを待った。

中天をこした太陽は、初冬の空から豊かな陽光を投げていたが、この乾いて鄙《ひな》びた小駅には犬一匹見当たらない。彼は電柱に向かって立ち小便をした。すると気分はいくらか楽になり、脈も常態に戻ってきた。良作は十字路前の居酒屋に入り、ソーダ水をとって主に乗り物の便を尋ねてみた。

「もうかれこれS市行きが来るころだがな」

良作は思わず舌打ちをした。まったくの方向違いであった。

「C市行きはないかね、M市まで行きたいのだが」

「それなら旦那、この先をまっすぐに行きなされ。一時間もあれば街道に出ますわい。そこはM市行きのバスがしょっちゅう通っていますからな」

それほどの道程なら、駅に引き返して九十分も待つよりは、よほど早く戻れるはずであると判断した。

店を出た良作は荷物をふたつに振り分けて、ズボンの裾を靴下の中に入れ、町を離れてすこし進むと、道はしぜんと消えて、人の踏み固めた小径がうねりながら何処までも延びている。四、五キロぐらいの道のりなら、この丘までくれば車の往還する街道を望まれると予想してきたので、彼はちょっと意外に感じた。前にはまたひとつの丘があった。下り坂となった径から振りかえると、駅はもう彼の越してきた、はじめの丘の下に沈んでいた。前方に流れのない窪地がななめにひろがり、小径はそれを渡ってずっとのびている。この辺り一帯は官有地らしく、郊外の空地のどこにでも見られる、掘っ立て小屋のような陋屋は許されていないのか、まったく見当たらない。樹木一本もないこの痩せ地には、蕎麦がらに似た黒い実をつける、グァシングバ〔ほうき草〕が一面に生い茂り、窪地に赤い茎に葉をひろげ、艶やかに照りはえているのは唐胡麻の一群れで、矮小な穂に熟した実はほとんど弾け飛んでいた。

もうすこしあのコンビ車が遅れていたら、たぶんあの女とこの径を同伴して、わずかな時間の道のりにしても、楽しくすごされただろうと彼は想像した。良作は自分の娘ほども歳の違う、偶然駅で見知っただけの若い女に、甘い感情を持ったわけではない。ただあの女からは、初対面からそこはかとなく好ましい印象を受けただけであったが。

もう冬の気配を感じる、荒れた原野をひとり歩いていると、あの女の薄茶の金髪や白くつややかな肌からの印象が、彼の空想を刺激するのであった。彼は頭をふって、生唾をぐっと呑みこんだ。良作は夫婦の間でちょっとした諍《いさか》いがあって、ここ一ヶ月あまり交渉のなかったのを思い出していた。

小径はどこまでも曲がりくねって続いた。彼は三つ目の丘に立った。すこし出てきた風の中で懐中時計を出して見た。居酒屋を出てずいぶん来たつもりでいたが、まだ四十分しか経っていない、時間ではかると二キロは来たことになる。居酒屋の主の言葉が真実として、まだ半分の道のりしか歩いていないことになる。バスの通っているという舗装路の辺りに、なにか目標でも見えれば、それが少々遠くても、元気がわくのであるが、丘は波濤のうねりのように連なり、遥かにかすむ高圧送電塔が望まれるだけであった。サンパウロ市からわずかに二十キロばかりの場所とは思えぬほどの、ここは荒れた無人の境である。

なんの危険のあるわけではないが、良作はすこし心細くなって、越してきた方を振り返った。彼の進む方向はだんだんと高台になっているゆえか、後方の丘陵のかなたに、ミナス州方面と思われる、青くかすんだ山脈の稜線が望まれた。妻に頼まれた品は案外と重く、しだいに肩に食い込んだ。良作は振り分け荷物をぐっと引きあげ、勇を鼓して前方の丘に向かった。

きょう、良作がサンパウロ市に出かけたのは、長年の取引のある商人に出荷した蜜柑、柿などの精算のこともあったが、妻の信江の訪日旅費の工面のためでもあった。日本行きのことで一度夫婦でもめたことがあった。元は必ずしも旅行の件ではなかったが、結果にはそのようになって、信江は娘の婚家先へ一時行っていた。婿のとりなしで彼は妻の旅を承知せざるをえない立場に追いこまれていた。気の進まないまままつい延ばしに延ばして、旅費の払込み日は最終日になっていた。その前にも領事館の窓口になんども立って信江の入籍をすませ、戸籍謄本も取り寄せた。いまは亡い良作の父母は、一度も生国の土を踏みたいとは口にしなかった。この国の歳月にまみれての五十年は深く、彼は故郷をとらえようとしても、記憶の底から幼年の日々は浮き上がってこないのであった。

信江が郷愁にとりつかれたのは、二年ほど前、移民六十年祭〔一九六八年〕があって間もない頃であった。同県の知人が帰郷したさい、この国の特産物など託して、叔母に送ったのがもとになったようである。それからは時々手紙のやりとりがあったようで、小包が届くことも幾たびか重なった。信江が戦後の初期移民であってみれば、日本の縁者との思い出のまだ新しいのは分かるが、夫をおいて独りでも訪日するというのは、どこかしっくりと合わない強い性質のゆえであったのか。

信江は先夫に死なれて、一時は生活に困った時期もあった。世話する人があって、彼女はひとり娘の昭子を連れて、丈二という息子のある良作と再婚した。良作はもう初老といってよい歳であった。信江はまだ女盛りで不満もあったが、なんといっても夫の心に添おうとする初心に欠けていた。

かれこれ半年ばかり前のことである。旅行社の男がふらりと訪ねてきて、是非にも訪日の世話をさせてほしいとすすめた。信江は茶など出してもてなし、夫が承諾してくれれば良いがという気持ちをあらわにしていた。

その日、良作は朝から神経がたかぶって手がふるえた。彼にはおりおりそのような症状が出るのであった。そのような日には、感情の自制に気をつかうか、鎮静剤を飲んで寝るようにしていた。その日は外交員のよく回る舌の話しぶりが、とくに癪にさわった。外交員は前もって良作の家の状態など聞いてきたらしく、――お宅あたりは――と持ち上げ、何人かの村内の知人の名をあげて、当社で世話しましたといい、是非ひとつとしつこく纏《まと》いつくのに、彼はつい大声を出しかけたが、やっと自制してとにかくその日は、旅行社の人に帰ってもらった。

荒れ馬の一度たかまった神経はもう彼の制御の外にあった。良作はさんざん信江に当たった。

あくる日、信江は娘の婚家へ逃げていった。二週間ほどたった後の日曜日、婿は信江と昭子を連れて車で来た。サンパウロに隣接する町で、彼は会計士の事務所をあけている。まだ三十歳をいくつも超えていないのに、小太りに肥えて下腹が出ている。他人にはどうか知らないが、家ではよく冗談をいって人を笑わせる男で、妻の乗り気でやった義理の娘の婿という訳ではないが、良作とは性格は合わなかった。

「父さん、まだ怒っている」

婿は良作の顔を見るなり、ポ語〔ポルトガル語〕で言った。なんとか他に言いようもありそうなものだと、彼は苦々しく思った。なにごとも軽く茶化してしまうのがこの男の技で、それで結構上手に世渡りをしているのであった。

「お母さん、早くおいでなさいよ」
と信江を呼び、二人の手を重ねさせて、
「仲直り、おめでとう――」
婿は道化役を買って出た。都会の窮屈な住宅事情では、いくら親とはいえ、遅かれ早かれ煙たがられるのは目に見えていた。体よくお払い箱になった彼女はハンカチを出して目に当てた。良作は渋面をつくり、苦りきって横を向いた。

長男の丈二は、父の土地に平地がないので、近所で借地をして朝市に出ていた。義理ある仲なので所帯は別にしていたが、二人で孫たちの面倒は見ていた。ところが信江の留守中は、嫁の春子の料理が彼の口にあわず閉口していた。そのうえ妻の世話していた幼い二人が彼にかかってきて、良作は内心一日も早い妻の帰りを待っていた。

娘の昭子が頃あいをみて、父さんの気が進まないなら、母さんだけでも一度日本へ行かしたいと言い出し、なんなら旅費のほうも自分らで工面するといわれると、良作には義理の娘ではあり、一途に頭から反対するわけにもいかなかった。それで承諾したとなると、婿に信江の旅費をださせるほど、おれはまだ逼塞してはいないという見栄も多少はあった。結局、娘夫婦は良作の同意をえて夕方引きあげていった。

良作はまた一つの丘に立った。E駅を出たとき足もとにからんでいた影は、かなり伸びてきた。疲労はさほどに感じなかったが、やはり心急《せ》いて歩いてきたせいか、気になる鼓動が耳の底で鳴っていた。

この原野はどれほどの広さをもって拡がっているのだろうか。女体の乳房を思わす二つ並んだ丘の先には、陽炎にかすむもう一つの丘陵が立ちふさがっている。四キロばかりの道のりで、女子供も通うと居酒屋は教えたが、もうそれほどの道は来ているはずであった。良作はしだいに振り分け荷物の重みをつらく感じた。歩くにつれて肩に食い込む細紐が皮膚をすってひりついた。

彼はもう一息と気持ちを張り直し、前方の丘に向かった。良作はなんとはなく故人のこと、父母や妻を思い出していた。戦後間もなく死んだ父の十七年の法要は二年前にした。母や妻のもすぐになるが、そういえば良作も亡父の歳に近づいていていた。

「ブラジルはええとこじゃあ」

すっかり笑い上戸になった父が、一杯機嫌でこの言葉を口にするときは、豊作とか、思わぬ作物の高値の年であった。

「なあ、良作、おれは牛のひとあばれで、ブラジルまで蹴っとばされたんじゃ」

「父さん、もうええじゃないの、昔のことなど」

母がいくらとめても無駄であった。

「良作、一杯やれ」

父は息子に盃をさしだして、もう何回と聞かされた話を始めるのであった。

畑に出る途中で、山仕事の仲間の源次と出会った父は、ちょっと立ち話をした。尻の跳ね上がった猫車につけた飼い牛に、道端の草を食わせておいた。ところが突然牛は何に驚いたのか、車を引っぱって飛び出した。道は崖と川にはさまれた狭い一本道で、誰か人をはねて、牛は橋のうえで手綱を擬宝珠《ぎぼうし》の柱にひっかけて止まった。放れ牛は源次に頼み、父が土手から下りてみると、草むらで尻餅をついていたのは、村長の千賀さんであった。父は村長を背負ってお邸に運んだ。この事件で村じゅうは大騒ぎとなり、いろいろな憶測が流れた。

千賀さんはこの地方きっての山持ちで、「千賀の癇癪」といって誰知らない者のない短気で我儘な旦那であった。丹波の豪農から嫁を迎えた旦那が、結婚初夜うまくいかなかったと、花嫁を里に返した話は、なかば伝説めいたことになっていた。話がここまで来ると、母は決まったように、

「また、お父さん、おやめなさいよ」

と嘴《くちばし》を入れるのだが、いっこうに頓着しない父は、鶏のささ身をつまみ、火酒をきゅうと喉に流して、次を続けるのであった。

仲人は平身低頭してもとに納めたが、花嫁にこっそり入れ知恵したということで、旦那のは別注文だと変な噂がたったという。

広い松林をもっている千賀さんは、京都から茸の種を取り寄せ、わざわざ技師まで呼んで、松茸産業を企てたが、どうしたことか茸は一本もはえず、失敗したようなこともあって、村の祝宴などで酒がまわって無礼講になると、きまって淫猥な踊りが出て、――それ旦那の松茸が出た――と誰かが囃《はや》すと、女たちは腹がよじれて痛くなるほど、笑いは止まらないのであった。

大手町の逸見先生が毎日、二人がけの人力車で村長のお邸へ往診していた。旦那に怪我はなかったが、腰の骨を違えているということであった。

村人の好奇心は旦那の朝帰りにあった。噂はすぐに広まって、村長は藤の家からの帰り道で事故にあったとされ、太山寺前の料理屋の若い女将に肝を抜かれていたといって、村人は笑い草にした。

良作の祖父は、村の農繁期ごとに、日雇いで働きに来る島の者であった。ある年から島に戻らず、祖母の家に入り婿のかたちで居ついた。村では一段軽く見られる外来者であった。良作の父の代になって、家屋敷と二反ばかりの土地はあったが、それだけでは暮らしはたてられず、千賀さんの山仕事を暇をみてはもらっていた。

偶然とはいえこの度の事故で、出張ったことは差し控えた方がよい父が、近所の祝宴に呼ばれ、酒の上とはいえ調子にのって、腰抜け踊りをやった。ところがひそかに村長に告げる者のいるのを、思ってもみなかったのは迂闊であった。あくる日、旦那に呼びつけられた父は、即日邸の出入りを差し止められた。村に居れなくなったといって、今さら根っからの百姓が町に出てみても、生活の目鼻のつきようもなかった。

二年ほど前にも、旦那の忌避にふれた上田さんは、町の衛生課に職をえて難を逃れたが、仕事は肥《こえ》くみであった。父は思案投げ首の末、土地はいくらでもある自由の国ブラジルへ行ったらどんなものかと考えた。

良作は二つの丘のあいだの裾野について、思いもよらぬ地形の変化に茫然とした。長くもない斜面を上がれば、目的のバス道路はとうぜん視界の中に入るものと考えていたのに、展望のきくこの地点に立って、なお前方の丘までの距離はゆうに三キロはあるものと目測した。いままで彼の越してきたどの窪地よりも、広くえぐれた低地であった。目の前に伸びている小径もぐっと右側に曲がって、丘の中腹を巻いている。いずれどこかに出る径であろうが、いまの良作はそう呑気なことは言っておれなかった。

もうとっくに四キロの道のりは来ている筈であったが、なお前方には、午後の湿気を含んだ薄い霧をすかして、もう一つの丘があった。なによりも急な気温の下がりを恐れる持病もちの良作は、近郊では珍しくない濃霧でもわいてくれれば、行き倒れになりかねないと予想して、身のすくむような恐怖にとりつかれた。

もうどこでもよい、一刻もはやく人家のある処まで着きたいものだと思った。彼は駅前の居酒屋に、いっぱい食わされたのではないかと疑ってみた。主は店の横をまっすぐに行けと言ったが、はじめに出会った宅地分譲の看板の出ていた横道を、主は指したのではないかとも、良作は考えてみた。横といえば彼の越してきた道も横になるし、ブルドーザーで削っただけの、区割した道も横道といえた。彼は自分の向かっている先に、バスの通っている舗装路がある筈だと、勝手に決めていたが、それにも特に確かな根拠があるわけではない、ひょっとすれば、あの分譲地の道を行けば、電車の踏切をこえて、バス道路に続いていたのかもしれない。しかし、その判断もたんなる想像といえば、それに違いなかった。

いわゆる準二世の良作も、ブラジル人の心底を計りかね、自己流に解釈して、あとで恩を仇で返され、困ったことがこれまでにも幾度かあった。といっても、道ぐらいのことであまりくどく尋ねるのも嫌であった。

一面のいじけたほうき草をわけて、良作は下りぎみの細径を歩いた。ズボンの裾ではじけた草の実が、短靴のすきまから飛びこみ、小さな刺で足をさした。すこし行くと径は二つに分かれていた。一つは真っすぐ前方に向かっている。他は窪地に沿って下っている。

良作は一息つくつもりで、痛む肩から荷をおろし、靴をぬいだ。前から尿意を押さえていたので、ズボンの前をひらいて草の上にはねた。黄色いのが少し出ただけで、甘くなまぐさい匂いが鼻をついた。前から糖尿病を言われていたので、甘味には常に気を配っていたが、駅前で飲んだソーダ水の糖分が出たのだろう。

この分岐点で、彼は初めて迷った。近頃とみに弱った視力では、識別のほどもあやしいのだが、はるか彼方の暗い緑の盛り上がりは、灌木の林のこずえと見える。地形のぐっと下がった辺りには、小さい流れでもあるかと思われた。何か他に目につくものはないかと、彼は目を凝らした。すると何かがきらりと光って消えた。しばらくして光はふたたび現れ、移動しながら消えていった。それは良作の背のほうに回った陽光を、フロントガラスに受けて走る自動車らしかった。なんの目標物もない前方の丘に向かうよりは、目もかすむほどの距離ではあるが、車の往還している道路に出られる見込みのある、下り径を選ぶほうがよかろうと考えた。懐中時計の針は意外と進んでいて四時を指していた。

彼は短靴を叩き合わせて、草の実を払い、腫れぎみの足を入れた。軽い痺れが踝《くるぶし》からのぼってきたが、歩き出すとしぜんと消えていった。

この径はいくらか下りなので足がすべる、地形はしだいに変化してきて、振り返ると、あの別れ径のあたりは高い台地になり、空にせり上がっている。この草原地帯はチエテ川を見下ろす、丘陵地の一部らしかった。

良作は今日が指定日になっている妻の旅費の払込みを気にしたが、自身の立場も容易でないものに感じていた。なんとしても明るいうちに、帰宅のめどのつく処まで着きたいものとあせった。

地形はしだいに下降して、窪地はかなり水気を含んでいるせいか、生えている草の丈も高くなり、彼の腰から肩にかかるほどになった。群生しているアッサ・ペッシェもおおかた下葉を落としていて、その間に葉をひろげている蕨《わらび》のおどろも黄ばんでいた。急に人の足もとから太った蜥蜴《とかげ》が走り出た。谷の窪地はいつかひらけて、山笹や野茨の絡んだ雑木林になった。この辺りは流砂の堆積が深く、一度出水があると、いつまでも湿気を含んでいるような低地らしかった。

日暮れまでにはまだかなり時間のある筈なのに、木陰にはもう夕刻の気配と冷気がただよっていた。良作が林の前まで来ると、暗い木立ちで径は絶えていた。

ここから元に引き返すことなど、とうていできない相談である。かといってここで思案していても仕様がない。彼は深い草をわけて少し歩いた。するとひこばえの枝を折って人の通ったあとのある細径を見つけた。どこに出るか分からないにしても、とにかくその足跡をたどることにした。その時、遠くで犬の吠えるのを良作は聞いた、たしかに犬の声であった。

彼はにわかに元気づき、林の奥に向かった。水苔が陽もささない湿地に絨毯を敷いていて、その上に人の通った凹みがあった。しめたと思った彼は、その足どり伝いに、乱生している百日紅《さるすべり》のつややかな幹を、右に左につかまえて進んだ。地盤がゆるく歩いていられないほどにめりこみ、靴底を通して沁みる水で靴下がぬれた。

前方に流れがあった。飴色によどんで深さは分からないが、幅はほんのひと跳びで、前の水ぎわにはかみそり草の枯葉が折れて水に垂れており、まだ花をもたないクワレズマ〔四旬節の時期に花を咲かせる樹〕の若木が枝をのべている。

　良作は根の張った百日紅のかたい株を踏み台にして一気に跳んだ。それほど力まずとも楽に越せる流れであったが、弾みをつけたとたんに、肩のうしろ荷が木の枝に引っかかったのか、意外と強い力で後に引かれた。彼は——あっ——と叫んで川に落ちた。良作は両足でもがいて川底を探ったが、ここは底なしのどぶ川らしく、わき上がる泥水はバンドをかくし、体はしだいに沈んでいく。彼は首にからみついた荷物の紐をはらいのけ、目の前の草の葉を夢中でつかんだ。手はすべって当てにならないが、体が浮いてきたので、すかさずクワレズマの枝に持ち替えた。ようやく水ぎわに這いあがり、助かったと思うともうじっとしてはおれない、不安と焦慮をふりきるように、木立ちの間から差している明るみに向かって走った。小枝を折り茨をわけ、上着の裂けるのもかまわず走った。手からは血がたれていたが、痛みは感じていなかった。

　林を抜けると、盛り土をした土手の下に出た。夕暮れがせまり、良作の視力は空腹と疲労でぼやけていたが、目の上の鉄柱は認められた。這い上がってみるとそこは軌道が走っていた。前方に線路にそって未舗装の広い道路があった。暮れてきた路上をぼやけたヘッドライトを点した車が一台走り過ぎた。

　良作は盛った割り石に座りこんでいた。心臓の動悸は喉もとまで突き上げてきて、二度三度つづけざまに吐いた。出たのは少しばかりの胃液だけで、全身から冷汗が噴き出して、良作は衝心を起こしていた。肩で息をしながらうずくまっていると、少しは楽になったので、起き上がって軌道をこえ、斜面をおりて道端に立った。もう思考も混乱して自分の帰る方向さえ分からなくなっていた。通り過ぎる車の一台一台に彼は手を上げたが、停まろうとする車はなかった。

チシャ栽培の邦人農家に、ようやくたどりついた良作は、そこの人たちの厚意で、その夜あまり遅くならずに帰宅できた。家の者たちは心配して、心あたりを尋ねに町まで出かけようとしているところであった。

良作がその日の出来事をかいつまんで話すと、それ以上誰も口はききたくはない様子であった。期待はずれの結果に、不満を顔に出している妻には声もかけず、彼は寝室に入り、持薬の強心剤と催眠薬を飲み、寝台に長くなった。どっと疲労がおしよせてきて、体は痺れて溶けるようであった。彼は自分がしだいに小さく縮み、深い谷間に落ちていくように感じたが、その意識もやがてぼやけていった。

信江は心配していた夫が帰宅したので、ほっと安心したものの、朝出たときとはうって変わり、人相の違うほどげっそりと衰弱した夫を迎えたときは、思わず駈け寄っていた。どんな目にあったのかは知らないが、新調のズボンは泥まみれになり、上着にはさんざんなかぎ裂きをつくり、財布は内隠しにあったものの、持っていった手提げと、頼んでおいた土産物は持って帰っていない。

娘のところから戻って以来、夫との間に何か目につかない、薄い膜がはさまったように感じるのであった。夫は信江の知っている限りでは、口数の少ない男ではあるが、なぜ夫は思っていることを率直に話さないのだろうか。娘と自分が組んで日本行きの芝居を演じたように夫は推しているふしがあるが、娘夫婦の間に相談はあっただろうが、訪日のことは娘が突然言い出したことであった。

あれはいつ頃だったたか、日本からの小包がとどいて、そのなかに男物のメリヤスの股引きがあった。寒がりの夫はことのほか喜んだ。その後、信江あての手紙に、良作の出身地は現在叔母のいる町に近いので、なんなら郷里の消息を尋ねてあげてもよいとあったので、手紙の内容を夫に告げたところ、良作は不機嫌になり、頼みもしないことは容喙してもらいたくない口ぶりであった。

良作はよく眠っていた。顔色も家についた時からみれば、よほど良くなっている。この分なら、さほどの心配もなかろうと、毛布をめくって夫の横にふせった信江であったが、持病の再発したらしい夫をおいて長旅をするわけにもいかず、旅行社へ出発日の延期を知らせ、予定の変わった旨の通知を叔母に出すことなど、いろいろと考えると、なかなか眠れなかった。

あくる日、良作は妻に付き添われて、かかりつけの小川医師を訪ねた。午後から空は冬曇りに移り、霧雨が降ってきた。細雨は二日続き、夕刻になって空は晴れた。

あくる朝、降った霜が山野を白くつつんだ。その日一日、良作は床でぐずついて起きあがれなかった。暖気が回復するにつけて、霜にやかれて黒くなったバナナやアバカテ〔アボカド〕の葉も、しだいにすがれて褐色に変わっていった。孟宗竹の白く退色した葉は、終日はらはらと舞い落ちた。

あの出来事いらい、信江は日本行きのことは口に出さない。良作も無関心をよそおって話題にしないようにした。その後、彼女は二度ほど手紙を書いたようであるが、返事はまだ来ていない。医者の勧めにしたがって、良作は家のまわりを歩いてみた。体調が気になっていたが、あんがいと脈搏もしっかりしている。痛いような霜が下りたあとの陽光を受けて庭を一回りした。

信江は霜にやけたにんにくを抜いてきて房に編んでいる。二列に並べた赤紫の玉の縄が、もう何本も干してあった。二羽の雀がなにか餌でもあるかと寄っていった。編み手が房を前にしゃくると、雀はぱっと飛び上がり、明るい柿畑のほうに移っていった。遠くで昼食を告げる汽笛がなった。良作はまだ薬をのんでいないのを思い出し、戸口のほうに歩いていくと、自分の体の妙な動きに気づいた。自分の意思とは別に、足の運びが歪んで壁に突き当たった。そういえば今朝、牛乳のカップを取ろうとして、手がへんな角度にいくのが不安になっていた。けれども、別に痛むところはないし、頭もはっきりしているので、とうぶん信江には黙っていようと思った。

一九八〇年一月（『パウリスタ年鑑』一九八〇年度号掲載）

アガペイの牧夫

雨期のさなかに、どうかして内陸地の一部で高気圧が腰をすえると、盛夏に乾燥の続くことがある。それが長引くと、陸稲を枯らし、綿やトウモロコシも減収になり、裏作にまでさわってくる。

老いた農夫が永い田舎ぐらしをふりかえってみて、——あの夏の旱魃はひどかった——と、忘れられない不作の一度や二度はあるものだが、これから筆者が述べようとする小事件の起きた年も、降誕祭は過ぎ、年が改まってから、四十日からも降雨がなかった。ときにはアガペイ河にそって、乱雲の盛りあがる日もあったが、それも虚しく消えさると、旱魃はしだいにその禍々しい貌を見せはじめた。

その当時、P鉄道の終着駅はT市で、延長工事は足ぶみの状態にあったので、他の鉄道沿線の町に結ぶバス路線は、T市から八方にのびていた。その一つの東北線のN市に通ずる道路を十五キロほど行った所に、お堂と学校があり、街道をはさんで邦人の雑貨店に五軒ばかりの人家のよりそっている集落がある。郡役所が制作した地図にも、小さな丸が打ってあって、人々はそこを道程からとって、マルカ・キンゼ〔十五キロ地点〕と呼んだ。

ここ数年にはなかった不作の年になりそうな、暑い旱天《かんてん》続きの午後であった。つい先ほど、がら空きの二便のバスが、やけに尻をふりながら通っていった。車があげた土埃は地上に舞ったまま、胸のむかつくような臭いをはなって、街道から一段下がった雑貨店の方へ、ゆるやかに流れていった。店の板壁にそって細く落ちている庇の蔭で、顎をつきだして長くなり、砂で腹を冷やしていたぶち犬は、しだいに移る陽ざしに、不精らしく立ち上がると、道をこして太い棉《わた》の根元にいき、土をかいて床の窪みをつくると腹ばいになり、爪ぎわに入った蚤に歯をたてていたが、それにも飽くとしぜんと瞼をとじた。

この辺りでゼーの通り名で知られている二世の雑貨店は、観音びらきの二つの戸は開けていても、日照りから内に入ると、客がまごつくほどに暗い。視力がなれるにつれて、売り台の上にはめたガラス瓦をすけてくる明かりを受けて、下の棚に並んだ酒瓶の肩に反射している鈍い光が目に入る。壁にかけた農具をはじめ、そうたいにうす汚い店内を一メートルばかりの丈の長い板で二つに仕切り、片方に白米、豆、トウモロコシ粉に木芋粉など、穀物の袋をならべ、背中あわせに赤砂糖と塩の袋、干鱈の箱などよせてある。

その奥の正面の台はつねに主のゼーがすわっている場所で、右よりの端は客が一杯やる酒場になっていて、銘柄の違う火酒や、草根や木皮をいれた薬酒の瓶がたっている。つづいて黒ペンキのようなニコチンの脂でてらついた、縄タバコの輪に巻いたのをおき、主は商いにつかう手垢のしみついた売り台を二メートルばかり空けて、すぐ左に真鍮の二枚の皿をもった台秤をすえ、その横に赤い切り口を見せた干し肉と、輪切りの型にかためたケージョ〔チーズ〕がつんである。

昼前にシッコが馬で来た。求めた食料品を麻袋につめ、鞍に押し上げると、主がサービスに出した火酒に酔って店を出た。少したって尿意をもよおした主が店先まで出ると、あの農夫は破れた袋のすみから食料がこぼれ、道に筋をつけているのも知らずに帰途についた後で、もう街道に後ろ姿もなかった。ゼーはあの客が雌鶏のように口やかましい女房から、さんざんやり込められている様子を思うと、抑えることの出来ない笑いがこみあげてきて、危うく尿をもらしそうになり、いそいでズボンの前ボタンをはずした。

水銀の玉のようにきらめく太陽は、中天から少し斜めにかかった。ゼーはこのところ昼食をすますと、午睡する癖がついたが、その日は朝から名づけ親の見舞いに出かけた女房が、まだ戻ってこないので、店を任せてちょっと横になるわけにはいかなかった。

屋根瓦は朝から焼けはじめ、しだいに店の内にこもった熱気は、壁から板床まで、通気の悪い店そのものが、焼窯のようにもえてきた。主は出来の悪い手作りの石鹸のように、椅子によってぐったりと萎《しお》れている。動けばよけい暑さが身にこたえ、不機嫌になってゆくのが自分でも分かった。

板床をならして店に入ってきた一人の男があった。中背で痩せている。容貌は中年ぐらいから初老ともとれ、年齢のほどは確かめかねた。黒人の血をうけているのは分かるが、あまりくすんではいない褐色の皮膚をしている。いくらか縮んだ頭髪は半白で、帽子もかぶらず炎天の下を歩いてきたらしく、薄明かりの店に立つと、男の体から陽炎が揺れたった。ゼーはその男が店に入ってきた時から、目を放さずに見つめ続けていた。この辺り十キロ周囲では見かけたことのない男であった。

「ソーダ水をもらおうか、冷えたのをな――」

その男は売り台の前まできて、主のゼーにそう言った。

「飲み物は切れている。欲しければ、そこの水壺のを飲みな」

ゼーはむっつり顔で、愛想もなくそう言うと、店の隅へ顎をしゃくってみせた。家にこもった暑気で、彼は口をきくのも大儀であった。旅の男は店主の無愛想をべつに気にしている様子もなく、

「それじゃあ、糖蜜をコップ半分」

と重ねて言った。

ゼーはうるさい奴とばかり腰をあげ、後ろの棚に酒類と共に並んだ瓶の一本を手にとり、売り台にコップをつきだし、赤いとろりとした蜜を注いだ。男はポケットから折った札束を出すと、その中の五十ミル

〔当時の貨幣単位ミルレースの略称〕一枚を抜いて出し、主の出す釣銭はいらないと押し返した。そして店の隅においてある素焼きの水壺の前に立ち、水口をひねってコップ一杯の糖蜜水にして、喉にながして一気にのみ、あとは水だけで口中の甘味をとり、コップを台に返すと、

「T市ゆきのバスは何時にありますかな」

そう言って尋ねた男の声には、ほっと一息いれた和やかさがあった。ゼーは旅の男の気前のよさに、いくらか機嫌をなおしていたので、

「四時過ぎですな、この炎天干しに何処から来なすった」

と応対したのも、なんとなく変わっている未知の男に、興味をもったからであった。

「それなら、飽きるほど時間はありますな、店先ででも休ませて貰いますかい」

「ここは照り返しがひどくて、向かいにいくらか涼しい蔭がありますよ」

主は旅人を促すように、街道をこえた側に立っている棉の木に目を送った。その古木は幹の芯に腐れがあるらしく、中途で折れていて、もう余命いくばくもないらしい。それでも青い幹から、幾本かの枝をはって、疎らな葉蔭を地面に落としている。男はひどく蒸す店先から出る様子もなく、じっと視線を樹の株もとに凝らしている、そこには永年の風雨に打たれた、三基の十字架がよりそって、盛り上がった太根の瘤に支えられ、ようやく倒れずにあった。奥から出てきたゼーは、戸口の男の側に立った。

「店の内はたまりませんな、親方さん、樹の下で風でも入れませんか」

「わっしはこの床几でけっこうです。車の来るまで休ませてもらえればですな」

その男は静かな態度にかかわらず、固いバネの持つ弾力を体内に押しこんでいるといった印象をゼーは

受けていた。力みかえっていないだけに、男のもつ強いピンと張った弓の弦のような、生命の緊迫感にうたれた。ゼーは自分の平安ではあるが、ゆるんだ日々を思って、男の身の上に好奇心をふくらませてみた。

「それじゃあ、親方さんは、ふた昔まえの、この界隈を知っていると言われるのですな」

「いや、この辺りはくわしいという訳ではないので、わしは河向こうに一時住んでいただけで、あの頃は今のような立派な橋もなくて、たしかジョーン父子が筏で人や車を渡していた時分でしたかな。死んだ息子がサンタ・セシリアに埋まっているので、主人の用事でつい近くまできたついでに一日暇をもらい、長く捨てておいた墓参りをしてきました。墓標の番号は忘れずにいても、もう形の残っている筈はありません。あの町も、馬市など立って賑わっていたのに、ひどく寂れ果てたものですて。倒れずに残った煉瓦の家も、周囲の農場に雇われる日銭とりの宿になっているようでした。

みんな変わっていきますな。歳月に流されると残るものは少なくなり、みんな土に食われますて。わしはこの店のことは前から知っている、たしかノゲイラさんといった人のものじゃなかったかな」

「野毛《ノゲ》はおれの親父だよ」

「ああ、さようで、息子さんでしたか。ちょっと分かりませんでした」

「それでよいんだ。おれは二世だが、この土地の人間だからな」

「さようですとも、それでご両親は達者でおられますか」

「もういないよ、親父もおっ母あもな」

「さようで——、ご両親は亡くなられましたか。とはいうものの、一介の日雇い風情が、父上から昵懇にしてもらったという訳ではありませんが、一度お目にかかって、お人柄はよく分かっております」

「親父は固い一方の人間だったからな。なにか用件でもあって会いなすったか」

「なあに、たいした件ではありませんでした。それはそうとして、前の肉屋はどうなりました」

「ああ、棉の木の奥の肉屋か。みんな死んでしまって、その後、浮浪人が火を出して店も焼けてしまった」

「たしか三人の兄弟でやっていたと憶えていますがな」

「その兄弟たちだが、三人とも決闘でやられたんだ」

「それはまた、どこか牧場主の一族と、喧嘩出入りでもありましたか」

「そうじゃないので、相手はルイザ未亡人の牧場にいたジュリオという牛追いで、アガペイ河岸で番をしていた男だ。隣の牧場主との境界のことで、紛争の絶えない土地へ、奥さんがその男を雇ったという話だが、物静かな牛飼いだのに、その後、争いはなくなったといいます」

「そんな男がまた、どうして荒くれ三人との諍《いさか》いに巻きこまれたのかね」

「話はこうなんだ。はじめの日は弟たち二人と、あの樹の下で立ち会った。それから十三日目に、この辺りでは顔役の長兄ジョエルと、この先の丘にあるジャトバ〔マメ科の巨木〕の樹の下でやって、その結果、ジョエルも倒されたのだ」

「旦那はえろう詳しく知っていなさるんですな」

「おれはまだ少年だったが、ジョエルの弟二人が、ジュリオに向かったのをこの目で見たんだ」

「それでは、ジュリオとかいう牧夫の人相を、知っていなさるか」

「いや、知らない。背中を見ただけだし、わずかの間に事件は済んだからな」

旅の男は急にこの話には乗りたくない様子に見えた。けれどもゼーは反対にこの男に聞いてほしい気になった。

「暑さもいくらかやわらぎましたが、バスが来るまでの時間は長く退屈なので、そこで一つ、この目で見たあの事件のあらましを聞いてもらいましょうか。そうは言っても、すべてを見たわけではないんで、親父や農夫の話をまとめたものと思ってください。

その頃はまだ、この辺りも開拓気分の抜けない時代で、土地も肥沃で作物もよく穫れたので、人の気性は荒かったが、百姓らの懐はふくらんでいて、週末などは客の応対でてんてこ舞いだったそうです。そんな日の昼過ぎ、一見して知能遅れと分かる少年が店に入りこみ、客の邪魔になるのもかまわずうろつきます。前にも来たことのある白痴で、女のような顔立ちでまだ少年なのに、酒好みでいくらでも飲むという噂でした。

親父が追い返すのは知っていたのですが、別に悪いことをするのではないので、忙しさにまぎれて放っておいたのです。そこへ肉屋の末弟ミゲーが、朝から牛一頭売った元気で店にやってきた。まず火酒を一杯やって、あとは家で酒盛りという段取りです。このミゲーと次兄のジットは、長兄のジョエルも手をやくほどの横紙破りで、カッチンガ〔北東部の半乾燥地帯〕の棘林が広がる乾燥地帯から出てきた、粗野な強面の兄弟でした。そんな訳でこの界隈では、肉屋といざこざを起こすのを人々は恐れていました。けれども、人の噂は陰で立つもので、誰が言い出したものか、このマルカ・キンゼに来る前には家畜泥棒であったと言う人の口でした。

この地方一帯も開拓期を抜けて、ようやく家畜の労力が使えるようになると、労役馬の求めに応じて、この界隈に流れこんできた兄弟は、老いぼれ馬や骨軟症の病馬をかきあつめ、借り牧場でどんな手入れをするのか、一時元気にさせてから、近隣の日本人農家などに売りこみ、一年たらずの内に十域〔一域は一アルケール。二町五反、二・四二ヘクタールに当る〕の土地を求めて、肉屋を開けたという訳です。

話はちょっと横にそれましたが、あの白痴がミゲーに手まねで一杯飲ませろとせびったのです。その時、ミゲーにどんな考えが浮かんだものか、火酒の瓶二本を手にさげ、少年を伴って屠殺場の方に行ったのです。その夜はなんの祭りでもないのに、何人かの男どもが焚き火をかこんで、天候が急変して大雨になった夜中まで騒いでいたそうです。後日、野次馬の一人が親父に話したそうですが、兄弟は思いつく限りの悪ふざけを、酒でつって白痴にやらしたといいます。

そして事件の起きたのは金曜日でした。朝も遅く一人の牧夫がひょっこり店に来ました。牛追い服に革帽子をかぶった、四十がらみとも見える男の、青い、艶もない褐色の顔に目はするどく、けれども、親父にはひどくへりくだって語ったところでは、土曜日の昼過ぎ店に来ていたのは、その牧夫の息子ということで、明け方にどうして十キロの道を大雨に打たれながら帰宅したものか、家に着くなり虚脱して、そのまま戻らなかったということです。白痴にはどんな発作が来るのか、年二回ほど家出する癖があって、人のよる処に行って、面白半分に飲まされた火酒で、死にかけたことが何回かあって、馬鹿が人の笑い者にされるのは仕方ないとしても、親の身から言って不憫なあの子は、すこしも邪心のない天使でした。わっしはこれまで人の仇を買うようなことは一度もしておりません。それをなぜ肉屋の兄弟は、人の息子を豚かなんぞのように辱めたのですかい。もう証拠はあがっていますが、なにか別のことは知らないかと、その男は親父に尋ねたそうです。店をやっておれば人の噂は耳に入りますが、それを流していてはお客を失いますからな。

失礼ながら、親方は通りすがりの人ですし、なにしろ二十年前の出来事で、当事者は死んでいましょうからな。さて話はこれからですが、親父はそれほどの事件ならその筋へでも訴えたがよかろうと逃げたそうです。すると男は礼を言って店を出ると、街道をこえて肉屋に向かったのです。その時おれは裏庭にいたのだが、親父が大声を出して呼ぶので、何が起きたのかと急いで店に行きますと、はやく戸を閉めろと言いながら、一つの戸口は自分で閂《かんぬき》を入れています。

――人殺しがあるぞ――

とお袋をよび、裏戸も閉める用意をします。おれは怖いもの見たさに、豚小屋の柵に身をひそめて、肉屋の戸口に目をやりました。こちらに背をむけている男は、つい先ほど店にきたという牧夫でしょう。ミゲーは一段うえの板壁を後ろにして、威丈高につっ立っています。それまでに激しい言葉のやり取りがあったのでしょう。ミゲーがにわかに手にした牛刀をふりかぶって、男の上へのしかかるように飛び下りました。一瞬の後、どっと音をたてて、棉の木の根元まで転んだのはミゲーでした。この勝負を窓から見ていた次兄のジットは、すぐ姿を消すと拳銃をさげてくるなり発射したのですが、その時、男はもう樹の幹に身をかくしていたのです。ジットは怒声を出しながら、さらに一発うって、突進したかと思うと、――ワァッ――と悲鳴をあげ、それからバネ仕掛けの人形のように跳ねると、もんどり打って倒れました。

この事件の始終をこの目で見たのですが、今でも昨日のことのようにはっきり思い出せるのです。あとで人の話を聞いたところによると、末弟のミゲーは入れ歯を砕かれ、喉まで入った短刀の一撃を受けて、声もたてずに死に、ジットもまた弟の血を吸った短刀を胸に受けて、間もなく絶命したそうです。

おれは、その男が地上に倒れているのを、しばらく見下ろしたのち、その頃、店の横から広がっていたコーヒー園に走り去りました。凶変を聞いて長兄のジョエルが駆けつけたときは、はやくも事件を知り寄ってきた近隣の人々で、蜂の巣をつついたような騒ぎの中でした。

開拓この方、十年からたっているこの地域で、このような事件は初めてだということです。ジョエルは縄張り争いなら、悪どいこともやりかねない男ではあっても、この辺りの治安代理をやっているだけあって、あの晩の馬鹿遊びを怒ってすぐ止めろと言ったそうですが、彼は男所帯の家事をさせるのに、町から連れてきている愛人と、はやくから床に入ったと言うのです。両腕とも頼む弟二人を、野良犬のように殺されたジョエルは、事件の始終を見たという愛人の証言によって、郡の軍警を加勢に頼み、アガペイ河岸にある牧夫小屋を襲ったのですが、そこはすでに無人になっていたので、彼らは馬を返して、雇い主のルイザ未亡人の地主屋敷に乗りこみました。ところが、あの牧夫は事情を話して、三日も前に暇をとっていたのです。

ジョエルもよほど頭に血が上っていたのか、あんな人殺しをよくも雇っていたものだとルイザ奥さんに食ってかかり、まさか匿ってはいないだろうなと言わんばかりに、馬からおりて高床の段に足をかけ、家捜しをせんばかりの勢いです。

ミナス州〔ミナスジェライス州〕の大地主の娘で育った奥さんは、はじめから権高《けんだか》な三人を嫌い、ジュリオはここにいないと言っている、この上わたしを女と見くびって無体をすると、アウグスト弁護士、郡の評議員ロベルトは、わたしの甥っ子なので、聞いてもらうがどうかと言い、そんな奥さんの逆ねじをくって、さすがのジョエルも唾を地面にとばして引きあげたそうです。

陽も大分落ちました、ここらで一服させて貰いますか。

――親方、一ついかがです、これは、ちょっといけますがな――

――わっしはやらないので、どうぞ――

――ああ、やらないのですか、一息いれた時の一服は悪かありませんがな――

それでは続けますか。そういう訳でジョエルは弟たちの埋葬をすませ、十日ほども経ちましたが、杳としてあの男の手がかりは掴めません。草の根を分けても探しだし、弟たちの仇はとってやると息まいて、一日奔走しているジョエルも、いつまでも店を閉めているわけにはいかなくなって、従弟になるとかいう若者をよんで店を任せました。

事件があって、ちょうど十三日目でした。ジョエルは取り込みでそのままになっていた話済みの牛を引き取るため、独りで店を出たのです。いつも馬を放したことのない彼が、その日に限って徒歩で、誘い役の牡牛の鼻を曳いていったのです。ジョエルがひとりでそれも馬なしで行ったのが彼の不運だったと、後で、ある人が言ったそうですが、行く先はごく近い農場であったし、あの事件いらい連日のように馬を乗りまわして、鞍ずれで弱っていたので、ジョエルは徒歩でいく気になったのでしょう。彼はつねに三十八口径の拳銃と牛刀は離さない男で、自分の護身用として武器に不足はなかった訳です。

雑貨店の主が親方に牛の話をするのも異なものですが、まあ聞いてください。牛に係わる仕事として、牧夫、牛商人、肉屋などまだ他にありましょう。牧夫などは畜生相手ですから、時によりずいぶん惨《むご》いこともするでしょうが、なんといっても務めが生きものの世話ですから、しぜんと情が移って、畜生のようなものも懐くのでしょうな。

　ところが、ジョエルは牛商人といっても、牛群を買って利益をはね、右から左に渡すのじゃなくて、一頭二頭と彼が買うのは、自分の店でさばく食用肉だから、まあ言ってみれば牛殺しです。それで永年その仕事をやっていると、牛の怨霊か、血の臭気のようなものが、彼の体に纏《まと》いつくのでしょうな。

　今でこそ向かいの棉の木に、黒い不吉な鳥は来ませんが、ジョエルが商売をしていた頃は、いつも十羽からの腐肉鳥が巣くっていて、肉屋を閉めてからも、夕刻ともなれば舞い戻ってきたものです。地面には何百頭からの牛の血が、沁みこんでいましたからな。

　そんな訳で、ジョエルがいざ買い物を引きとる段になると、どの牛も目をむいて、低く唸り、口からは泡をふくと言います。なかに角にかけようと暴れる奴はあっても、そこは生まれながらの荒れ野育ち、角のもとに投げ縄をかけ、杭にまわしてしだいに絞めていき、連れてきた牡牛の太い頸に結びつけると、どんな暴れ牛でも仲間とともになった安堵からか、殺されるとも知らずに従順になるそうです。そこで屠殺場行きの道案内に鞭の一つもくらわすと、開拓当時には二トンからの原材を山出ししたほどの牡牛は、仲間にかけた皮紐をきしらせて連れ出されます。

　話がだいぶ横にそれましたが、ジョエルが牡牛を曳いて店を出たのは話しましたな。街道はしだいに上がり坂になってひとつの丘に来ます。そこからは一望見渡す限り、アガペイ河の低地につながっていて、赤土の街道は青くかすんだ地平に消えています。そこには前から一本のジャトバの大樹があって、この辺りではジャトバの丘とよんでいる処です。まだ少年の頃、爺さんの眼鏡入れを小さくしたような、褐色の粒だった粗皮に包まれた、ジャトバの実をひろいに行ったものです。固い殻を苦労して割ると、中には濃いほどの黄色い粉が一杯つまっています。ちょっと糞くさい匂いが気になっても、柔らかな甘みにつられて、口の中がねばるまで食ったものです。

年を経たこの樹は今でも、炎暑の日など道ゆく人が一休みして、汗を入れるのに格好な蔭を落としています。

その日、ジョエルは丘のジャトバの樹から、左に分かれた先にある農場に向かったのです。ちょうど彼が牡牛と共にそこにさしかかった時、樹の蔭からジュリオは身を出して名乗り出ました。

この二人の決闘の様子は、道端のトウモロコシ畑で、九分どおり熟れた莢《さや》を折って、裏作にまく豆の畝をあけていた農夫の見た始終ですが、今までのところこの話が世間で通っています。それでは続けましょうか。

あれほど血眼《ちまなこ》になって、探していても杳として行方の知れなかった敵が、思いもよらぬ時に目前に現れたので、いつかこの日の来るのを予想していたジョエルも、動転して二十メートルも先の敵に拳銃を発射したのです。興奮のあまり日ごろの腕自慢らしくもなく、的から五メートルの前方で土煙が上がったそうです。すかさずジュリオが身を躍らして、ジャトバの幹に隠れたのを、農夫は見ていたのです。一方ジョエルは牡牛を楯にとり、用心しながら大樹に近づきました。十メートル近くまで距離を縮めて迫ったのですが、相手はふた抱えもある幹の蔭にいて、銃は役にたたないので、ジョエルは従弟を連れていないのを、歯がみするほどに悔やんだと思うのですが、相手が出てこないでは勝負にならないし、そうかといって至近まで寄ることは、さすがのジョエルも恐れたのでしょう。牡牛の頸に銃身をのせ、ジャトバの落としている丸い蔭にそって回りはじめたのです。

一方ジュリオも幹にそって、右手に細身の短刀を持ち、振り子のようにリズムをつけながら回ります。主人を匿って牡牛は一回目から二回目へと、地面におした蹄のくぼみをなぞって、変わらない歩調で歩くのですが、牛が半円を過ぎた時、ジュリオの手がサアッと上がった。

農夫が一息のむと、牛の顎から拳銃はすべり落ち、ジョエルは両手でしなやかな獣の皮をなぜながら、地上に伏し倒れたのです。畜生は主人の死も知らず、己れのつけた足跡をめぐって行くのを、ジュリオは樹の蔭から出てくると、牛の手綱を引いてとめ、倒れたジョエルを抱きおこし、脇の下に皮紐をまわすと、獣の太い頸筋にゆわえつけ、本街道まで引いていき、帰り道にむけて牡牛を追いたてたのです。

ジョエルが牡牛にくくられて、棉の木の下の「牛殺し場」に戻ってきたので、手伝いの若者が大騒ぎをはじめ、この宿場はじまって以来の騒動になりました。ジョエルの致命傷と見られる、後頭部の首筋に深くささった短刀の傷口を従弟は強調して、ジョエルは背後から襲われたと言うのでしたが、なかには同調する者もあって、その牧夫は見つけしだい打ち殺せと騒ぎ出したのです。その時、トウモロコシ畑にいた農夫はおずおずと人々の前に出て、わしは誰を贔屓《ひいき》にする訳ではないと断った後、彼の目撃したままを話したのです。それでは、どうしてアガペイの牧夫が卑怯なまねをせずに、ジョエルの首すじに短刀を立てたかという、当然の質問については、当の農夫をはじめ、一人として人々の納得のいくような者はいず、今だに一つの謎になっているんです。もう二十年も前の事件など、いまさら口にする物好きもいませんがね。

あの三つの十字架ですか。火事で灰になる前、空き家になった肉屋から、夜中うめき声が聞こえるなどの噂がたったので、有志が神父さんをよんでミサをあげ、建てたものです」

「それは功徳なことで。罪人をひとり出せばよかったのに、意地を張ったんで五人も死んだのですな」

「親方、死んだのは肉屋の三人ですよ」

「その騒ぎで、白痴が一人、肉屋が三人、それにあの牛飼いジュリオは、息子の仇はとっても、生きながら埋められたようなものですて」

ゼーは無言で、いつの間にか消えていたタバコに火をつけた。その折、かすかに自動車の近づいてくるらしい響きが耳についた。ゼーが目をあげると丘の向こうで砂埃が上がっている。

「やっと来ました。送ってやる空瓶がありますで、これでご免こうむりましょうか」

乗り合いで去った妙な客のあとを、話し疲れの呆けた気分で見送っていた主は、女房が戻っているのに気がついた。名づけ親の容体を聞こうと、店に入り売り台の跳ね板をあげ、ひょっと気がつくと、彼がいつも座りつけの椅子の尻のいくところに、細身の短刀が突き立っている。いま落とした戸の振動で、山羊角の柄がかすかに揺れているのを見て、ゼーは大声で台所にいるはずの女房をよんだ。ジイナは帰宅してから店には出ていないし、なにも知らないと首をふった。

その時、ある思いがゼーの脳裏をよぎっていった。と言うのは、その短刀を旅の男の置いていったもののように考えたからである。それにしてはいつ、いつ投げたのだろうか。もしその間があるとすれば、自分がバスに託してやった空き瓶の箱をとりに、売り台を板で仕切った裏部屋にいた、わずかな間しかないと推理した。四ダース入りの箱をかかえて台の上に置くまで十秒ぐらいのものだが、そのわずかな間に、店の戸口にうずくまって、丸めた肩をこちらに見せていた男が、自分が物置に姿を消すと同時に、すばやく売り台まで走りより、酒瓶など立てた棚の下の隙間においた椅子に短刀を立て、急いで戸口まで戻り、何気なく乗り合いバスの方を眺めているといった、曲芸はできるはずはない。ゼーはじっくり考えてみて、その可能性を否定して、自分の考えに確信をもった。

短刀は投げられたに違いない。それにしても、売り台を越して板壁に刺さりはしても椅子の腰がいく所にどうして立てたのか、とゼーの推理がそこまで及んだとき、彼は慄然として背中に寒気の走るのを覚えた。つい先ほど旅の男に、牡牛を楯にとって敵に向かったジョエルは、樹の幹に身をひそめた男から、首すじに短刀を立てられて死んだのは、今でも一つの謎になっていると話したばかりであった。

短刀を空中に舞わして、たがわず的に当てる秘技の持ち主と、現に目の前で椅子に刺さっている凶器とは、見えない糸でつながっているのをゼーは知った。

あの事件の日、まだ少年であった自分に決闘者は背中しか見せなかった。バスの来るまでの暇つぶしに、店の戸口に座って長話をした相手とはジュリオであった。そうだ――あの男はアガペイの牛飼いだと、ゼーは思わず大声を出すところであった。彼は三人を倒した土地を、二十年ぶりに踏みに来たのだ。そういえば、あの牧夫は肉屋三兄弟の命を奪った凶器をどこにも残してはいない。いま山羊角でまいた柄の短刀は、兄弟三人の血を吸ったものではないかと思えば、ゼーは売り台の奥に座れなくなった。それから一ヶ月ほどたって、ゼーは店舗と街道ぞいの土地を、隣の農場主に譲って、パラナ州はM市のバスターミナル内の、コーヒー店を買った。前からあった話にゼーはふんぎりをつけたのであった。

店は当たった。彼は一日忙しく動く人の群れを見ながら、金銭の出し入れに追われる毎日であった。ゼーの椅子の横にたてたガラス戸に、支払い証などの紙片とともに、彼の生涯に一つの折り目をつけたあの短刀が、決闘という法に外れた筋を通じてではあるが、しだいに失われてゆく男の徳目のひとつ、意志のシンボルとして吊ってある。

一九八二年三月（『のうそん』七五号掲載）

土俗記

その年の冬、留次は三十ヘクタールからの薯《いも》畑で、思いもよらぬ不作にたたられた。前作から積もり重なった借金はそのままにして、やっと別筋から融通を受けた資金をこの作に注ぎこんでいた。それだけに受けた痛手は大きくて、まったく前途の見通しはつけようもなくなった。

寝起きから朝酒で気を立て直し、留次はこれはと思う村の仲間をたずねて、次の作付けの金策にまわった。調子のよい時には人のよい彼をおだてあげ、料理屋にまでくりだして飲み食いした連中も、留次の落ち目を早くも犬のように嗅ぎつけて、危ない彼の保証を引き受けようとする者は誰もいなかった。

「そうくさることもねえ。まあ、景気直しに一杯いこう」

と仲間の一人に火酒の瓶の栓を抜いてすすめられると、つい一杯が二杯となり、したたかに酔わされて、家にまで送り届けられる始末であった。

七人の雇い人はとうに暇をやっていたが、留次は夏まきの人参に望みをかけ、もう時期も迫っていたので、晴天続きをみて、父の代からいるジョーンに指図して、川ぞいの低地にトラクターを入れさせていた。

いくらかましな薯を選別して、やっと車一台の荷をつくり、抜け売りで肥料と種子の都合はつけたのであるが、収穫までの経費の前貸しとなると、どの商人も二の足を踏んで、一見の客の留次には首をたてに振らないのであった。

昼過ぎから彼は与助の家でねばっていた。ちょっとした区内の用で来たのだが、いつもの長尻ですわりこみ、らちもない世間話を続けていたが、心底では与助から夏作の経費の一部でも借りたいのであった。

入植当時さかんであった留次は、与助に泣きつかれて面倒をみたこともあり、村では彼らの仲は格別とされるほどであったが、いまさら昔の恩を売るのはさすがの留次も気がひけた。それに一年まえ訴訟手続きにまで持っていかれそうになった借金を、立て替えてもらっている。たいした額ではないにしても、まだ返していないので、なお口に出しにくく、暗に与助のほうから言い出すように、留次は話をもっていくのだが、聞き手は当たりさわらずの返事をするだけで、煙草ばかりふかしていた。

　留次が村のめぼしい家をまわって、借金の相談に歩いているらしいと、隣の鬼頭の女房にことのあらましを聞いた与助の妻は、——十三歳を頭に食いざかりの子供が五人もいるせごし世帯のうちなど、人様に融通するような柄でもなし、赤松さんには前に貸したお金もまだ返してもらっていないのだから、この度はどんなに頼まれても相手になるな——という。日頃から頭の上がらぬ姉女房から、一本釘をさされている与助は、蛙の面にかけ水と素知らぬふりで、留次の愚痴を聞き流すつもりだが、昨年思わぬ人参の高値をあて、与助が世帯を張って十五年、はじめて銀行に三千の預金ができた。懐の重い自分を百も承知の留次に対して、ただ話のあいづちを打っているだけの与助は、しだいに憂鬱になり、やりきれない気分で吸う煙草はすこしも旨くなく、苦みだけが舌に残った。

　長年の飲酒癖であかく酒やけした留次の顔は、近ごろいくらか腫れぎみで、下瞼などは水がたまっているかと見えるほどに垂れている。もともと派手好みで陽気な彼も、この度の失敗にはよほどこたえたらしく、赤くにごった眼を一点に据えて、誰とはなしに友人がいいのないのを愚痴っていたが、やおら腰をうかして、

「与助、えろう邪魔したな」

とふらつく足どりで戸口に向かった。

「留次の奴、やっと帰りよった。あいつの長尻には往生だて。晩めしにでもするか」

「あんた、赤松さんに貸さなんだでしょうね」

「だれが貸すもんか、前の五百もまだだしな」

「あら、五百も出したんですか。三百といって人をだましておいてから、馬鹿らしい。あれだけあれば煉瓦の家が建つのに。ここらで泥壁はうちだけですよ」

「まあ、そう言うな、留次にはずいぶん世話になっているんだ。知っているだろうが」

与助は安煙草の封を切り、一本引き抜くと火をつけ、手荒く皿を食卓に配っているふくれ面の女房を横目に、今夜はどう機嫌をとったものかと思案顔であった。

兵三が妻を伴って家を出た時は、まだ黄昏の空は明るかったのに、谷川に沿うた山道で意外と時間がたち、村の本道まで来たころは、夕闇は両側の木立ちの奥に薄く垂れこめ、湿気を含んだ道路には靄《もや》が流れていた。前燈に灯を入れて、兵三がシンカ〔自動車メーカーのシムカのこと〕の速力をあげはじめると、白い光束の先でよたついている人影をみとめ、ブレーキに足をつけ徐行しながら近づくと留次であった。車をとめた兵三は窓から顔を出し、

「どうですか、お宅まで」

声をかけてさそった。留次に受ける気持ちがあると見た兵三は、後ろ席の定子に、

「扉をあけてあげい」

と促した。

「これは、すまんなあ」

与助のうちから戻るところの彼は、座席にへたりこむと、だらしなく定子にもたれかかった。兵三はバックミラーに一瞥を流すと、かすかな笑みを口もとに漂わせ、アクセルを踏んだ。三区で留次をおろすと、定子は助手席に移ってきた。

「酒くさい人だこと。あなた、赤松さんは前から知っているんですか」

「聞いてはいたが、会ったことはない。口をきくようになったのはこの村に入ってからだ。ミニョッカの赤松といえば、あの辺りでは知らぬ者はない顔役だったからな。親父さんが遣り手だったんだ。いまの奥さんは留次が一目ぼれしてもらったという話だが」

「でも、忠さんの口では、旦那さんは酔ってきては、ひどく奥さんに当たるそうです。頭の弱い娘さんもいるというのに」

「そうか」

兵三は短い返事をしたが、それからは何かに心を取られたように、妻にも口をきかなくなり、思いなしか車の速力も落ちたようだ。やがて行き通う車のはげしい、チエテ河岸の舗装道路に出た。ちょっと腕時計に目を走らせた定子は、

「あなた、すこし急いでください。七時までに着いていないと、サンパウロからお出《いで》の先生に悪いわ」

兵三は過ぎ去った遠い想い出を振り離すように、車の速力をあげていった。

中央線のT駅、チエテ河沿いの低地では、はやくから疏菜づくりの邦人が入りこんでいた。近年この地域にも人家が密集してきて、近郊新開地らしく変わってきたものの、二十年ばかり前には、このミニョッカ区などは荒れはてた湿原地で、住んで好ましい処ではなかったが、それでも四季それぞれの趣はあった。河岸の草木がなんとなく青ばむ頃、ここかしこに鮮黄のイッぺ〔ブラジルの国花〕の花が人の目につきはじめると、農家は急に忙しくなる。

夏の夜がオオカルカヤの茂る岸で蛍が群れ飛び、かしましく蛙どもはそれぞれの声をあげて啼きたてる。出水もこの季節のものであった。秋、朝起きて井戸の水をくんで顔を洗うと、季節の変わり目はそこにあった。冬ともなり寒波が北上してきて、何日も冷雨を降らしたのち、嘘のように夕焼けが西の空を赤紫に染めた日の翌朝はきまって霜になった。

兵三が父と一時住んでいた区域は、この辺り一帯の地主と言われる煉瓦工場の主人から借地をした邦人農家が集団地をつくっていた。幼い年ごろに母をなくした兵三は父の手ひとつで育てられ、その頃一家の働き手になっていたが、父は長年の水仕事がたたって、リュウマチで腰をいため、立ち座りさえ難儀な老人になった。

雨期に入れば土間から水の浸み出る長屋に、親子は住んでいた。おなじ長屋の下の瓦職人たちは、柄の悪い流れ者が多く、夫持ちでも浮気女は兵三を一人前と見て、誘いかけ、長屋仲間では痴話げんかの絶え間はなかった。

煉瓦を焼く窯場は、若者たちの夕食後のひとときのたまり場になっていた。独り者の火番ジュリオ爺は三十年もここで煉瓦を焼いてきた。彼はことのほか兵三を贔屓《ひいき》にして、

「お前には幸運がきて、出世するぜ。おれのように土を焼くものはだめだがなあ」

「そんなことはないよ、爺さん」

「いや、そうじゃねえ、土は命を生むものだ。それをおれは殺してきたからな」

そんなところから始まり、ジュリオはつい昔語りに身が入るのであった。機嫌の良いときには火酒を一杯やりながら、鄙歌《ひなうた》を歌うこともあった。歯の抜け落ちた爺の口から出る朴訥とした語りぶりには、呆けたような風格があって、兵三はまこと血の通った祖父のように親しんだ。

「ヘイゾウ、一杯やるか。これは古釜のとびきりという奴だ」

火口の前にすわった爺は、大瓶の鶴首《つるくび》を引き寄せて、兵三に声をかけた。

「おれはやらんよ、悪いけどなあ」

「うん、そうか、やらんにこしたことはねえ。神さまは人間どもに甘い汁を出す砂糖黍をくださったのに、悪魔の奴、こんな辛い気ちがい水に変えよった」

その晩はことのほかジュリオは心が浮いているようで、舌で唇をしめすと歌い出した。

シッコの旦那は色ごのみ
いろ目ながし目手くだのはじめ
イザウラ後家などいちころり
お店ざらえのマリナまで
かけた情けはかずかずあって

じぶんの胤やら他人のまで
育てたねんねが二十と五人
こんな仏にさかうらみ
マクンバ〔アフリカ系民間信仰の呪物〕まつる気がしれん

ちょうど俗謡の一節がすんだとき、ジュリオと仲の悪い土練りのサントの孫で半黒のトトと、馬面の源太が入ってきた。

「あくたれどもが。あいつらの仲間になるんじゃないぞ」

と兵三に耳打ちすると、ジュリオはぷいと立って、自分の寝部屋に消えていった。

「おい、兵三、うまいもの食わしてやろうか」

源太は窯場の板椅子にすわりこみ、肩にさげた袋に手を入れると、手の平にあまるほどの生き物をつかみだした。生き物は逃れようともがき、脚をふるわせ、くくと鳴いた。彼は蛙のまだらに斑《ふ》の散ったぬめる皮に爪をたてると、ぺろりと丸むきにした。まだ痙攣の走っている青白い肉のかたまりに、塩をまぶし、やすに通すと焚き口にかざした。トトもきゅうと鳴く大きな奴をつかみだしていた。

「食ってみんか、うまいものだぜ」

源太から狐色にあぶった蛙の片足を目の前に出されて、兵三は今までおさえていた吐き気をどうしようもなく、喉をならしてしまった。そんな彼を見て二人は笑いあった。兵三はしばらくかがんでいるうちに、気分もおさまったので、一刻もはやくこの場から逃げ出したかった。

「もうおさまったかい。面白いことがあるんだ。付き合わないか」

「なんだ」

兵三が聞くと、源太にトトは顔を見合わせて、へへえと卑しく笑った。

「風呂場をのぞきに行かんか、いまから芳子の家へ行くんだ。板の隙間から丸見えよ。あいつ肥えているだろう、太股などすごいぞ。こちら向いて桶釜またぐんだからな」

「おれ、そんなこと嫌いだ。断るよ」

二人に背を向けて窯場を出た兵三であったが、ただの悪戯として聞き流すわけにはいかないと思った。彼らの口ぶりでは毎夜のように出歩いているらしかった。

この辺りの借地農家はどこも似たような造作で、兵三の畑続きで野菜つくりをしている珠江の家の風呂場も、節穴だらけの板で囲った粗末なものであった。

「ちきしょうめ」

兵三は思わず歯がみをした。


増水したチエテ河の濁流は、一夜のうちに流れの幅をひろげ、畑を越して煉瓦乾燥場から窯場まで水びたしにした。二日たって空は抜けるようなコバルト色に晴れたが、上流で豪雨があったらしく、流水はいっこうに引く気配はない。何よりも長雨をきらう瓦職人たちは、雇い主から半月分の前貸しを断られると、水が引くまでの食い扶持かせぎに、台地ではじめた薯掘りに出かけた。低地の人たちにも小遣いかせぎにいく者があって、珠江も誘われてその中にまじった。

ようやく水の引きはじめる兆しが見えて、幾日か経った朝、珠江は平箱をさげて、苗をもらいに兵三の畑にきた。やや高みにしつらえた彼の苗床だけが、このたびの洪水から助かっていた。

「薯掘りおもしろかったかい」

「わたしが一番。だいぶん儲けたのよ。赤松さん、喜んでくれてね、仕事がすむとビールまで出たのよ。源太のばか、三本も飲んで帰れなくなってね」

「それはしくじりだったなあ」

珠江の話す源太の失態がおかしくて、兵三も笑ったが、あいつらの夜歩きは彼女に知らせておきたかった。

「珠江さん、ちょっと変な話なんだが、お湯をつかうとき、まわりに気をつけたほうがいいよ」

「それどんなこと」

「ばか遊びがはやっているからね。こっそり覗かれるなんて、嫌じゃないか」

「まあ、いやらしい、兵さんは誰か知っているんでしょう」

彼女はさも醜悪なものを見たように眉をひそめた。

「ぼくの口からは言えないよ、いいね」

その日の夜、晩飯をすました兵三は机にむかっていた。ポ語〔ポルトガル語〕の講義録を取り寄せて毎晩の独学は欠かしたことがない。いまはしがない一介の百姓でも、若い彼には火のような闘志があった。行く先々の具体的なことは分からないにしても、日ごろから資金の蓄えと語学力は身につけておきたいと努めていた。

ところが、その晩に限って気分が散り、思考が集中せず、耳の奥で羽虫の騒ぐような微かな音がする。それが源太の声になり、——賢ぶるな兵三、お前も珠江のあそこが見たいだろうが——とも聞こえるのであった。

兵三は頭をふって本を伏せた。今夜の勉強は休むことにした。するととつぜん犬の吠える声がして人々のざわめきが聞こえた。戸を押して表に出てみると、闇の先で手提げランプの明かりが乱れて走った。

「川のほうに逃げたよ」

叫んでいるのは珠江の弟の声らしく、ほんの近くに聞こえた。犬どもは蒲原の水たまりに向かって荒々しく吠え続けた。

「兵三よ、えらい騒動じゃが、なにごとかい」

「野良犬の喧嘩だよ」

さびしい父は寝直すらしく、わら布団の音をたてたが、やがて静かになった。兵三は考えてみて、おかしくてたまらなくなった。あの二人はこの度で懲りて、とうぶんは夜歩きもしないだろう。

あたらしく植えたチシャ畑が青みかける頃、台地の赤松家から、珠江の家の取引先で、サンパウロのT街の仲買人を仲人にたてて、一人息子留次の嫁にと、珠江をもらいにきた。

「珠江さんなあ、赤松さんに行くことになったで。結納百コント〔貨幣単位で千ミルレース〕という話だ。えらいもんだな」

世の噂にうとい兵三が、源太から聞いて知ったのは、珠江の婚約が整ってから一ヶ月も経っていた。

その日、低地の人たちはこぞって、赤松家の婚礼の宴に出かけていた。

ジュリオ爺が窯の火かげんを見ながら、いっぷくつけていると、兵三がぶらりと入ってきた。

「今夜はカタリーナ（珠江）のお祝いだが、お前行かないのか」

「おれ、行きたくないのだ」

と沈んだ返事をして、窯の中で市松模様に組まれた生煉瓦の間から噴き出す白熱の炎を、食い入るように見つめていた。いつもとは違う兵三をジュリオは横目に見て、何気なく藁たばこに火をつけた。

「娘っ子というもんはなあ、主のない離れ牛のようなもんよ。これと思えばまず熱い鏝《こて》の一つも当てるこったわい」

と爺は声をたてて笑ったが、兵三が苦りきっているのを見て、

「惜しいことをしたなあ、カタリーナは気立ての良い娘だった。お前らはやがて一緒になるものとばかり思っていたがのう」

ジュリオは兵三の胸のなかを推しはかって、うなるような溜め息をはいた。爺は歯の落ちた口をかみしめ、ひとり合点に首をふり、蹴っとばされ踏みつけられてきた永い自分の人生をかえりみて、涙をためた兵三の顔をじっと見つめた。

それから一年、父の死にあった兵三は家をたたんで、この地から姿を消した。人の話ではV市近くの葡萄園に住みこんだということであった。

家にいても気分はいらだつばかりで、仕事も手につかない留次は、その日もM市に出かけ、アグロ・

テック農機具店に腰をすえ、だれかれなしに出入りの人をつかまえては話しかけていた。そこへ兵三が偶然に入ってきた。

「この間はどうも」

と真面目くさって礼をいう留次に、兵三は手でおさえて、

「ちょっと用をすませてきますが、よかったらごいっしょに出ませんか」

そう言い残すと、兵三は店の修理工場へ入っていった。事に誘われたと考えた。作物が順調にさえいっておれば、自分から奢っても人の懐をあてにするような彼ではなかったが、いまの境遇ではなんとなく人の好意がうれしく、——今日は日が良いわい——と気分も軽くなった。しかし、日ごろから口さえきいたこともない、どちらかと言えば敵側の兵三から接してきたことについて、なんとなく腑に落ちない気持ちでもあった。

街の目抜きのレストランで二人のついた卓の上に、ビールの空瓶が立つと、酒の入った留次はしだいに口も軽くなり、その年の薯の失敗から、不景気で金繰りに難儀しているといい、夏作に人参をひとつ大きくやりたいのだが、けっして迷惑はかけないから、なんとか援助をしてもらえないかと、これまで何人にも頼んで断られた件を持ち出してみた。すると兵三はどれぐらい入用なのかと、話にのってくれそうな具合である。これは思いのほかの手ごたえ、舟は岸から出せば大丈夫と、留次は当座の経費だけ示した。

「いいですよ、今日はゆっくり相談もできないし、一度宅に来てください」

と兵三は気軽く言った。それを聞いた留次は心の屈託がいっぺんに吹き飛んだ気分になり、奢られているとも気づかず、二つのコップに泡のあふれるほど注いで、

「ひとつ改めてお近づきに」

ふたりの男がコップを合わせたのにも訳があった。

同じイタクリ村といっても、三区の赤松留次と五区の貝塚兵三とは、まんじゅう山をひとつはさんでいるだけで、気温から湿度まで、同じ地域とは考えられないほどの差があった。農場主レオナルド・アルブケルケが一般に売り出して、売れ残ったのが五区で、兵三らは何年か遅れて入植した故もあって、村会でも古顔の留次らに押しのけられてきた。入植のころは出荷の便は、留次の車だけであり、なにかと便利がられて日会（日本人会）長にまで推されたが、彼は酒にだらしがない上に、深く考慮もせずに、その日の気分しだいで人のいいなりになり、村を統率していくのに頼りない人物と分かり、家運の傾くにつれて、いつか役員からも外されていた。

野菜一般の不況で、村の経済も沈みがちなのに引きかえ、果樹専業で入った五区の人たちは、しだいに安定した収入を見て豊かになっていった。なかでも当時技術的にも難しいとされていたイタリア葡萄の大面積栽培に成功した兵三は、しだいに郡内でも名を知られるようになった。村ではそんな彼を放っておかず、副会長と、なにかと郡役所と交渉の多い土木部を、言葉のできる彼に押しつけた。

二年前、郡から配給された砕石の配分のことから、三区の区長であった鬼頭と兵三の間で口論になった。道路のことは土木部にまかせと、彼が強気に出てあとに引かなかったのを遺恨に持った鬼頭は、仲間を呼んで兵三を叩こうとしたことがあった。留次はおもしろがってたきつけたりした。

そんな経緯があって兵三は役員を辞任した。それからの五区と他の区のあいだには、水と油のようにしっくりと交わらない一線ができていた。

夕食をすませた留次は始動のかからない車に腹を立て、歩いて家を出た。イタクリ川の低地は薄墨色に暮れていても、かなたの山の稜線は月が出るらしく明るんでいる。昼過ぎにあった驟雨にぬれた夜道の、あちこちの凹みをよけ、夜鷹が啼いて飛び立つ、曲がりくねった山道をぬけると、山腹の傾斜一面にひろがった葡萄畑についた。その先にある白亜の貝塚家の邸が、折からのぼってきた月の明かりで、くっきりと浮き上がってみえた。

案内なしの留次は園内の車の轍《わだち》についていくと、はやくも人の気配に番犬が吠えだした。生来の犬ぎらいの彼は立ち迷っていると、表戸があいて目に痛いような青いガスランプの光が、訪問者の足もとまで流れてきた。主人は犬どもを叱りつけ、

「ようこそ、まあ上がってください」

と兵三は客を招き入れた。

貝塚家の訪問は初めての留次は、目をあちらこちらと移しては、客間の家具類の値踏みをした。自分の家はただ広いばかりで、客間に古い長卓があるのみなのに比べて、やはり金まわりのよい奴は違うわいと感心していると、主人は盆に酒瓶とクリスタルのコップをのせてきて、大理石の小卓に置き、角瓶の栓を抜き、二つのコップに注ぐとその一つを客にすすめた。今夜の留次は大事な用件で来ているので、よほど自戒していたが、まさか兵三までが性悪の自分の仲間のように、酔わせておいて追っぱらう心底ではあるまいと、すすめられた好意を受けてぐっと飲みほした。

日ごろ、安物の暴飲でやけている喉でも、丸みのある刺激と口中にひろがる香気で、出された酒の出ど

ころはすぐ分かった。

「兵さん、こりゃあ、スコッチの上物だな。あんた、いつもこれやっているのかい」

留次も景気のよかった頃まとめて買った本場物を、戸棚の奥にしまって、めったに客にもださなかったのを思い出して、酒飲みの卑しさから、つい聞いてみたのであった。

「これは貰い物でね、商売人がこんな品を手土産に置いていくんだ」

「やっぱり景気のええところは別だな。こっちらには寄りもしよらん。けどなあ、兵さん、おれもいつまでも貧乏はしとらん、一つぶち当てたらきれいどころの大勢いる料亭に案内するぜ」

留次らしくすぐ慣れて、無遠慮な口をきいていると、定子がイタリア・サラミの輪切りとパルミッソン〔パルメザン〕のチーズの角切りを盛った小皿を手にして挨拶に出た。色白の小太りした女で、若づくりのためか、まだ四十前ぐらいに見えた。

「赤松さん、お楽しみのお話ですね」

そう言って、笑顔でにらんだ目つきに険があった。

「これは奥さん、悪いところを聞かれましたな」

「何もおかまいできません」

定子は小皿を卓に置くと、留次の上にさも軽蔑したような一瞥を残して下がっていった。

朝から海岸山脈特有の霧雨がしぶついていた。軒端のしずくはしだいにふくれて持ちきれなくなると、間をおいて壁ぎわの土をたたいた。

「悪い雨だな」

と戸口で声をかけ、肩をすぼめて入ってきたのは鬼頭であった。与助は畑をひとまわりするつもりでいたが、長卓をはさんで彼は腰をすえた。

「与助よ、聞いてくれ。留次の奴、敵にまわりよった。兵三ふぜいによう、尻尾をふってご伺候《しこう》だぜ」

「どうしたというんだ。いったい」

「おれの荷をほかされたんだ。これでもう二回目だ。もうあいつには頼まん。なんぼ貝塚から金が出たからといっても、こっちにまで当たることはねえ訳だろう」

「それはいかんなあ」

与助はいかにも留次のやりそうなことだと、鬼頭に同情はしたが、不見転《みずてん》のわずかな荷で広い問屋街のあちらに行け、こちらに来いでは、油代もあるかいと、留次にしては珍しく不平がっていたのを知っている。与助は、留次に言い分はあるとしたが、彼が兵三と組んだことは気にくわなかった。

「ときになあ、与助、バス発着所のコーヒー店の馬面の主を知っているだろう。どこだと聞くので、イタクリだというと、貝塚を知っているかという話から、奴がミニョッカ区の煉瓦工場の長屋にいたころから、V市近くの変人の葡萄園で働いていたことまで、みんな筒抜けよ。これはお前だけの話だが、高校に行っているあの息子は、兵三の子じゃないというぜ。なんでもいまの細君が娘のころ、下宿して裁縫学校に通っていたとき、サンパウロから流れてきていた呉服屋の店員とできていたのを、親が無理にひきはなし、娘には因果を含めて、雇い人の兵三に押しつけたと言うんだ」

鬼頭は敵の秘密を握った勝ちみで得意になり、

「まだあるんだ。チエテ時代に留次の細君とは隣同士だったそうで、兵三の奴、珠江さんをとられて三日寝たというぞ。それで貝塚の腹は読めようがな。見ておれ、いまに留次は土地から女房まで取られるぞ」

「それは初耳だな」

与助は鬼頭の話に興味は持ったものの、行きがかりの上で兵三とは気まずい間柄になっているが、べつに私怨があるわけではない、まして留次まで敵にまわして、陰険な鬼頭に与《くみ》するほどに心は動かなかった。用心深い彼はもうすこし仲間の大勢を見てからだと考えた。


霧雨があがると、気候はすっかり夏に移っていった。朝、霧が山並にかかっても、昼前にはすっきりと晴れ、日によっては午後から乱雲が盛り上がり、遠くで雷鳴がとどろいたりした。

この度は留次の仕事もうまく運んでいた。十五人からの雇い人を使っている人参畑は、日ましに青みを増していった。田舎ではしだいに農繁期を迎える。ある朝、留次が顔色を変えて与助の家に来た。

「えらいことやりやがった。まあ、ちょっと来てくれ」

あわてて駈けてきたと見えて、息づかいも荒く、留次の舌はもつれてうまく言葉にならない。

「どうしたんだ」

「おれの道に、誰かマクンバ置きよったぜ」

留次の興奮につりこまれて、つい緊張した与助は、ひょっと階段を踏み外した時のような不安定な自分を感じた。いつも彼の遣り方はこうだと馬鹿らしくなった。

「なにかえらい事故でもおこしたかと思ったぜ」

「与助、ちょっと来て見てくれや」

「うん、行ってもよいが、何も大騒ぎするほどでもねえ、誰かの嫌がらせなんか、草むらにでも蹴っとばしとけ」

「とんでもねえ、マクンバは祟るぜ」

強いられて与助が、留次の言う場所に行ってみると、しっとりと露をもった野苺の根もとに、マクンバは祀られてあった。女竹を裂いて編んだ底の浅い笊《ざる》に里芋の葉をしき、それに玉蜀黍の実と木芋粉を盛り上げ、栓を抜いたピンガ〔火酒〕瓶が立ち、首を切られた黒毛の鶏の血に染まった頸骨が曲がり、皮をむいて突き上げていた。燃えつきた蠟燭は傾き、片側に流れた蠟涙は段をなして台にこびりついていた。

「与助、いまからS市の拝み屋まで、一緒に行ってくれんか。先生でなけりゃ、こんなもの触りもでけんわ」

その日から留次は一人の祈禱師だけでは心おさまらず、誰が祀ったか知りたくなり、よく観るという噂を聞くと、遠近にかかわらずに出かけていった。しぜんと仕事もおろそかになり、あれほど上出来と見えた人参も、夏期には油断のならないベト〔カビの病害〕が蔓延しているらしく、遠目にも黒く変色した箇所が、日を経るにつれて広まっていった。

所用でサンパウロまで行った兵三は、帰途A町の近くで横なぐりの大雨にあった。大雨のあとではいつも通う坂の多い山道をあやぶみ、遠回りになるが村に入って楽な州道を選んだ。支道と分かれる処にある邦人経営の給油所に車を寄せ、兵三は軽食堂に駆け込んだ。突風が広いセメントのたたきを吹き抜けていった。ガラス戸をおして店に入り、煙草を求め熱いコーヒーをすすると、やっと人心地がついてきた。この店に寄る機会のすくない兵三ではあったが、主人は彼をおぼえていて声をかけてきた。

「またひどくなりましたなあ。小降りのとき赤松さんが帰られましたが、イタクリ川のあたりは出水でしょうな」

「かなりになりますか」

「ついさっきまでいました。だいぶん酔っていたんで止めたのですがね、もうすこしであなたと連れになれたのに」

その時、運転手らしい皮ジャンパーの男が入ってきた。

この間、留次に会ったおり、雨が多くてどうも作物の育ちの悪いのをこぼしていたが、留次の投げやりな営農では、薯にしろ人参にしても駄目なことが、兵三にも分かってきて、差し出した援助の手もむだのように思われた。

兵三はイタクリ村に移ってきて、村民のなかに赤松留次の名があるのを知り、胸のなかに熱いものを感じた。日会主催の邦画の夜、たがいにふた昔をへて、彼が珠江と再会して受けた印象は、娘の頃の快活はなかったし、女ざかりの色香の残りか、しっとりとした物腰といくらか哀愁をおびた容姿にしても、兵三が夢にまで見た彼女のうつしみにしては、幸すくないように思われた。

兵三は珠江の境遇を知るにつけて、聞き捨てにしておけない気持ちになった。せめて珠江の日常だけでも平穏なものにしてやりたいと思ったが、想い人は他人の妻であり、留次は敵側に与していたので、手の打ちようもなかったところ、彼があっさりと接してきたのは、兵三も予期していないことであった。

少なくもない資金を貸して、留次を援助することになったが、それで家運が挽回すれば珠江が受ける苦しみもなくなるだろうと、兵三は考えての上であった。しかし、なにか奇妙なものを置かれてからの留次は、まるで憑物がしたように出歩き、この度の作も駄目にしてしまった。


鬼頭が与助に話した兵三の過去はまんざらの作り話ではなかった。思い出すさえ舌に苦味のわく苦汁をのんで主人の懇願をいれ、兵三が訳のある養子に入ったのも、ひっきょう身ひとつの貧ゆえに、心の想いも打ち明けられず、珠江をむざむざ一目ぼれした男に取られたと考えつめたからで、これを好機にして世に出ようとはかった。

私生児でもよいから、好いた人の子を生むと反抗する娘をつれて、定子の父金造はひそかにある医院をたずねたが、月がたち過ぎていて引き受けてくれなかった。世間体をおもんばかり困惑した金造は、雇い人の兵三に頭を下げて頼んだ。

しかたなく夫婦になった定子は、夫を侮蔑してよせつけず、別室に寝るという奇怪な関係を重ねた。妊娠後期に入って、妊婦は心身の動揺がたたったのか、子癇《しかん》を起こして失神するようになった。

病院で切開して子を生んだが、経過が悪く産婦は長く病床にあった。母親のいない家なので、兵三は耐えながら世話をし続けた。いくら野心の上での彼でも、礼ひとつ言おうとしない妻の態度に、舅の頼みと信頼されてゆずられた土地が彼の名義でなかったなら、ずっと前に家を出ていたに違いなかった。ようやく定子が床から起きられるようになって間もなく、金造は脳出血に襲われ、五日目に病院で死んだ。

金造の葬儀をすました夜、定子はわっと泣きながら兵三に崩れかかってきた。兵三の嫡子として届出したマリオは、黄疸にかかるなどして育てにくい児であった。子供に罪はないと、なにごとも理性で事を処理しようとする彼であったが、父親として児を抱き上げる気持ちにはなれなかった。定子ものちには夜の床で、兵三の子を望んでもだえることもあったが、彼の胤はついに妻の腹にとまらなかった。

室内の温気で白く曇った窓ガラスに、外のしぶきが凝って小滴となり、するすると光りながら流れると、闇は暗い溝となって夜の筋を引いた。

小卓の椅子に腰をおろして、兵三はとりとめのない思いにふけっていたが、腕時計に目をやると、この店に入ってからまだ十分ばかりしかたっていない。店主の言った時刻にあわすと、留次はいまイタクリ川の板橋にかかった頃だろうか、急いで行けばかみそり草の茂った低地で、留次に追いつけると計算した。兵三と彼とのはじめての付き合いは村の疎林の道であったが、今夜はどしゃぶりの闇夜である。

そこまで過去から現在までの糸をたどってきた兵三は、自分の殺気に慄然として背中に寒気が走った。おぞましいこの幻想をだれかに感づかれていないかと、思わず売り台のほうに眼をやった。店主はすこし前にきたジャンパー服の男と談笑していた。兵三は胸中の騒ぎは静めたものの、今すぐは車は出せないと思った。

ガラス戸をおして、田舎者らしい老夫婦の二人づれが、背をかがめ、抱き合うようにして入ってきた。

明るい店内で目をしばたたかせていたが、煙草をふかしている兵三に気がつくと寄ってきた。

「これは葡萄園の旦那さん、もしお宅へ帰りなさるなら、わっしどもをつれてもらえんですか。この雨でえろう難儀しておりますんで、お願いでござえます」

カフゾ〔アフロ・インディオ系混血の俗称〕と呼ばれている、兵三の知っている夫婦であった。帰路にあたる山陰に住んでいた。何で生計をたてているのか分からないが、造園のころ、株起こしにきていたことがあった。カフゾ夫婦との出会いは兵三には好都合であった。訳を知らない彼らは心よく承知してもらえたのを喜び、何度となく礼を述べた。


暮れ方から降りだした雨は、風も加えてしだいに激しくなり、屋根瓦の合わせ目からしぶくほど、横ぶりに叩いてきた。窓の下でミシンを踏み、縫い物をしていた珠江は、石油ランプをさげて戸じまりをしてまわった。夫は朝どこへ行くとも告げずに家を出た。まだ八時にはなっていない時刻なので、どこか知人の所にでも寄っているとすれば、案じるにはまだ早いと思ったが、ひとりで夕食をとる気になれない彼女は、雨の音を聞きながら自らは知らず物思いにふけっていた。

先日、マクンバの祓《はらい》に祈禱師をまねいて、お祭りさわぎまでした。それだけではすまさず、誰があんなものを置いたか知りたがっていたので、よく当てるという噂の占い師を訪ねたのではないかとも推しはかった。

夫は若いころから、いちばん肝心な本筋には力をいれず、どうでもよい雑事に熱をあげて走りまわる癖があった。この度は貝塚さんから融資まで受けた大事な一作なので、脇目もふらず一心になればよいのに、雇い人のジョーンさえ作物のおもわしくないのを心配しているほどで、自分は妻ながらどうもできない。夫の不甲斐なさが情けなく、身にしみた。

夫から聞いた村道の争いは、どんな事情にあるかよくは知らないが、家などは五区の人たちとは反対側に与しているというのに、あの人はなぜ、古い知人からも見捨てられた夫を、援助するつもりになったのだろうか。

村の会館で初めて会ったとき、すぐに兵三と見分けられた。長身なのは忘れてはいないが、面長のすずしかった顔には、若いころにはなかった苦渋があった。ラテン風な八字髭と豊かな頭髪にも、白いものが見えるというほどの歳ではなく、いきいきと澄んだ眼の光に、いま脂ののった園芸家らしい風貌があった。先方もすぐ自分と認めて微笑を返してきた、その顔には、兵三の真面目でさっぱりした、ミニョッカ時代の印象が鮮やかによみがえってきた。目礼は交わしても互いに過ごしてきた歳月の流れを、知人として語り合える間柄ではなかった。

夫は何回となく貝塚家に出かけているのに、あの人はまだ一度も家に来ていない。対等の交際でないといえばそうだが、ただの口約束だけで少なくもない金額を貸してくれたのは、自分への誼《よし》みのゆえのように考えられるのであった。

夫はどこかで飲み過ぎて、この雨で帰れなくなったのに違いない。今夜のようなことは年に二、三回はあって、珠江はあまり気にかけなくなっていたが、近ごろになって肝臓が痛むとか、頭がふらつくとか訴えていたので、これから先どうなるのかと考えると暗い心になった。それに目を離せない娘があった。部屋を一つにしてカーテンで仕切った寝台で、娘の春江は気楽な寝息をたてている。娘の弱い頭がはっきり分かるにつれて、夫は生活を荒らしていった。

肥料の空き袋を洗ってアイロンをかけ、裁断しておいたのをジョーンの仕事着にと、一枚仕上げてボタンつけにかかった。——金をやって既製品を買わせろ——と夫は言うが、舅の代からいる雇い人で、家族の一員といってもよい老使用人のために、赤松家に嫁いで、家族の衣服を縫ってきた習慣を守っている。ジョーンのためにはせめてもの主人の心づくしのつもりでいる。

そういえば、あの頃のジョーンは四十前の壮年で、二俵の薯袋を平気で担ぐ力持ちであった。いまでも雇い人頭として別棟の一軒に住んでいる。どうしたものか女房運が悪くて、珠江が知っているだけでも、三人の女に逃げられていた。夫は——あいつのは大きいのだ、牝馬でも逃げ出すで——と笑ったが、珠江には何か顔のあかくなるような、また哀れなようにも思えるのであった。一度などは女の尻を追って行ったが、ほかの土地に行ってもなじめないようで、半年もしないうちに戻ってきてからは、ジョーンはもう他所には行こうとはせず、老いていった。

古い柱時計は十二時を打った。珠江は立って表戸に錠をかけ床に入った。今夜はどうしたものか、目がさえて寝つかれない。おりおり風が屋根を渡っていった。幾時か経って我知らず、うつつにしずんでいると、カタカタと戸をたたく音がした。はっと目をさました彼女は、

「はい」

と思わず高い声を出していた。

するとまた戸がなった。枕もとの小灯に火をつけ、身じたくする間も惜しく、表戸にかけよったが、夫の帰宅した様子はなかった。

朝の明けるのを待って、珠江はジョーンを貝塚家まで走らせ、自分は近所を訪ねてまわったが、どこにも留次の消息はなかった。まず戻ることにして家に着くと、一足先に兵三とジョーンは車で来ていた。

留次の家に兵三が足を入れたのはこれがはじめてであった。珠江はあらためて挨拶をし、日ごろの厚情の礼を述べた。兵三は軽く聞き流して、

「変ですね、ゆうべ赤松くんは僕より一足先に給油所を出ているんです。小降りになってからカフゾの夫婦をのせてきたんですが、あの道は忠さんのところか、僕の家にしか寄るところはないんだが」

「あの忠さんのところはどうでしょう」

珠江は望みをわらしべにでも頼る気持ちで聞いた。

「それが、ここへ来る時に寄ってきたんです」

顎に手をやって思案していた兵三は、

「奥さん、たぶん心配なことはないと思いますが、いちおう村の人たちに集まってもらいましょう」

そう口にしながら彼は、留次は身投げをしたのではないのかという予感がした。留次の失踪が伝えられ、村民総がかりの探索が続けられた結果、イタクリ川の橋から三百メートルほどの下流の砂洲に、溺死体となって見つけられた。

「おい、塩まいてくれ」

戸口で声をかけた与助は、おきよめをすますと家に入ったが、溜め息とともに卓にひじをつき、沈みこ

んだ。お通夜の疲れで頭は鈍く痛んだ。

「お葬式は何時ですの」

女房が寄ってきて横にすわった。

「昼からの三時だ。検死もすんだよ、酔っていて落ちたんだな」

「留次さん、あんな死にかたをしたのは、マクンバが祟ったんでしょうかね」

「馬鹿な、あんなものは黒人の迷信だ」

「それでも、祈禱師はあれで二人死ぬから、お祓いはたやすなと言ったそうよ」

「それじゃ、もう一人は誰だ」

「怖いじゃないの、そんなこと」

「気にしないことだ、あの連中はおどかしておいて金をとるのだ」

このところ、与助にとって留次が、扱いにくい厄介者になっていたのは否めなかった。それでも死なれてみると、開拓いらい苦労をともにした、かけがえのない友であった。濾過された歳月の思いにひたると、与助は自分の情のない仕打ちが悔やまれ、なんとも薄寒いような寂寥に襲われるのであった。

その反面、これで留次の危ない綱渡りを見せられるのも終わった、おれはおれだという自由感がわいてきた。

「あとの整理がたいへんらしい。ゆうべ貝塚の奴、僭越だが、奥さんの同意があれば当家の相談にのらせてもらいたいと言ったぜ」

与助は話のついでに昨夜の模様を女房に告げた。

「へえ――」

「誰か、適当な人がおれば、その方にやってもらってもよいとは、一応は言ったがな」

「奥さんの弟がいるでしょう」

「来ていたよ。しかし、組合の倉庫係じゃ、どうにもならんだろう」

「それでは貝塚さん、赤松さんの借金をきれいにするんでしょうか」

「そりゃあ払うだろうさ、留次の土地ぜんぶ引き受けるというんだから」

「えらいことになったわね」

「お弔いがすめば、明日あたり商人たちも来るだろう」

「あんた、昼からまたお勤めでしょう。いまのうちに休んでおいたら」

「うん、そうしよう」


友の野辺送りをすました翌日、与助は夜遅くなって帰ってきた。

「おい、返してもらったよ」

そう言いながら笑顔の彼は、手にした小切手をひらつかして見せた。

「利子なしね」

記入高を見て、女房はすこし不服顔をした。

「このさいだから、元金が戻れば不平なしだ。おい清子、貝塚の奴一千出しよったぜ、二十域〔一域は一アルケール。二町五反、二・四二ヘクタールに当る〕でぽんと二万だ。豪気なもんだ」

「それじゃ、赤松さんあっちこっちと払っても、大分のこるでしょう」

「そりゃあ、くさっても鯛よ。こっちらとは格が違うわい」

「それでも一千とはよく買ったわね」

と気分の浮いている女房に、与助は何やらささやいた。

「また、そんなことに気をまわす。あんた、変なことを考えたら承知しないからね」

清子は夫を打ったが、もとより本気ではない。前に留次に貸した金額が露見して、ふくれあがった女房から、夜の床でしたたかな肘鉄砲をくわされたが、今夜の山の神にはご利益があるように思えた。

「おい、もう寝ようか、その小切手しまっておけよ。あす子供もつれて町へ行こうか」

与助は女房の腰の丸みに目をやって誘った。


S市の中央公園を越して、M市行きのバスの通う大通りを、右に折れて入った石畳の閑静な横町の一軒に、「お仕立物いたします」とペンキもまだ匂うような小さな看板が下がっている。クワレズマ〔四旬節の時期に花を咲かせる樹〕の並木の葉かげに、青色のシンカが来てとまった。

「急なもんで、格好なものが見つからず、こんな所ですこし辛抱してください。どうですか。町暮らしになれましたか」

訪れた客は兵三であった。

「はい、お陰さまで。この度は何から何までお世話になって」

「じゅうぶんなことはできません。珠江さん、手ごろの売り物があれば買ったらよいですね。自分の家なら楽です」

「わたしもそう思っているんです」

「縫い物の看板を出しておられるようですが、仕事はどうです」

「遊んでいるわけにもいかず、出してみますと、結構いそがしいほど注文があるんです」

「それは良かった。あんたは良い学校で習っているし、先生の代わりをしたほどだから」

「父が無理までしてやってくれたのが、この年になって役立つとは考えていませんでした。長く人様のものを手がけてなかったので、はじめ鋏を入れる時、ちょっと恐いような気がしました」

娘の春江が盆にビールの瓶とおかきを載せてきて、兵三に挨拶をした。

「春江、このあいだ小父さんから戴いた、指輪のお礼申しなさいよ」

よこから母が言い添えると、娘は素直に頭を下げて礼を述べた。珠江がイタクリを引きあげ、ここに転居したおり、兵三が真珠の指輪を娘に贈った礼を言われたのである。一見したところ特に変わったところのない娘で、兵三はふと若いころの珠江を見る思いがした。娘が台所に下がったのをしおに、

「失礼ですが、春江さん、別にお弱いようではないようですが」

親身のつもりで彼は声を落として聞いた。

「それが、少し混み入ったことになると、いけないのです」

娘のことに触れられて、珠江はもう涙声になった。

「人それぞれの事情などは、外からは分からんものです。僕なども人から憎しみを買っているようですが、近頃つくづくミニョッカいらい、踏み出しから間違っていたと気づきました。主人の娘などもらっ

て、養子になったのが誤りでした」

「まあ、何をおっしゃるのです。あなたがそんなお考えで宅においでくださるなら、わたしもうお目にかかれませんわ」

「これは悪かった。つい酔って愚痴が出ました。どうか許してください」

それをしおに兵三は立ったが、思いなしか珠江にはいつもの彼とは違う様子に見えた。後姿を見送っていた彼女は、兵三にも人に言えない悩みがあるに違いないと、さっきの強い言葉が気にかかり、始動しはじめた車にかけより、

「どうぞ、またの折にはお寄りください」

とすがったのも、女の身一つのほかは、頼れる相手もないゆえであったのか。


ここ一ヶ月ほど仕事の多忙にせかれて、兵三はS市へ出かけなかった。前に訪ねたときの様子では、珠江はけっこう自立していけそうである。兵三は一応安心したものの、この先自分は珠江とどんな関係を続けていくのかと自問してみると、むかしなじみの友人としてのみで、するだけのことはして、それ以上の深情けは望まないかと本音に聞くと、事業の上にも野心が雲のように去来する兵三には、想いのほども明かさず人にとられた女を、一度胸に抱いて泣かせてみたいという、五十男の情欲がないといえば嘘になる。けれども、実直な彼はあまり纏《まと》いついて、女に嫌われてもこまると考え、忙しくもあったが、ある日にちをおいたのである。あす土曜日の夜に、マリオが学友たちを連れてくるというので、こまごました品物を定子から頼まれた兵三は、M市に行き暇ができたので、一度珠江を訪ねてみようと思いたった。

気ばかり急いていた。よほど自制しながら彼は隣家の裏戸をたたいた。昼でもひっそりした住宅街は、用心してなかなか応じてくれそうもない。また合図して少し待った。すると覗き窓があいて家人が出て応対してくれた。細君らしかったがどんな用かとたずねた。兵三はまず見ず知らずの訪問をわびてから、じつは赤松さんを訪ねてきた者だが、知らぬ間に転居されているので、事情なり、または移転先など知っておられないかと尋ねるのだったが、そう尋ねる彼の唇は震えていた。

その家の主婦は、赤松さんとは短い間であったが、隣同士として親しくしていたといい、よくは分からないが何か事情があるらしく、先週の日曜日の昼過ぎ、中年の女の訪問があった。しだいに高い声になって自宅まで聞こえたが、日本語なので理解できなかった。客はひどく興奮したようすで帰ったあと、赤松さんは泣いていたとも話してくれた。

兵三はこの話でだいたいの推定はできた。他家の玄関でそう長い立ち話もできないので、彼が知りたい珠江の転居先について聞いてみた。車が来て荷物を積むなり、すぐに発つという慌ただしいおりなので、別れの挨拶のあとで、A市の弟の家に身を寄せると聞いたが、A市はミナス州にあり、五時間ほどの旅らしいとも知らしてくれた。兵三は礼を述べ、その家の階段をおりた。

「なんということをするんだ」

と口走った彼は靴の底で石畳をふみならした。あの日曜日の女客というのは定子に違いない。はじめて留次を家に招いたのを不審がる妻に、ゆくゆく三区に進出する手段とだけ言っておいたが、あの頃から定子は自分と珠江のあいだを邪推して、S市の赤松さんの家を探ったに違いない。

兵三の目には近ごろ特に、母子がべっとりとくっついているように思われた。月末には少なくはない金額の小切手を渡しているが、息子は貰うのは当たり前、まだ不足らしい態度から兵三は白けた他人の顔をそこに見た。いままで小を捨て大を取れと割り切って、世に処してきたが、きょう初めておぼえる怒りは彼の血のなかで沸きたった。

それにしても、このまま珠江と別れることは兵三にはできなかった。会ってみてどうする考えなどなかったが、会っての上に任すことにした。

M市の組合で、A市の同系の支部の電話番号を聞き、兵三は先方に連絡した。珠江の弟はすぐ出たが、ひどく雑音がまじった。それでも姉はこちらに来ていると言ったのは了解できた。

兵三はJ市に出てマンチケイラーの山越えで行くことにした。給油所を出て街を離れると夕暮れであった。チエテ河に沿ってのびている街道にかかると、昼間の暖気で泥炭地から湧く霧がたちこめてきた。前方から来る対向車の前灯が、乳色の厚い膜を通してぼおっと浮き上がってくると、車窓の横に消えていく。

——気をつけるんだぞ——と自分に言い聞かせているつもりであったが、神経のたかぶっている彼はつい覚えずにアクセルを倒していた。しだいに迫ってくる山地の峰の一つが長くのびてきた鼻先を、チエテ河は大きくうねって、パライーバ河と流れをわける水源に向かって、水路をきりひらいている。

そこにかかった一方通行のせまい橋に、兵三のシンカがかかったとき、J市発のバスが前面いっぱいにふさがってきた。あっ——と息をのむ間もなく、兵三の乗用車はセメントの欄干をなぎたおすと、勢いあまって尻を高くあげ、もんどりうって川原に転落した。急停車したバスは待避線の外に出ると、自動扉をあけて運転手が飛び出した。ほとんどの乗客も騒ぎながら降りた。

「おい、火が出たぞ」

誰かが叫んだ。橋の下が急に明るくなった。三人ほどの男が急坂をすべりおりて川原に向かった。道路の端にかたまった人々は流れる霧をすかして、火をふいている車から這い出している男を認めたが、火勢が強くて手の貸しようもない。それでも何人かは現場に近寄り、丈高く茂った草むらを分けて、怪我人を道路下まで運んできた。一人が背負い、ふたりはわきから手をかした。

「救急車はどうする」

一人が誰にともなく大声をあげた。

「さっき通った車に言ってやった」

そう答えたのは、むっつりと不機嫌なバスの運転手であった。

黒くゴムのように曲がりちぢんで、地面に放り出された怪我人は、

「白身を塗ってくれ、珠江さん、玉子の白身だ――」

とうめくような細い声を出した。川原でいちだんと燃え上がった炎の明かりで、見守っていた一人が叫んだ。

「日本人だぞ」

その声を聞き分けた初老の邦人は、人々をかき分けて前に出た。頭髪も焼けた青黒い異形の容貌からは、知人のだれの顔も思い浮かばなかった。

「なんと言ったんだ、聞いてやりな」

わきから助言する者があった。怪我人はまたうめき声をもらした。

「薬を塗ってほしいと言っているんです」

「ああ、お恵みを。まだ助かるつもりでいるんだな」

と溜め息まじりに一人がつぶやくと、胸に手をあてた。


一九八四年一月（『コロニア詩文学』一七号掲載）

金甌

一九四五年八月十五日、サンパウロの新聞はどの一面にも「日本無条件降伏」の見出しをのせて、第二次世界大戦の終息を報道した。

その翌日、カーザ・グランデ区に住む小牧信吾は、郡役所のあるR市へ出かけた。郵便私函に届いていた新聞を一見するなり、所用もそこそこに急いで帰ってきた。家に着くなり、

「えらいことになった。日本は負けたぞ」

声は喉もとまで出ていても、舌がもつれてつい吃ってしまった。妻の房子は慌てると吃る夫の癖を何年ぶりかで聞いた。

小牧は車の座席から、買い物包みを妻に渡すと、

「中央まで知らせに行ってくる。戸じまりに気をつけてな」

彼は庭先で車をまわすと、街道に向かって出て行った。

その日から十ヶ月ほどの後、一地方の負け組の領袖と目された小牧は、暗殺団の兇手に斃れた。その惨劇はわたしの少年期に隣村で起きた事件で、ある出来事で氏のお世話になったわたしには、犯人が同胞であった確証もあずかって、受けた衝撃はいっそう強く、生涯忘れることのできない事件であった。

ところが偶然の機会から三十幾年かの後、小牧未亡人に交際をえて、いわゆるコロニアの勝ち負けの騒擾の犠牲となった当時の回想を、未亡人の口から聞くことができた。

いまは亡いわたしの両親はR市の共同墓地に埋まっている。毎年、十一月二日の「死者の日」には、わ

たしは子として当然のことながら、一度も欠かさず墓参をしてきた。

しかしあまりにも遠隔の地であるのを理由に、父母の遺骨を身近くの場所にうつしてはという相談が、縁者たちの席で一度ならず話されたこともあった。

だが結果としては、両親が第二の故郷とまでなじんだ所縁の地の墓をそのままにしておくことにした。父がみずから斧をふるって開拓したサンタ・イレネ耕地の分譲地を去って、わたしが現在の所に転居したのも、それなりに生活上の理由があっての選択であった。しかし、わたしにも自分なりの忘れられない、愛着の心がこの地域にのこっている。

ある年の墓参のおり、家族の者を木陰において、わたしはひとり色とりどりの供花で華やいだ境内を、行きかよう人びとにまじって押されるように歩いていった。

このR市の共同墓地は、往昔、郡内に多くの邦人開拓村があっただけに、参道の両側には家名を漢字で彫った墓碑がならんでいる。それらの一基を前にして、わたしは足をとめ、刻まれた鑿《のみ》のあとを読んだ。

その墓石の下にはコーヒー精選工場を営んでいた某が眠っているのを知った。その隣に農産物仲買を手広くやっていた家名の墓碑があった。それにしても墓前の花瓶に供花もなく、荒れ寂れているのはどうしたことか。あの熾《さか》んであった家運も一時の謹花にたとえれば、わたしの父母の墓碑もわたし一代のものか。すでに子供たちは墓石の番号板に頼らなければ、祖父母の墓も識別できなくなっている。

その時、過去にさかのぼった思い出のなかで、ふと小牧さんのことが頭にうかんだ。遺族が墓地を買ってあれば、この境内にあるはずのものと、わたしが歩道の敷石をふみながら、両側に目を配って行くと、花崗岩の平たい石を伏せた、小牧さんの墓に出会うことができた。

それから幾年か過ぎたお盆の日に、わたしが心ばかりの花束を供え、墓前に額づいていると、子供連れの四人の人たちが、わたしの背後にならんで立った。密かな所行を他人にのぞかれた時のようなばつの悪さに、わたしが立ち去りかねていると、七十近いとおもわれる銀髪の老婦人が、案外しっかりとした歩調でちかよってきて、

「どなた様か存じ上げませんが、今日はまたお参りくださいまして」

と礼をのべられた。が、老婦人の態度には、どこの誰とも知れない者の供花など、素直に受けられないといった、毅然とした表情があらわれ、くぼんだ眼窩の奥には、憎悪といってもよい瞳が光った。

わたしはその時の状況から、自分の名を告げざるをえない仕儀になった。十歳の頃だったか、子供のいたずらから怪我をした。父の手当ではどうしても出血は止まらず、救急の心得のある小牧さんの家まで馬で走った。

そんな昔の話をすると、老婦人はわたしの名前を忘れずに憶えておられたらしく、

「あなたはTちゃんでしたの」

とすぐに打ち解けてこられた。わたしの予想していたとおり、老婦人は小牧未亡人であった。たがいに現在の住所が分かってくると、小牧家は自宅から三十分ばかりで行けるごく便利な所にあった。

後日、わたしが未亡人の招きにこたえて、小牧家を訪問したおり、四方山話のすえ、話題は過去にさかのぼっていった。戦後のコロニア騒擾に関心を持ち続けてきたわたしが物を書く者の癖として、遠慮のない質問を未亡人にこころみたのも、古希に近い小牧さんの歳をおもい、この機会を逸しては悔いを後日に残すと考えたからであった。

おおかたは忘れましたがと、はじめは回想をたぐりよせるように、とぎれがちに語っておられたが、話がしだいに山場にかかってくると、夫人は熱をもった能弁になり、語り終えると嗚咽にむせて、卓上に面を伏せられた。

あのコロニアの勝ち負けの事件は、わたしたちが特殊な事情の下にあったとはいえ、虚偽と策謀が邦人の大勢に支えられ、多数の犠牲者を出したのも、日本人の気質に深く根ざしたものではないのか。

どうしてあれほどの騒ぎが起きたのか、わたしは小牧未亡人に聞いた話を資料にして、サンパウロ州のある郡で起きた一事件をここに記してゆこう。

冒頭で述べた八月十六日、ブラジルの冬季の日没にはまだすこし間のある時刻、小牧の知らせを受けて、二十五人の家長と八人の青年の代表が会館に集まった。戦争が始まってすぐ、官憲がいっせいに邦人部落の家宅捜査に廻っているというので、不祥事の起きないよう取り決めの寄り合いがあって以来、何回目かの村人の顔合わせになった。

ことのなりゆきから、しぜんと小牧は質問の矢面に立つはめになったが、彼とてただ一つの寄りどころは、サンパウロから送ってきた新聞の報道だけである。小牧は持ってきた前日の新聞を長卓にひろげた。

沈痛な雰囲気に満ちた冷える会館のなかで、こわばった紙の音が妙に高く耳についた。報道を日本語に訳し終わった小牧は、

「一応こんな形で、戦争は終わりました。残念ながらはっきり言って、日本は無条件降伏したことになります」

と言って椅子に腰をおろした。

「えらいことば、なってしもたもんだわい。この先わしらはどげいになることかの」

村の草分けの一人で、古木の樹皮のような面をした広川老人が、ぼそりと地方弁で言うと、がっくりと首を落とした。

やや間をおいて、発言にたったのは杉田であった。

「小牧さんの持ってきた話で、いま村がどうするといっても、動きようもない訳だから、今まで通りにして、様子を見るより仕方がないなあ」

杉田は大正後期の移民といっても、幼時に日本を離れた、準二世といわれる世代に属している。日本またはブラジル、どちらの教育も受けられるような境遇では育ってはいない。日ポ〔ポルトガル語〕どちらも不自由しない程度の会話はできても、手紙一本出すことはできない。日常は邦人がこの国に持ちこんできた習慣のなかにおり、現実的な利害関係では、この国と自分の仲間だけの生活である。――お前は日本人だ――と言われ、日本も知らない自分らに、つぎつぎと思いもしない制約を強いてくる戦争など、一日も早く終わってほしかった。

もちろん日本が勝つのは望んでいた。しかし、負けたとなると、この国の民の仕草のひとつに肩をすぼめ両手を広げて前に出し、処置なしとする表現があるが、杉田の分別もその域を出ず、まあ人のする通りにすればよいと考えた。

いくらか人々のざわめきがあってから、箕作太蔵が立ちあがった。人の口では軍曹あがりということで、上海事変に出征したともいう。はじめA移住地に入植しているので、柳行李一つの境遇ではなかっただろうが、鍬の柄など握ったことのない軍曹殿に、まともな百姓などできるはずはない。そのうえ風土病にかかり移住地を逃げ出している。

往時、市街戦で受けた敵弾が摘出しにくい箇所に食い入っていて、そのままにしておいたのが、老年期になって苦しむようになった。骨の痛みには火酒が一番と、客間に大樽をすえて、日に何回となく栓をひねっている。

箕作一家はこちらに一年、あちらに二年と邦人植民地を渡って、日本語塾をひらき、家族の糊口をしのいできたが、戦争が始まって塾も続けられなくなった。箕作は速水にどんな縁故があったのか、村のボスに頼ってきてから四年になる。村の青年たちは箕作のそろって美貌の娘たちを目当てに、毎晩のように集まっていた。なかには小牧の義弟徹《とおる》のように、箕作の語る軍国調講談に心酔して、先生といって尊敬する者もいた。

しかし、箕作太蔵の半生は憤懣やるかたない不満にみちていた。学歴がないので軍隊での立身は諦めていたが、傷痍軍人として退役してからは、自分はお国のためにこんな身体になったのだと、自らを恃《たの》んでいても、上に諂《へつら》い、下に威張る下士官根性では、母がやっていた漁村の荒物屋などすぐに傾いていった。癇癪をおこした箕作は、深い考えもなく、もう支那は嫌だとブラジル移民の募集に応じてきたが、この国でも見込み違いで、うだつは上がりそうもない。そこへ戦争が始まった。箕作は戦争に賭けた。

もちろん、日本の勝利にである。この大戦に勝てば、老骨でもまだお国の為になれると思った。

要するに戦勝を機会に帰国してもよし、またはこの国にとどまって、二世青年たちの指導にあたってもよいと考えていた。

そこへ小牧が、予想もしなかった日本敗戦の新聞を回してきた。

「いま小牧はブラジルの新聞を持ってきて、日本は負けたと言った」

卓上に身をのり出して口を切った箕作は、前にいる小牧に鋭い眼差しを投げた。

「日本人として、よくもそんなことが言えたもんだ。知っているか、皇軍に敵はない。これはわしが断言してもよい。村のみなさん祖国を信じてください。ここ一ヶ月とは言わん。かならず快報があるはずじゃあ」

声を高めて一気にしゃべった箕作は、どんと椅子にすわった。すると席のあちらこちらから拍手をする者も出て、会合はおわった。


小牧は誰よりも先に会館を出た。車を使いながら、箕作は酔ってきての上の空元気ではないのかと思ったが、なんとなく腑に落ちない気持ちが尾を引いて残った。

半年ほど前になるが、速水から徹に箕作の長女を世話させてくれと、小牧の承諾をとりたい口振りだったからである。そののち縁談はいっこう進捗していないだけではなく、今日の寄り合いの気配では、両家の縁組みなどとはほど遠い雰囲気であった。

箕作は敵側の報道など信じられんとはねつけたが、この国に入る報道は世界中に出す通信ではないのか。

開戦いらい小牧が目を通した記事では、真珠湾をはじめ米軍に不利な報道も正直に記載してある。反面、戦局が逆転して、日本側が追い詰められて、ミッドウェーの大敗から南洋やフィリピンを敵の手に渡し、しだいに後退する日本軍の戦局も読んできた。沖縄戦には小牧も望みを託して、町の郵便私函にたまった新聞の束をむさぼり読んだ。

ひたすらな彼の期待も空しく、沖縄でも敵の上陸を許してしまった。そして広島、長崎に投下された、新世紀をひらくという爆弾で、日本は連合国の宣言を受諾したと、理路整然とした新聞の報道であった。

箕作がした発言の心理は、おなじ移民として小牧にもよく理解できた。不運につけ、思惑違いにつけ、これほどに辛い辛抱をするぐらいなら、内地でもなんとかやっていけた筈だったと、一度も考えなかった家長はおそらく一人もいまい。ようやく自立してしだいに生活も安定し、子供らが成長するにつれて、これが我が子かと疑うほどに、言葉の不通、思考の相違が、子弟にこの国の高等教育をさせた家庭ほどはなはだしく、親子の断絶に悩む者も多いと聞く。それは他国に移り住む者の受ける苦しみだろうが、口にすればすべてが不調和、不自由で、なにか胸のなかに溶けずにあるものを持っている一世にとって、祖国は国家の格をこえて、信仰の対象にまで高められていた。

邦人農家では、祖先の位牌は粗末な石油箱に祀っていても、両陛下のご真影は金縁の額におさめて、客間に飾ったものである。

昭和十年代の移民の家長たちが、世界三大強国の一つと子弟たちに鼓吹するほどには、この国で日本は認められていない。小牧は父の急死によって、男手のいる家業に戻ったが、町の薬局の見習いをしながら、中学に通っていた時分、上級に進むにつれて、世界史の中の日本の地位を知らされた。

かなりの地位にあるブラジル人には、日本には汽車はあるか、自動車の走る道路はあるか、君たちはなぜ猿のように子供を背中にくっつけるのか、などと無遠慮な質問をする者もあり、移民たちは怒りの目をむくのであったが、婦人が子供を背負う姿や、邦人のあいだでやる腰を曲げ、頭を深く下げる挨拶は、外人には未開の奇妙な風習と見えたに違いない。そこへこの度の戦争である。ブラジルが連合国側についたので、邦人コロニアは苦しい立場に置かれたが、なかには好機到来と歓迎した者もいただろう。他の分野の事はともかく、戦争だけは日本は負けを知らない。特に肩をそびやかして威張らなくても、だまって頭を下げただけで、われらには貫禄がつくという考えは、言いたいことも言えない辛い立場にあっただけに、いまに勝ち戦で終わると考えていた者には楽しい望みであった。そこへ日本敗戦の回状がまわってきた。凶報は知らせそのものと共に使者まで憎まれる。小牧は損な敵役を演じることになった。

帰宅した小牧はむっつりと夕食だけはすませた。その日から、徹が毎晩のように家にいないので、妻の房子にただすと、すこし前、青年たちの集まりに出かけたという。自分についてなんとか言われていると推察した。小牧は義弟の将来を慮って、あまり知性的でない速水、箕作のグループから離したいと前から考慮していた。

徹が叔父の家から実姉を頼って、小牧の許に来たのは十六歳のときであった。なにかと家をあけることの多い小牧に代わって、彼はよい働き手になっていた。単純で一本気なので、子供などもよくなつき、小牧もこの義弟を好いてはいたが、いくらか言行に粗暴なのは多血性なのか、箕作と接触するようになって、どうも彼らの影響と思える面がかなり出てきていた。

一年ほど前になるが、小牧らの隣部落で養蚕小屋の焼き討ちがあった。闇夜にまぎれて藁葺きの小屋に放火した事件で、誰がやったか分からずじまいになった。

「あいつらは戦争を利用して金儲けしよる。国賊どもの小屋は焼いたほうがよいんだ」

事件が村に知れわたった日、夕食の後で徹は興奮して義兄に話しかけた。小牧は彼の目に異常ともとれる燐光をみて、予めこの事件の起きるのを徹は知っていたのではないかと疑ってみたが、口に出せる事柄ではないので黙って聞いた。けれども自分の意見は述べておいた。

「養蚕、薄荷つくりも正業だ。なにも非難される筋合いはないだろう」

「そうじゃない、義兄さん。落下傘の絹糸が不足して、敵側が値をつり上げているんだからな。薄荷油も軍需品だ。戦争にはなくてはならんもんだ」

「そこまで詮索することはなかろう。家が作っている綿や米も、唐胡麻まで戦争の役に立つだろう」

「家のはこの国の民需品だ。その証拠に義兄さんは、すこしも儲からんじゃないか」

その晩はつい二人して笑いあったが、両人の思考はそれぞれに違った方向に向かっていた。その後、小牧が手にした新聞では、ソ連軍の満洲侵入が報じられていた。

朝から房子は子供をつれて、村内の出産見舞いに出かけた。日輪が中天にかかった頃、男たちは耕地から汗だくの馬を追って昼食に帰ってきたが、房子はまだで、家の戸は閉まっていた。徹は飲み水を桶に満たし、皮をはいだ玉蜀黍を餌箱に投げ込むと、鼻をならす挽き馬を追い込みに離した。

自分でいれた妙な味のするコーヒーとパンで昼食をとっていると、房子が戻ってきて、ほてった顔で夫に声をかけた。

「あんた。日本は大勝利とよ」

「なに――」

小牧はコーヒー茶碗を持ったまま立ち上がった。

「みなさん、来ておられて、なんでも東京湾に集合した敵の船をコウシュウハとかいうもので、全部沈めたそうよ。これで戦争は終わったと、ラジオ放送があったから間違いないそうです」

妻の聞いてきた話を耳にした小牧は、これがコロニアの勝ち負け騒擾の発端になるとは知る由もなかったが、これはくさいと直感した。

「わたし、速水さんの奥さんから嫌味を聞かされたの。お宅のご主人はさぞがっかりされるでしょうとね」

「馬鹿なことを言う女だ。日本が負けて喜ぶ移民はおらんだろうに」

やや気色ばんで反論した小牧は、食卓に頬づえをついたまま、知らぬ顔の徹に目をやった。

「徹、姉さんはいま、日本が勝ったニュースを聞いてきたが、お前、何か聞いていないのか」

「何も知らんなあ。今晩あたり中央へ行って詳しいところを聞いてくるか」

徹は姉のニュースを受けて、跳びはねて快哉を叫ぶはずのものだった。が、日頃ののぼせ性に似ず、そっけない返事ですませたのも、小牧には義弟が自分に何か隠し事をしていると考えた。小牧はその日、人に頼んでおいた新聞に目を通した。

日本の降伏につれて起きる連合国の動静とともに、日本軍の占領地域における残虐行為が次々と明るみに出て、これが大きな問題になるもようである。小牧は妻の聞いてきたニュースも、何か根拠はあるのではないかと思った。

降伏前にいくらか東京近くの海域で、反撃でもあったのかと、新聞の隅々まで目を通したが、それに当たるような記事は何ひとつなかった。州都から五百キロも離れた奥地では、流言などは尾鰭がついて、どんなにでも変形する。だとしても、徹が持ってきた話では、サンパウロ市でも戦勝説が流布しているという。これは、小牧にも大きな驚きであった。彼は見たこともないが、戦勝宣伝のガリ版は、某所にある本部から出ているということであった。

そういえば房子が隣家の益田から聞いてきたのに、このカーザ・グランデ区でも、臣道連盟が結成されているという。

「家には何の通知もないのですね」

「おれが新聞の説を支持するからだろう。お前、徹に何か聞いていないのか」

「顔を合わさないようにして、わたしには何も言いません。あんた、気をつけてください、家は負け組だそうだから」

小牧は妻の心配は分かるが、戦勝を知らせるのに、非合法の結社までつくる必要はあるのか。すべてそのうちに時間が解決してくれると考えた。

それよりも毎晩のように家をあけ、夜ふけて帰る義弟が気がかりになっていた。徹に箕作の娘を世話したいという話が速水からあって後、この縁談はいっこう進捗しないままになっている。

半年ほど前になるが、R市で彼が速水と出会って、誘われて入ったのはペンソン〔商人宿〕万平の衝立のある奥であった。

「そういう訳で、二人は好き合っているらしいので、平時ならすぐにでも一緒にしてやりたいのだが、今はこういう時局だし、もうすこし待ってから、纏《まと》めてやりたいとおもってな。小牧さん、この戦争も長くはないですよ」

火酒の入った速水は景気のよい話を続けた。

「平和になれば一族そろって、ジャワかスマトラ辺へ渡りましょうや。熱帯農業ならブラジル移民は経験がありますからな、どうしても日の丸の旗の下じゃなくてはいかんて」

そんな彼の先走りの空想など、小牧は本気にする気はなかったが、徹と箕作の娘朝子の仲人になろうという速水には、それがどんな思惑から出た話ではあっても、一応礼を述べるより仕方なかった。

しかし、小牧の本音では、速水はともかく、箕作の人物には気はすすまなかったが、いまさら反対してみても、おとなしく承知する徹ではなし、それよりも日頃の口ぶりから推して、この話は姉弟の間ですでに了解ずみと思ったからであった。

どちらにしても、義弟の身を固めさせ、自作農で立てるだけの援助は、亡き義父母に代わっての自分の義務と小牧は考えていた。

それが八月十六日の村の集会から、速水の態度に変化が見えてきた。結社を組んだ速水、箕作らの勢力が、村の九分通りを制しているという。

息づまるような小牧家の雰囲気のなか、ある朝のコーヒーの席で、小牧が徹にちょっとした小言を言ったのが、二人の口論のきっかけになった。

「義兄さんは、みんなが白と言っているのに、なぜ黒と言うのだ。最後のどたん場で戦局が大きく変わって、連合国が日本に講和を申し込んできたのだ。海外には日本人も多く広く移住しているので、一時の混乱を防ぐため、日本が負けたように報道させているんです」

「そんな子供だましのニュースはどこから出ているんだ」

「そりゃあ、日本からだ。昨夜の箕作さんの話だと、天皇陛下の代理で東久邇宮様《ひがしくにのみや》はワシントンに行かれるし、その前に先遣部隊はサンフランシスコに上陸しているんだ。ブラジルにはとくに邦人も多数いるので、朝香宮様がおいでになるそうだ」

小牧はどんと胸を突かれたような衝動を受けた。自分よりも箕作を信じている徹に、怒りを越して情けなくなった。

R郡の邦人植民地に広まっている戦勝ニュースは、抑圧されてきた移民の心情にぴったりとくる。ほれた女の擬態に似ていた。だがその真に隠された邪心を、なぜ見抜けないのかと小牧は悔しかった。たぶん、いましばらくコロニアを沸かしておいたほうが、利益になる手合いの策謀か、骨の髄まで神国不敗をたたきこまれた狂信者の妄想だとする小牧の考えは動かなかった。

「お前は信ずべき確かな所から出たニュースだと言うが、どのサイクルの何時のラジオで聞けるのだ。ゴドフレードも負けたと言っているが、親父は良い受信機を持っているらしいから、一度聞いてみたいものだ」

「なんだ、乾物屋のイスパニアじじいのか。あんな程度の機械じゃ入るかい。特殊機関だけが受信できるのだ」

と反駁した徹は、手に有利な札をそろえた賭博者のように、自信たっぷりに、次のニュースを口にした。

「義兄さん、取っておきの話があるんだ。五日前に大船団が日本を出たんです。海外の邦人の総引き揚げです。ここ四十日ばかりでサントスに入るのだ。こんなにはっきりと期限までつけたことに、どうしてデマが飛ばせるもんか。肺尖カタル（敗戦かたる）患者や利敵行為のあった奴らは、船に乗せないと言っているぜ。本国から見放されて、ここでは家だけがブラジルで果てるのか」

「それは脅迫ではないか。この国の新聞を日本語に直せば、敗戦組になり、移民が作る栽培物の種類によっては国賊になる。何を根拠にそう決めつけるのだ」

小牧が息巻くにつれて、徹は弱気になって言った。

「義兄さん、自分の立場も辛いんだ」

と泣き声になった。

「このままだとあの話は壊れるんです」

小牧は徹がなにか速水から要求されていると感じた。

「それでお前は、どうするつもりだ」

「どうするといっても、朝子さんの気持ちは分かっているんです。それで義兄さんが勝ち組に入ってくれれば、すべてうまくゆくんです」

徹には珍しく哀願する口ぶりになった。

「あなた、負け組はこの村で家一軒ですよ。何もみんなに反対までして、嫌われることもないでしょうに」

聞きかねた房子はおろおろして、横から口をはさんだ。

「徹、お前の為なら、おれはどんなこともしてやりたい。お前もおれの気持ちは分かるはずだ。しかし速水や箕作に頭を下げて、勝ち組に入れてもらうのは死んでもいやだ。もし船団が来て総引き揚げが始まったら、お前は姉さんと子供を連れて日本に帰れ、おれはこの国で朽ちる」

義兄の決意を知った徹は、みるみる蒼白になった。

「やっぱり箕作さんの言うとおりだ、敗戦組は妻子まで負けた方に賭けるんだ。祖国の敗北は当然の結果と冷笑し、○○まで侮辱した作り話を、平気で口にしているということだ」

「中央へはもう行くな。馬鹿なことを吹きこまれてきて、どうかしとるぞお前は」

「兄貴こそ、日本人じゃない、共産党だ。負けて嬉しいのだ」

「なにを――」

絶句した小牧は、かっとなって義弟の顔に平手打ちをくらわした。

その夜、徹は身のまわり品をトランクに詰めて出奔した。徹の家出は小牧一家に微妙な変化をもたらした。小牧は、妻が弟の消息を知りたくて、なにか奥歯に物のはさまった気持ちでいるのは知ってはいたが、無関心をよそおって、人手不足の耕地に朝から出かけていた。

コロニアにとって祖国の帰趨は大きな関心事ではあったが、移民ひとりひとりの生活は誰も肩代わりしてくれない。浮き足だったなかで土地を手放す者もあり、はやくも家財を整理して、帰国船の一番乗りをこころざす家族も出てきた。

しかし、四十日過ぎて、その話題は想像妊娠の女の腹のようにすぼんでしまった。そんな状況のなかで、船団入港の実証に失敗した勝ち組は、別に珍奇な趣向を用意して、世間の耳をそばだてさせた。T市の中心の公園で、樹の幹から幹に張った綱に、郡内の負け組と言われる二十数人の名を書いた位牌がつり下げられた。その中に小牧信吾の名があったのには、彼自身も少なからず驚いた。

位牌事件がいくらか世間の話題から薄れた頃、小牧は能島という面識もない男の訪問を受けた。S方面に出る街道脇に店をもっている鍛冶屋だと自己紹介をして、コロニアの現状について容赦なく、氷塊に錐を立てるような批評をした。

「神国絶対不敗の信者は別にしても、日本敗戦を知っていながら、戦勝説をあおっているグループがあるんです。どこにあるか分からないにしても、これほど愚民の心情を射ぬいた策略はないですな」

と皮肉な褒めかたをした。つづいてその男は内隠しから一枚の日本国の紙幣を抜いて小牧に示した。

「どこから入ってきたか知らんのだが、紙屑同様のものを、土地まで手離して買っている者がいるんです。狡猾な男ほどいちころですな。勝ち戦のおこぼれでも拾うつもりだろうが、欲に目がくらんで、馬糞を珠と思って集めているのは、放っておけんことですよ。移民四十年の血と汗が無駄になるのは、惨事ですからな」

能島は自分も位牌にまつられて、生き仏になったと笑ったが、あれはただ勝ち組の嫌がらせだけでなく、一つの重大な予告と見てもよいと言った。

現にサンパウロをはじめ、各地で次々と出ている犠牲者の名をあげた。能島はこのたびの騒擾のことにはよほど精通している様子であった。われわれも連名してその筋に、銃器携帯と身辺の保護を願い出るつもりだが、その前に一応相談したい件もあるので、次の日曜午後二時自宅まで来てくれと言うと帰っていった。

小牧は能島が勧誘にきた会合には出席しなかった。衆を頼んで動くのは性に合わなかったのである。離れ鳥が狙われるなら、群れにおっても誰かは犠牲になる。能島はコロニアの対立をひどく心配していたが、小牧はそれほどには考えていない。この問題は時間がしぜんと解決してくれるものと、軽く考え過ぎていた。

それを証するように、その年の小牧家の暮らしに、予想もしなかった変化が次々と起きた。義弟の家出もその一つであるが、運送の仕事がなくなったことである。カーザ・グランデ区の農産物の出荷はほとんど小牧が運んでいた。小牧家は農家としての収入よりも、運送から上がる利益で家計を支えていた。

年が改まっても、小牧は新年の挨拶にも回らなかったが、何かと好意を見せてくれる隣家の益田にだけは顔を出した。その折りの話に、家出した徹は中央にはいないとのことで、何かの事情でおれなくなったのは、小牧も理解できた。箕作が年末にトラックの新車を買ったのを知ったのも、益田の口からであった。

やっと成年になったばかりの箕作の息子が使うのだろうが、たぶん速水の挺子入れだろう。どちらにしても他人ごとの詮索は要らぬことと、気にしないことにしたが、毎年、年末からはしりの荷が少しずつある。それが今年になって二、三人の外人のはんぱ荷だけで、邦人からはまだ誰の依頼もない。

これは組織が何か指令を出していると思えるふしがあった。目に見えない村八分が自分を締めてくるのを小牧は感じとった。

ミゾリー〔ミズーリ〕号上での連合国降伏と銘うった実写映画が、奥地まで巡回してきたのもその頃であった。丸腰のマックアーサ〔マッカーサー〕元帥が背をかがめて、帯剣した日本代表と握手しているのが、なによりも日本が勝っている証拠であると、活動屋の弁士は宣伝しているという。

勝ち組は、日本人はただ祖国の勝利を信じておればよいと説いてまわり、その信念に反対する者は、暗殺団を送って消すとの噂があった。

それはただ人の口の広まりではなく、その月に入ってから、隣郡のM市で三人が襲われて、一人は殺された。突然に警察はカーザ・グランデ区に手入れして、速水、箕作、その他の臣道連盟の幹部を本署に連行していった。この事件で村ではそれぞれの憶測がささやかれたが、小牧が密告したのだろうとの説になって落ちついた。

そのような邦人コロニアの騒ぎのなかで、戦後一年目は間近にあった。六月に入り、乾期にはまれな雨がしっとりと二日降った。久しい日照りに固くはりついた表土も、とっぷりと水分を吸って、馬耕のできるほどに柔らかくなった。雨雲が去ると、初冬の空は淡い青に晴れわたった。

小牧は二頭の挽き馬に鋤をつけて、朝の霧のなかを耕地に向かった。

「弁当はとんがり帽子まで持ってきてくれ」

あとになってついた村道に切られて、細長く残った三角の畑を、家の者はそのように呼んでいた。そこはまた住居からいちばん遠い所でもあった。

房子が裏庭の井戸で巻き上げで水を汲んでいると、突然、一発の銃声を聞いた。何だろうといぶかる間もなく、つづいて二発がまじわって響いた。とっさに夫が襲われているという予感が、電流のように彼女のからだの中を抜けて通った。巻き上げの把手が房子の手から離れて、桶はうなりをあげて井戸底の水をたたいた。

「マリオ、パウロを見ていてね、母さんちょっと父さんの所まで行ってくるからね」

と言い残して房子は走った。裸足になっていた。夫の安否を一刻もはやく知りたかった。心臓は胸のなかで躍りあがり、耳はじんと鳴り騒いだ。しかし思考はおかしいほどに澄んでいた。

ひとりの女が夫の危急に駆けている。夫はすでにこの世の者ではない。過ぎた日に房子が見た視野外幻視は、髪を振り乱して走っている今の自分に、不思議にもぴったりと重なっていた。

彼女が息せききってようやく三角の地所に来てみると、二頭の馬は手綱を地にひいて、境界の草をはんでいた。その近くで小牧はうつ伏せに倒れて、手に土塊をにぎりしめていた。

「あなた――」

絶叫した房子が走りより、まだ体温のある夫を抱きあげた。下になっていた胸から腹にかけていっぱいの血糊である。

「弁当はとんがり帽子まで持ってきてくれ」

と言って家を出た小牧の声は、房子の聞きおさめになって、いつまでも耳の底に残った。


あの訪問の日、卓上にうち伏せられた未亡人をそのままにして、わたしは小牧家を辞した。その後、再訪のおり、小牧さん亡きあと、今日までの話を聞いたのであるが、わたしは徹さんの消息に興味をもち、彼のことを尋ねてみた。

未亡人は長年にわたって手をつくし、義弟の行方を聞きただしたそうであるが、いまだに生死のほども分からないと話された。


一九八五年五月(『のうそん』九四号掲載)

山賤記

近ごろになって結城の住んでいる古家がひどく軋むようになった。五十ヘクタールに植林したアメリカ松の中の一軒屋で、深夜にその音が耳につくと寂寞が骨にまで通った。

その家は建てられてからどれほどの年数が経っているものか、死に絶えたという地主の遺産を受け継いだ男から、彼が買いとり住みついてからでも、三十年の歳月は過ぎている。大家族のために建てたらしい広い造作で、玄関が客間になり、奥にのびた廊下をはさんで六つの部屋が続き、その先は一段下がって台所になる。

この家で三人の子供が育った頃でも広過ぎたものが、それぞれに成長して家を出ている今では、大きな屋敷は昼間でも薄暗く、屋根のしきりに鳴る夜は、妻の信江に起こされることがある。

前の地主はこの家の資材に自分で焼いた煉瓦を使い、厚壁に積み上げたと聞いたが、ふる年月には勝てず、処によっては土台から軒にまで亀裂が走っている。屋根を組んだ木材にも白蟻の通う、木屑で固めた黒い筋が目につく。

「気持ちの悪い、まさか落ちはしないでしょうね」

と日ごろ物ごとをあまり気にしない妻の抱く危惧を、彼も笑うほどの確信はもてず、翌日梯子を持ちだして屋根裏にのぼった。

何千枚もの丸瓦の全量を支えている棟木、主柱、ささえ柱など、彼は一本ごとに金槌で確かめていった。堅材を使って組みあげた屋根は、あるところは白蟻に侵食されてはいても、木芯までは入ってなく、まだまだ家主の生涯を越えるほどの固い響きがあった。

結城が転居してきた当時、この家には浴室や便所もなかったので、台所よりの一室に風呂釜をすえ、便所は外に作った。それも古くなったので、左官を入れて、タイル張りの水洗便器つきの浴室に改装したのであるが、何年も経たぬのに敷居が下がってきた。すると戸の隙間から蟇《がま》が入りこむようになった。この侵入者は下の谷川から、しまい風呂の落し水の湯気にひかれて、這いあがってくるようであった。冷血の生きもの、へび、かえるなどが、人の恥部をさらす場所にいると、古い民話など知らなくても、女などはとくに気味わるく思うものらしい。都会から週末を山で過ごそうと遊びにきていた長男の嫁は、浴室に入りこんでいた蟇一匹に悲鳴をあげ、大騒ぎになったこともあった。

信江などもそんな生きものが身近にいると、お湯を使うどころではなく、鳥肌がたち、寒気がするという。

今までにも何遍となく、彼は呼ばれて嫌われ者を掃き出していたが、どうかすると番《つがい》で入りこんで交尾しているのがある。小ぶりなのはすぐ出せても、掌にあまるほどの奴に四つ脚でふんばられると、掃き出すにも一苦労になる。――もう来るな、あまり手間をかけさせると、赦さんからな――と言い聞かせて坂の下に放り出してやる。それでもしつこく入りこんでくると、不運な奴は始末されることになる。

ある夜、もぐりこんでいたのは暗灰色のあらい皮膚に疣《いぼ》の散った、まだ若い見おぼえのある奴でこれまでにも三、四回は放り出していた。めったに無益な殺生はしない結城だったが、その時はなにがなしに気がたっていたのか、ゴムの水切りをとって頭に一つ食らわした。蟇はあっけなくころりとひっくり反り、四つ脚を小さくちぢめると、黄色い腹をプッとふくらました。――こいつ、死んだ真似をしやがって――と彼が向かっ腹で見下ろしていると、蟇の脚に痙攣が走り、腹はすうっとくぼんでゆき、まことにあっけなく死んでしまった。

その蟇の死にざまに気落ちした結城は、憐憫の情が湧いてきて困った。——なあに、虫一匹じゃないか——と軽く考えようとしたが、生まれ、やがて死ぬ同類として、ある娘のことを想い出したのも何かの因縁かもしれなかった。


結城と父はもともと性があわなかった。長男と気性のあわない父は次男に頼るようになった。後日、彼が家を出たのも原因はそんなところにあった。父は意見の合わないときなど、

「お前は祖母さんの血を享《う》けているんだ」

とよく言ったものだった。そう言う父も若くして死んだ実母のことは、よく知らないらしい。なんでも流れ芸人のひとりで祖父と知り合い、村に居ついた女だという。家が逼塞したのもその女の故だと、親戚の話を受け売りする父だった。それにしても父が子を評するのだから、なんらかの根拠はあるのだろう。

結城は幼少の頃から音曲に敏感であった。小学四年の進級の時、母から買ってもらったハーモニカで、誰からも教わらずたいていの曲は吹きこなした。すべての遊びを毛嫌いした父は、子供のくせに楽器を手離さず、祖父の口ずさむ端唄に伴奏してやるのを知って業を煮やしていた。彼は結城のちょっとした過失を理由に、ハーモニカを取りあげ、踏んづけた。あの時ほど子供心にも悔しくて、父の理不尽を憎んだことはなかった。

今でこそ、結城はある理由から楽器はいっさい手にしなくなったが、この国に来て、ようやく苦難の境を脱した頃から、教本などによってビオロン〔ギター〕を自分のものにした。父には隠れて田舎楽団の一員

に組み入れてもらい、週末の夕方団長格の男の家に集まり、各自得意とする楽器を携えて、遠くは二十キロもの道を軽二輪馬車でくりだすこともあった。

楽団といっても素人の物好きの集まりだが、招かれた先の踊り場で、いくらかの休憩の時間をのぞいて、夜が白むまで一睡もせず演奏するということは、生来この道が好きな者どうしでなければ出来ることではない。

ある時、楽団はイタリア人のコロニア〔集団地〕に呼ばれていったことがあった。中小コーヒー園の集団地らしく、盛装した美しい娘たちが集まってくると、若者たちは早くも騒ぎはじめ、収穫祝いをかねてのこの舞踏会は賑わうようであった。楽団の中に日本人のいるのは珍しいのか、話しかけてくる者や、たわむれにしても秋波をおくる娘もあった。仲間から肩をたたかれたりして、結城ははじめからその夜の雰囲気に乗り気になった。

音調をととのえ、絃をはじく爪にも力がこもって、その夜の舞踏会は始まった。夜中に休憩の時間があって、楽手たちはどこでも饗応を受ける習わしになっていた。はじめに眠気ざましのコーヒーを持ってきたのは中年の日本人であった。男は別に驚く様子は見せずに、

「すぐパンと焼肉は来ますが、よかったら宅にどうですか。ほんのそこですから、にぎり飯にお茶ぐらいは用意できます」

男は何故か結城に近づきたい様子であった。一時間の中休みなので、彼は男の家に行ってみる気持ちになった。コーヒー乾燥場にそって並んでいる長屋の一軒の戸をおして、男は彼を招き入れた。客間は掃き清めてあったが、長卓と椅子のほかに家具らしいものはなにもなかった。

「朝子、お客さんだ」

男は奥に向かって声をかけた。すると小さな声の返事があって、別室で人の動く気配があった。結城が火酒のコップを受けていると、一目で病人と分かる若い娘が姿を見せ、伏目で彼に挨拶をすると台所に入っていった。聞かれるままに彼は男に自分の身分、家族のことなど話していると、にぎり飯に干鱈のあぶりものを添えた皿が出た。

「どうぞ」

そう言って娘は夜食を結城にすすめた。そんなちょっとした動きでも彼女は辛そうに見えた。

「人を呼んでおいて、こんなもので笑い草です。よければ上がってください」

男の口ぶりには関東近くの職人風の癖があった。一つをとって口に入れると、焼いてあり、塩かげんもよかった。あたたかい食い物を腹に入れると、ほっとした気分になった。

「娘さんですか、どこかお悪いようですが」

娘が別室に下がったのをしおに、結城は男に尋ねた。その夜、主が彼に語った身の上は、おおよそ次のような話であった。

男はS県の出で、はじめ某移住地に入っているから、幾らかの資金は携えてきたのだろうが、女房の不治の病に土地を売り、邦人集団地を渡り歩いているうちに、娘が母から人の嫌う病気をうけて、行く先もなく木賃宿でごろついていたのを、ここの地主に大工の手があるというので拾われたという。

結城はこれまでにも移民の悲惨な哀話は何十となく耳にしている。この男の一家も救いようもない境遇にあるらしかった。彼はたまたま夜食をふるまわれたという縁でしかないが、その場限りの慰めをいう気持ちにはなれなかった。そうかといって何ほどかの力になることなどは、親がかりの身では思いもよらない。なんとなくその場は沈んだ気分になった。

「とんだ愁嘆場を見せましたな。わっしは運がなかった。あんたは若いからどんな事でもできますよ」

男はコップの残り酒を喉に流しこむと、

「娘ももうすこし良くなろうとする気になるといいんですがな。父さんがかわいそうなどと変なことを言いだすしまつで、あれは気性は優しくて、歌なども前は上手に歌ったものですが、近ごろは咳が出るのでよう歌いません」

「ぼくが二、三曲弾いてあげます、すこしは力になるでしょう」

結城は「荒城の月」「真白き富士の嶺」を弾いた。彼は好きな曲なので感情をこめて弾いた。男はいつの間にか姿を消していた。娘はメロディの哀傷にうたれ、嗚咽しながら激しく咳いた。結城はひどく何か悪いことをしたと思い、娘の背に手をおいた。

蔓の死からあの一夜を思いだしたのは、かりに生まれてかりに死ぬ、命あるものの哀れを、おそらくは生き長らえることのできなかったであろう、あの娘への傾きであろうか。

結城は楽団から手をひき、堅気に百姓をする決心をした。しかし、長年の父との確執はそのことぐらいでは解けず、家督は弟が継ぐものと母までが考えているようであった。

その年、彼に結婚話がまとまりかけていた。先方の頼みとして、──いま嫁に出しては、弟はまだ一人前でなく、家業にもさしさわるので、一、二年はこちらに来てもらいたい──嫁を世話しようという男は、そのような条件つきの話を父に持ってきた。

「その話は、高志には向かんわい」

父は内心どう思っていたか分からないが、表むきはそういって仲人の話を断った。

「日ごろのお前の行いが悪いから、こんな話を持ってこられんだ、先方はこちらを見くびっているんだろう」

父の小言を彼は意に介さず、この話にのって家を出ようと考えた。

他人ごとのような心境で、妻の家へ行った彼は、義弟が一人前でないのを知って、自分は入り婿に来たのが分かった。

「人は婿に入る男を見下すが、そんなものじゃない。わしの作った財産を踏み台にできるから、賢い生き方じゃぁ」

晩酌でつい量をこした義父は、娘の身が固まったので嬉しかったのだろう、酔うていたのでつい本音が出た。

翌日、結城は自分のトランクを下げて、養家を出ようとした。信江は彼にすがり、月のものが止まっていると告げて泣いた。そんな一件があった故か、ついに養父母とは打ち解けあう事はなかった。信江が二人目の子を生んだ年に義弟は死に、五年の後、義父は卒中で亡くなった。遺産をついだ信江から、今後の生活について相談を受けた彼は、この土地を売ってサンパウロ近郊に移ってはどうかと、自分の考えを言った。義母は本心反対であったが、娘が夫のいうことに同意したのに加え、ひと昔まえの一件いらい彼女はひそかに婿をおそれていた。

T河の水源に近いS町から、まだ十五キロも入った農場は、付近に邦人もいない地域で、荒れたままの山道を、結城は自費で排水溝をほり、割り石をしき、出荷物の運搬に人知れぬ苦労をなめた時期もあった。ようやく農場の整備がととのった頃、長男はS町の中学からM市の高校に進学した。それに次男と長女がいる。土地は余るほどあったので、高額の融資をうけられる薯《いも》を植えた。作物の値は上がったり下がったりで、たいした儲けにはならなかったが、低利資金にはそれなりの旨味もあって、息子たちと娘に教育をうけさせられた。その時期の十幾年は結城の一番働いた時で、当時の生産高が後日、年金受納額になり、期せずして彼ら夫妻の老後に安泰をもたらした。

結城は始めから息子に、自分の跡を継がせる望みはなかった。どうせ移民は一代限りでよい。彼は父に連れられて好き嫌いもなく根無し草になったが、不平はおさえて現実はそのままに受け入れてきた。二世の心親知らずで、家鴨の卵をかえして驚く鶏の愚はおかしたくないものと日頃から考えている。

その頃から結城は小規模ながら、アメリカ松の植林をやってみる気になった。子孫に財産をのこす考えは毛頭ないが、彼の長年の夢であったように、自分の育てた森の中で静かな余生をおくりたいと思っただけであった。

息子たちや娘も年のうち二、三回ぐらいしか訪ねてはこない。その理由として電気、ガス、電話もなくあまりにも不便だという。

それがどうしたと言わんばかり、恬淡《てんたん》とかまえている父に、息子たちは母に同情するような口ぶりで、もっと便利なところ、S町にでも出てはどうかと言い、父は考えておくと返事はしても、いっかな啓蟄《けいちつ》の気配も見せないでいる。

実際、息子たちならずとも、はじめて結城の農地を訪れる人は、迷路のような海岸山脈の山道で行き暮れるに違いない。谷川に沿い、山腹をはって道路は先にのびているので、車の通っている証しにはなっても、別れ道で道筋をまちがえると、森林の中で小径が消えたり、深い谷の断崖に突き当たったりする。

わずかな土地をひらいて、木芋、トウモロコシ、豆、甘藷など乱雑に作っている、山賤《やまがつ》のあばら屋にでも着けばまだ運はよい。車の音に小屋から飛び出してくる半裸の子供たちに、――この先にユウキという日本人はいるかい――と聞くと、彼らは首をすくめ、すねたようなしかめ顔をして軽くうなずく。

車の主は別れ道まで車を後進させ、本道に入ってからでも、七、八キロの悪路を難儀してようやく結城の地所に入り、植林地の道を五百メートルもいくと、松林に囲繞された古い地主屋敷につく。まだ植林した松も若かった頃、弟夫婦がたずねてきたことがあった。

「やっぱり兄さんは変わっているな」

と感慨をもらすようなことを言った。父に望みを託され、財産づくりに精魂をかたむけた弟だっただろうが、事は志と違い、老いて地方の小郡に逼塞する身となり、息子との仲もうまくいかない不平をこぼした。結城はいうべき言葉もなかった。弟が彼の身がわりになったとも、思えなくはないからであった。

結城はことさら変物らしく、山びとの生活に固執するわけではない。息子たちから言われるまでもなく、S町あたりに家でも見つけて、信江に便利な暮らしをさせてやりたい気持ちはある。それにつけても不在地主になって、彼が一番気がかりなのは山火事である。結城の地所から二キロも行った所に、どこからどこに通じるのか、くわしくは山の者しか知らない道がよってきた四つ辻があって、そこに雑貨を商い、居酒屋もかねたフェルナンドの店がある。山賤どもの溜り場になっていて、日雇いが要ればよく出かけたので、彼は求められれば酒ぐらいはおごる仲になっていた。一目では素朴な印象を彼らから受けても、酔えば手のつけられない乱暴な男もいて、ガラス瓶をこわして喜び、火を放って狂喜する者もあった。

結城は今までに何回となくボヤを起こされていた。それで植林地域に沿って広い火道を切り、小屋をたてて番人を住まわせた。その仕事に応じてきたのがジョーンで、それがまた雇ったのを悔いるほどの飲み助であった。

「わっしが森番をしている限り悪戯はさせませんわい」

初見えのおりに大口をきいたとおり、あれから放火の心配はまったく無くなった。結城はジョーンが彼らの溜り場で、――おれの顔をたててくれ――と言っているのかも知れないと思った。どちらにしても日雇い一人の給金で、山火事の危惧から解放されれば安いものであった。

ところが、ジョーンを雇って二ヶ月もたった頃、彼の連れ合いという婆さんが訪ねてきた。――このところ一文も家にいれないので、これから夫の給金のいくらかは、この婆に渡してもらいたい――と言い、夫の無頼は三十年このかた、この顔の皺に折りたたんできた、という表情で泣きついてきた。

結城は雇い人の内輪事には、なるべく介入したくなかったが、一応ジョーンを説得してみようと約束はした。

その日は月末でちょっとした支払いもあったので、彼は車を出してS町に向かった。道の途中で今日はジョーンの支払い日でもあるが、婆さんと約した件をまだ信江に話してないのに気がついた。引き返すには道を来過ぎていた。早目に帰ればよいつもりでいたのが、くさぐさの用件で遅くなり、彼が家に着くとジョーンは帰ったあとで、案の定、雇い人は信江から給金ぜんぶを受けとっていた。

それはそれでかまわないのだが、結城の立場は婆さんとの約束があるので困ったことになった。

「あれで、あの人たちはどんなつもりで、生きているんでしょうね」

夫の考えを聞きたいような妻の問いに、

「連れ合いは飲んべえで、当てにならず、子供らも頼りにならないとなると、外人の老後は厳しいものだな」

憮然とした結城も縁あって夫となり父となり、人としての義務は果たしてきた自負はあっても、なんとなく生涯のうちで、大きな置物をしてきた思いがあった。

信江は夫が郵便局から受けとってきた、日本の叔母からの手紙を読んだ。それは半年ばかり前に行なった母の七回忌法要の写真と近況を知らせた返信であった。――わたしもよる年波だし、いつの事かもわからない、今さらいっても詮ないことながら、亡き姉とは一度会っておきたかった。それでもしできればお前さんに来てもらい、つもる話もしてみたい――と、したためてあった。

「叔母さんからそう言ってくるなら、行ってみるか」

年金ぐらしの結城ではあったが、信江ひとりの訪日ぐらいならと思ったので、すすめてみたのである。

「あなたはどうなさいます」

信江は夫と二人連れを望んでいる口ぶりであった。

「おれか、山はどうする。まあ止めておこうか、それほど行ってみたい気持ちもわかんのだ」

結城は自分の思考を妻やまして他人に強いる気は毛頭ないが、なかには自己の意志で故国の土は踏まない者があっても、よいではないかとも考えている。信江は幼少の頃、この国に来たので、自分の生まれた国とはいえ日本はほとんど記憶にない。それでも一度は行きたい望みはあったので、この度の叔母の招きはまたとない機会であった。

それにしても娘から人の妻になり、三人の子を生んでも、なにごとも夫によりかかってきた信江は、女ひとりの旅には心つぶれる思いがあった。その夜、ときおり夜鳥のけたたましく啼き叫ぶ森の中の家では、いつまでも燈火は消えなかった。

妻の旅行が決まったので、結城に慌ただしい日々がはじまった。そのうち四月某日出発との日程も確定した。その日に山からでは、万一に事故でもあった時のことを懸念して、彼は前日に妻を次男の家に送り届けることにした。

信江が夫のひとり暮らしを案じながら、出発していったのち、かなり前からあったS町を抜けてB海岸にいたる噂の州道は、人々が忘れた頃の四月から、にわかに工事がはじまり、重い機械の響きがこの山地にもこだまするようになった。この道路が完成すれば、谷深い山の僻地も、いままで通りにはいかなくなるだろう。ジョーンの口では、ちかごろ土地買いの出入りが多くなり、フェルナンドの店ではもっぱらその話題でわいているという。はやくも地所を売る売らないで、一家が割れて争っている所もあるらしい。それにしても山の住民はたいてい地主といい、自分の土地に住んでいても、確かな地権を持っている者はほとんどいないし、税金も払ってない。そんな事情でブローカーの口車にのせられて、二束三文に買いたたかれるのは目に見えていた。

これからは山の環境も変わるに違いないが、はやくも子供たちは山遊びをやめて、工事現場にいき、工夫たちのからかい相手にされては、渡り者の悪い癖を身につけるようになっていた。未完の道路でも車は通るので、週末から日曜にかけて、山道で派手な服装の人たちに出会うようになったのもその頃からで、変わった蘭を探しにくるとか、おとり籠をつかって小鳥をとりにくるのはまだしも、なかには悪質な不良が入りこんでくる。このわずかな期間に、強姦一件と未遂一件がおきて、山民たちを怒らせたが、二件とも犯人は分からずじまいだった。

信江が発ってから十五日目に、無事到着の手紙があった。それからは結城がＳ町へ行くたびに、局の私書箱に妻の書信がとどいていた。――常夏の国から来た者には、北国の浅い春の寒さはこたえました。いまは暖かくなり元気でいる――との便りで、叔母一家からは下にもおかない待遇を受けているようであった。

妻の旅立ってからのち、男のひとり暮らしは一日が長いように感じたが、十日たち、一ヶ月が過ぎ、信江の滞在期限の二ヶ月はすぐ目の前にきた。何回目かの手紙には、もうあと出発まで幾日もないから、これで発信は切るとあって、六月某日グァルーリョス空港〔サンパウロ国際空港〕につく予定を知らせてきた。同じような手紙が次男にも行き、出迎えを頼んでいると彼は思って、念のためＳ町から電話をいれたところ、やはり推察したような手紙が行っていた。次男の嫁は外人ながら信江とは性が合うというのか、空港への出迎えを頼まれていた。

信江の到着日は三日後になった。二ヶ月からの男のひとり暮しのむさ苦しさで、長旅から帰宅する妻を迎えるのは、いまの自分の気持ちにそぐわないと考え、部屋ごとに蜘蛛の巣をはらい、板床は水洗いして掃き、庭の雑草は抜いて手入れをした。

結城は古い昔の歌に、この気持ちをよんだものがあるように思った。口に出して詠ずるほどの記憶はないが、うたったのは旅の夫を待つ妻であったか、旅路を急ぐ者、一日もはやい帰りを待つ者の心情は昔も今も不易なのか、それ故にこそ、枯れぬ命をいまに伝えてきたのだろう。それにつけても旅の空で知りあい、夫婦の契りをむすび再会を約しながら、そのままになったのを嘆き悲しんだ歌もあったと思い出され、結城はふとあの踊りの夜の娘のうえに想いをはせたりした。

いよいよ明日は信江の帰国する日になった。見送りは息子らにまかせて行かなかったので、せめて出迎えはしてやりたいと思った。かねて人から聞いていたこともあり、妻の携帯品に課税された場合のことなど予想して、その日はS町まで行き、かなりの現金を引き出して戻った。

時刻にしては早い暮れかたのようであった。ときによって山の天候はこんな日も珍しくはないので、彼は家に入ると灯をいれ、台所で即席スープの鍋をガスコンロにすえた。飯は朝のが残っているので、それで我慢することにした。こんな投げやりな食事は、信江が帰ってくれば今日限りになるはずであった。

外で人の呼んでいる気配がする。夕方に人が来るのはジョーンよりほかはあまりない。雇い人の長話は知っているので、コンロの火を止めて客間に来た。窓をあけて庭先を見ると、三人の男が来ていた。前に押し出されているのはジョーンで、顔は血でそまっている。雇い人がどこかで怪我をして連れてこられたというのではないのは、他の二人は顔知らずであり、その場の感じで分かった。

「旦那の家へ案内しろと言われて、わっしはこの始末だす」

と泣き声を出した。はじめから犯人らは高飛車に出て、ジョーンの度肝を抜いたに違いない。二人は顔も包んでない大胆さであった。結城は町から山に入る道で、手をあげた二人連れを相手にしなかったのだが、これがあの連中かも知れないと推してみたが、それも一瞬のことで、彼は半生のうちで出会ったこともないほどの危険な淵に立たされているのを理解した。

それにしても案外と冷静でいられるので、結城は自分を頼ってよいと信じた。

「おい、日本人、抵抗するとこの老いぼれの命はないぞ、戸をあけろ。金と車がいる」

一人が、低いがよく通る声を出した。その時、結城は逃げるには充分な間はあるとおもった。家の裏から外の夕闇に隠れれば、強盗はおそらく追ってはこないだろう。けれども、その場合ジョーンはどんな扱いを受けるだろうか、結城の考えは直感的に決まった。場合によっては今日この家で命を落とすかもしれないと予感はしたが、恐れはなかった。彼は男らの命令にしたがって、きょう銀行から下ろした札束をそのまま渡したので、賊に不満はないようであった。車の鍵も出せといわれて、彼はしぶらずに渡した。その時後頭部に激痛が走り、板壁が自分めがけて倒れかかるのを感じ、と同時に目の前が闇になった。

結城は人事不省からさめるのに二日もかかった。さらに記憶を回復するには多くの日数を要した。信江は空港に着いてすぐ事件を知らされ、旅装も解かず付きっきりの看護にあたった。結城は昏睡からさめてもすぐには、妻が分からない状態であったのに、朝子という名を何度となく口にした。彼が呼んだその人はどんな女性か、意識の混濁している夫の口から出るからには、よほど久しく胸中に秘めてきた、追慕の人に違いないと信江には思われた。

この二ヶ月ばかりの間に、なにが起きたのだろうと思いはせると、夫ひとりを残しての訪日旅行は間違いであった。自分がそばについていれば、まさかこんな事態にはならなかったと考えると、信江はつい胸が迫ってすすりあげた。一時はこのまま廃人にならないかと危惧された結城が、退院を許されたのは三週間のちであった。

彼が家に帰ったのを聞きつたえて、山の人たちが見舞いに集まってきた。はじめに結城の手をとって泣いたのはジョーンであった。彼も人質にされ、途中から急坂に突き落とされていた。

その夜、息子たちの家族や娘は父の退院を祝って宴をもうけた。その席で遅まきながら信江の土産物の分配などもあって、嬌声の出るほどの賑わいになった。やがて息子たちの帰る段になって、長男はぜひS町に住むようにと、父にすすめた。

「おれはここに住んで三十年になるが、山の人たちがこんなに来てくれたことはない。これで自分も山賤の仲間になれた。この度はえらい物入りだっただろうが、そのうえ町で家など買うこともない。一度は死んだ身だから、これからは好きなことをしてみたい。ついては、ある理由から楽器はいっさい手にしないと約したのだが、もう固く考えることもないから、次に来る時、ビオロンを買ってきてくれ。上等でなくてもよいんだ」

陽気にふるまおうとして饒舌ぎみになると、結城は頭がすこしぼやけてくる感じであった。

「あらあ、お父さん、ビオロンをお弾きになるのですか」

長男の嫁エルザは意外な義父の一面を知ったので、驚いた様子であった。

「もう何十年も手にしていないから、うまく弾けるかどうか。すこしは手ならしが要るだろうな」

「ぜひ、お手なみ拝見させてください」

「先生にもついてない我流だからね。エルザのピアノに比べてもらっては困るんだが、一時は生涯かけてみる気でいたんだ」

結城は楽器を抱いて、彼が果たせなかった遥かなる望みへの挽歌を、絃にのせてみたいとしみじみ思った。信江は顔にハンカチをあてると、その場を外していった。

一九八七年一二月（『のうそん』一〇八号掲載）

位牌さわぎ

「親は親、子は子」――愚管抄より

そうですか、それであらましの事情はのみこめました。清子がにわかに狐憑きになり、食事どころか戸をしめて部屋の隅に座り込み、眼をつり上げて譫言《うわごと》を言う。地方では知られた貴方の家の名にかかわるし、だいいち目が放せない。貴方が夫として心配されるのはもっともですな。そこでよく観るという邦人の祈禱師を、S市から招いて拝んでもらった。霊媒者は二十分も頭をさげて、身うごきもせずにいて、そこへ泣き声を出して父母が出てきたというのですか。――わしらの位牌がない、息子、娘は大勢いるのに、誰もわしらを祀ってくれない――という訳で、清子に憑いたと。誰もといっても、おれは入っておらんでしょうな。ええ、祈禱師の先生が言われるのには、長兄がおられるはずだと。うまく当てるもんですな。しかし、おれはもと長兄でしたが、それはちょっとお門違いではないですか。それは霊媒者の聞き違い、または受取りの間違いでは。まさか親父は三途の川を渡って、親でもない子でもないと、末代まで勘当したのも忘れて、この人でなしに仏壇を置き、位牌をおさめて、朝に夕べにナムアミダブツを唱えてくれとはいわんでしょう。

貴方の用件の大概は分かっているが、いつか一度は縁者の一人にでも、おれがなぜ家を出たかについて聞いてもらいたかった。もとより、おれは親不孝の大罪で、来世はげじげじの虫とか、蛇または馬牛のような畜生に生まれかわり、さんざん苦しんだあげく、何代もの後、仏縁でも得て贖罪をすませた後ならともかく、まだ一代もすんでおらんのですからな。親の光ななひかり、ご先祖さまをお祀りするのは、両親にこの者と見込まれて、家を継いだ者の務め、ところがおれは家督と仏壇、この二つとも貰えなかった者ですわい。

どういうものか、親父とおれの気性は合わなかった。親子の情とかでおさまらない、なにか我慢のならない腋臭《わきが》のようなものが、たがいに臭うらしかったのだ。これは一人ひとりが持って生まれた性分で、直しのきかんものでしょう。親は一滴も飲めんのに、酒で身を持ち崩す子が出る。軍人の家庭に軍人嫌いの子が育つ。蓼くう虫も好きずき、好き嫌いは論理の外のもの、親の訓戒も聞かず、家名を辱め、世に害をなす盗賊のような者にならない限り、子の自由にしてよいはず。ところが親父は何がなんでも、自分の望む型にはめこもうとした。ブラジルに来たからには、大地主になれ、故郷に家名を高かめにゃならん。お前の責任は重いぞ。わしらの老後を看、弟妹に教育を授け、一人前にしてやれという。

おれはとても親父の押しつける重責は負えるものではないと考え、自分にはそんな器量はないから、家督は次弟に任せてくれというと、またそれを抜かすと、食卓を拳でたたいて逆上する始末。親の悪口は言いたくないが、不平や説教は必ず晩めしの席でやったものだ。一日の仕事で腹はペコペコ、田舎のことでそう旨いものはないが、琺瑯《ほうろう》びきの皿に飯を盛り、豆汁をかけ鱈の油焼きで食べ始めると、その日の仕事に文句が出る。そうなると食物は喉に通るものじゃない。おれはプイと食卓をたって、マンゴー樹の下の腰かけに逃げたものだった。

その頃、女房があって長女がいた。女房は気性が軽かったので、親父の受けはよかった。ところが誰はばかることなく、——わしの眼の黒いうちはなんともないが、心配なのはわしの死んだあとだ——と明言したものだった。これでは弟妹たちに、兄貴は腹黒い油断のならない男だと、唆《そそのか》しているのと同じではないか。おれは頭がふらつくようになった。後頭部に鈍痛があり、硫黄のような臭いをかぐことがあり、眼を閉じると網膜に菱形の光ったものが浮いて、なかなか消えないのであった。こんな生活を続けておれば、長くは生きられないと思った。

おれは折をみて、ブラジル式に分家するか、家を出ることを考えるようになった。ある時、親父はむちゃくちゃなごんたをこねた。母はおれを蔭に呼んで、——父さんはなぜあんなに変わったのだろうね。うちは人並以上に運は良かったのに、お前も連れ合いがあって、辛いのは察しているよ。だから折りをみてかまどを分けるのを話してみよう——と言ってくれた。母もずいぶん辛かったに違いない、それを思うとおれなどは我儘にすぎたのだ。その後、母からはなんの返事もないので、待ちきれずに訊いてみると、——お前、とても無理だよ、分かれるなら援助はしないとお言いだよ。マカコの義父さんにもう少し力があれば、頼むのだがね——と母は涙を流した。

つまり父の意見としては、おれが分家したいなら一文もやるどころか、罰として日雇い並みに世の辛酸をなめろというのであった。親子のあいだがこれほど険悪になる前から親父は財布の紐は自分で握って、おれたちに小遣いはくれなかった。それで守銭奴かというとそうではない。収穫がすみ、金が入ると、家の者それぞれに配分があった。そこは親父流で、次弟には鞍、女たちには、質は上等だが、流行遅れの反物を、トルコの呉服屋で、片言ながら日本語を話す主《あるじ》の口にのせられて買わされたのを分けた。気に入られていないおれにも、ロンジーネ〔スイスのロンジン〕の腕時計や、ラメンノーネ〔帽子製造会社の名称。ここでは中折れ帽のこと〕の上等の帽子をくれた。久しぶりに家の中は賑やかに笑い声なども出たが、おれだけは嬉しそうな顔も見せないので、親父も面白くなかっただろう。半分の金額でもよい、おれの自由に使える金をもらえたら、どんなに有難かったかもしれないのに。

ある日、町に行くと邦人のバザール〔小間物店〕の本棚に、長塚節の「土」を見つけた。日雇いの日給ぐらいの値であったが、そんな小銭さえ持ってはいなかった。まんざら一見の客でもなかったが、一冊の本に掛け売りしてくれとも言いかねて店を出たが、その晩は無念で眠れなんだものだ。親父は本をとても憎んでいた。息子が理屈を言うのも読書が元凶と思っていたらしいが、おれが喧嘩してまで求めた葡和辞典で、大損するところを助かったこともあったのだ。

話はつい横にそれたが、そんなわけでおれたち夫婦は小遣い銭にも不自由していた。女房にしてもいちいち義父に言えない小銭も要るようだった。夜なべに外人の晴れ着など注文をとっていたが、それにも文句のある様子であった。

――これではあんた、日雇い以下よ、家の奴隷よ。みんなの身を固めさせたのち、お父さんの気に入りの大二郎さんに、わしはあれの世話になると言われたらどうするの、と突つかれると、女房の入れ知恵とばかりは言っておれんと思ったものだ。

その頃、長男が生まれた。ひどい脱腸だった。うちの家系にはこんな遺伝はないと、親父から嫌味をきかされたが、女房の方にも脱腸などは一人もおらんという。妊娠の期間に無理がたたったのだろうと、女房は言ったが、それは家の誰かれに言えるわけではなかった。この子はとても育たんと、おれは諦めたけれど、そこはそれ、親の情とかで、助かる助からないは寿命としても、一度は医者に診せたかった。その日ぐらしの日雇いでも、家族に病人が出れば、何をおいてもサンタ・カーザ〔カトリック教会の慈善病院〕に連れていくではないか。それさえ自分ひとりの判断でできないのは、いくら甚六のおれでも情けなかった。思いあまって親父に持ちかけると、――お前でも自分の子は可愛いか――とやられて、おれの息は詰まった。気の毒な母はうろうろするばかり、女房は泣いた。

仕方がない、子供の命は諦めることにした。葬式がすむと、おれは仕事を探しに友人を訪ねた。友は他家のトラブルに入るのを嫌って、許してくれなかったが、おれの哀願にほだされて、かれの父の農園の管理人に入ることになった。けれども実際は歩合作であった。こんな事態になるなら義父は娘をくれなかっただろう。義父は遠方にいたし、すでに仲違いになっていた親父とは、交渉しようとはしなかった。おれもその方を望んでいた。

貴方には関わりのない過去のことだが、嘘にしろ真実にしろ、祈禱師の口を借りて親父が出てきたのなら、松木の家との関わりを貴方に聞いてもらわにゃならん。それから持ってこられた用件をお聞きしましょう。

友人の車を持ってきて、女房の嫁入り荷物を積み、家出を親父に知らせると、――この親不孝者が、これからどんなことになるか、おもしろい芝居になる、お前が妻子に粥でも満足に与えられたら見物だ。泣き面で戻ってきても、この家の敷居は二度とまたがせないぞ。そのうえ峻烈骨をさす言葉を吐くので、この分なら心配はない、親父の怒るのは人手が減るからだと軽く受けていると、親父はとつぜん昏倒した。思わぬ事態に家中は騒然となって、泣き声になったが、おれの乗った舟は岸を離れていて、もう元に戻ることはできない。そんな訳で末代まで弟妹たちの非難を受けている。それで両親の葬式も知らなんだ。親戚のうちでは、兄貴は人でなしで通っている。

三十年このかた、身内で訪ねてきた者は一人としておらん。貴方ぐらいのものだ。おれが奥地で死ぬほどの病気をしたときも、誰ひとり見舞いに来んじゃった。それがどうだ。人なみに食えるようになると、都合のよいときだけ、長兄だからとやってくる。貴方の結婚式にも招かれなかったので、今日がはじめてというわけで、挨拶されてそうかと了解したようなものだ。貴方はただの使者で、おれの文句を聞くほどの人でないのは知っている。

　ときに大二郎はどうした。見舞いに来たか、出てこないとな――、貴方の話ですべては分かった。ゴイアス〔州名〕の奥では遠いが、このたびの事件のもとはあいつの故ですな。兄貴は文学などにかぶれて――おれの敵は専制だ――なんていって、ことあるごとに親父に盾ついて、親を喜ばすことは何ひとつしない。いつか兄は家を出るに違いないと、大二郎は待っていたかもしれない。けれども弟をけなして、おれは出来者というつもりは決してない。鍬をひかせては女房より遅い、朝は起きられない、そのくせ借りてきた本に熱中して夜ふかしはする。親父を理の通らない頑固者と非難するが、おれも若い頃は思いやりの欠けた狷介な者だったのだ。

　親は内地の経験を誇って、一族に見放された者はどんな目にあうかと、実例を示して話したが．身分制の日本と違って、このブラジルでは通らないと子は笑っていた。

　親子がそれぞれの我執にしがみついて、放そうとしないので、なめなくてもよい辛い目にあったのですな。おれも一時はどん底まで転がり落ちたので、よい人生の勉強になった。これがもし順調にいっておれば、おれも、大二郎みたいに鼻持ちもならん増長慢になっていたでしょうなあ。

　松木家はブラジルに来て運がよかった。ある事情で村におれなくなったが、古い家と土地を売った金は持っていたので、ひとり立ちするのも早く、ある年の綿景気に当たった。十年ばかりのうちに三十域

〔一域は一アルケール。二町五反、二・四二ヘクタールに当る。十域の土地を持っていると独立農とされた〕を手に入れて、地方の邦人仲間では名を知られるようになった。すると親父は天狗になった。鼻を赤く高くできないので、山羊髭をたくわえた。あの辺りでボーデ〔牡山羊〕といえば親父のことであった。みんなが嘲笑の眼で見るのを、気にかけるふうもなかった。いくらおれでも親が心ない者のからかいの的にされるのは不愉快であった。といって他人の口は閉じようがないので、親父はなぜ地味な百姓のなりで通さないのかと悔しかった。

国でも家でも最盛の時がいちばん危ない。親父は日ごろ強健を誇っていたが、六十二歳で亡くなった。おれはいま親より十歳も長生きしている。おれの人生体験からみると、親父は人を見抜く眼が浅かった。――太一は何を考えているか分からん奴だ――と疑ったかもしれんが、中年過ぎてブラジルに来たので、やたらと急いだのだな、一代のうちに成功しようとした。一夜でなった夢のような財産は一夜で崩れる。おれは二代三代とこの国の者になって、足もとから固めていくつもりだった。それが親父には怠けていると見えたのだろう。

――太一、お前やってみい――と息子を信用して任す胆がなかった。親は子を信用せずにいて、孝行せよという。親父はよく軍隊のことを口にした。松木家が模範とした軍隊はとうに消えてしまった。そんな厳しい規則ずくめの軍隊でも、病気になれば治療は受けられるだろうし、入院もできるだろう。ところが家長は医者のいの字さえ口にしなかったのだ。おれは欠陥のある子を医者に見せずに死なせた。厳しいなかにも温情があってこそ、一家の長ではないか。あの頃の家の状況では女房に長女、おれでさえ生命の保証はどこにもなかった。おれは人間の生死のことを言っているのではなく、人の命の価値をどのように考えるかを言ってるんだ。

貴方の家は由緒ある家柄らしいですな、ところが松木家は内地で、住まいと周りに少しばかりの土地だけの小作暮らしでした。落ちぶれた旧家というのでもない。明治になって百姓にも戸籍は要るというので、村役場の思いつきで松木と付けられた。旧家でも庄屋でもない、村でくいつめて移民となった庶民の一家ですな。ところがこの国に来て家運に芽が出てきた。するとにわかに大金を懐にした馬車屋のように、親父はすっかり人柄を変えてしまった。そしていちばん無理の言い甲斐のあるおれに当たるという訳でした。

このおれでも父母の大恩ぐらいは知っている。二人を喜ばせたい気持ちはあった。けれども、おれは病気がちなのに、子供の死が絡んで暗い気分になる。親父は病気知らずで強壮そのものであった。これでは親は百まで生きるに違いないだろうが、おれは戦々兢々として父の顔色をうかがいながら、五十までは生きられないと思った。それは寿命としても、会いがたいこの世に生をうけて、先人の書き残した古典、現代の新しい思想や文学にも接しられないで、草木のように朽ちるのはいかにも無念だった。少々の額の無理はきこうが、煙草銭にも足らない小遣いに不自由するようでは、生きていて甲斐ないもの、と考えたものだった。昔なら親のため、一生埋もれ木になった者もいるだろうが、自己認識の上に立って、おれも家族をもつ一人として、正しく生きるにはどうすれば良いかについて思い悩んだ。

おれが家を出ると、親父は急に弱気になり、二年後に死んだ。弟妹らはおれの故《せい》にしたかもしれないが、いくら親不孝のおれでも、親の早死にを思ったことはない。十年二十年もっと生きてもらって、変わる世の中を見てもらい、おれの生き方も知ってもらいたかった。

貴方は運が良い、親父の死んだあとで妹を貰ったからな。もし親父が達者でいたら、とても貴方では扱いきれなかっただろう。一生忘れられんほどのはったりをくわされていた筈だ。貴方の父君は温厚篤実な人格者とかねてから聞いている。貴方はそんな両親に家督をゆずられ、一族は果樹栽培で栄えているとのことですな。ものごとはそうでなくてはいけませんて。うちの親父は欲の上に我を張った。気に入るように馴らした息子に家を継がそうとした。弟の唆しにのったのか、のっそり牛をみくびった。あれは鬨《とき》もあげなければ、卵も産まないといばる鶏を、これこれと大事にした。気に入りの次男を残したものの、おれと女房の代わりはあるものではない。その上、弟に横着なところが出てきても、前のように親父は怒鳴れなくなった。しっかり握っていたはずの財布もしだいに軽くなる。やっと自分のやったことが間違っていたと、ある人に漏らしたのを、おれは人づてに聞いた。

親父が死ぬと、大二郎は土地を処分して、ゴイアスに移っていった。そこで弟がどんな仕事をはじめたか、おれはそれどころではなかった。管理人をふりだしにコロニアの底辺をうろつきました。コロニアはけちな社会ですな。貧乏したお陰でよい人生勉強をしましたよ、かなりの荒砥でもこすられました。——他人の飯には芯がある——とは、いつも聞かされていたが、生煮えの芯どころか石粒さえ混じっている。こんな事なら親孝行の真似でもしておいたほうが、いくらましだったかと考えたものです。他人には言えても、親には言えないのは、持って生まれた性分だったのでしょうな。

ゴイアスの大二郎のことですか。こちらにも風の便りというか、いくらかの情報は入ってくる。かなりの資金は持っていった。口はうまいし、それなりの仕事はしていたのですな。田舎道のわきにマツキ農場の看板を立てて、道しるべにしていたとか。おれは自分の我儘を通したので、粥だけはなんとかすすってきたが、息子、娘たちには高等教育は受けさせられず、すまないことになった。一世代遅れたわけだが、学問は偏った考えに仕えてはならん。自由と真理を元にしなければなんにもならない。おれは孫たちに期待しているわけだ。家がまだ苦しかった頃、長男は――叔父さんは農場主で金持ちだな――と言うことがあった。おれは――人の値打ちは金では決められない。また人を羨むではない、自分の足で一歩ずつのぼるものだ――と、極道者でも自分の息子には、人なみの教訓をたれるものですな。親は盗人でも子には隠している。あれですわい。

母は父に遅れて四年目に亡くなった。おれはいつも母にはすまん事をしたと悔やんだ。まあ、大二郎は母に仕えた。まだ身の決まらない者がいたので、母は父の代理をする側についていたのです。ところが母が亡くなり、弟は頭をおさえる者のいなくなったのを良いことにして、そろそろ頭髪に白いものがまざる歳になって、若いブラジル人の女に手をだし、子まで生ませたとか。親父のいちばん嫌ったことを、奴はやったのですな。その果ては細君あや子との夫婦喧嘩。成人している二人の息子は母親の側につく。成りゆきとして家は二つに割れて、離婚さわぎにまでなったと言うんですな。気性の強いあや子は、夫のよりつかない家を整理するつもりで、がらくたと共に先祖の位牌まで燃やしたと。

はあ、それはまた大それた事をやったものだ。親父はブラジルに来る時、一族身内もない家系のため、寺の住職に何がしかの寄進をして、松木家永代供養を頼んできたとか、それでも祖先の位牌は柳行李の底に入れて持ってきた。石油箱の改造したのを、仏壇にして朝夕拝んでおりましたな。親父はご先祖さまといって有難がっていた。おれがいつか皮肉ると、親父は青筋をたてて怒ったものだ。ところがその先祖代々の位牌が、こともあろうに松木家の後継ぎの嫁から灰にされたんですからな。甚六の家出どころではない。家長の妄狂いによって、家系はまさに乱脈断絶ものですて。あの世から親父がとり憑くのも無理はない。それがなんの関わりもない清子に憑いたのはなぜですかい。えっ、先生の言わしゃるには、先方はとても根性が強くて憑けないので、親思いの優しい者に頼ったと。なるほど清子は幼いころから心根の素直な娘だった。それもひとつの見方、しかし、剛直な親父もあの世では気性が弱くなったもんだ。なぜ悪鬼になっても大二郎やあや子に祟らんのだ。一晩のうちに悪行の手は曲がり、口に泡をふき、白眼をかえす癇癪をなぜ起こさんのだ。

それにしても、貴方の話を聞くと、このたびの事件の原因はすべて大二郎にある。永年労苦をともにした糟糠の妻を、裏切ることぐらいは為しかねない男だからな。親から大農場主になれ、家を興し家名をあげよと託されて、おれたちが十年にわたって築いた財産をひとりじめにした。あの信頼はどこに忘れた。ゴイアス辺りの仕事ではまだほんの入口、そんなところでつまずくとは、もともと品性劣等、人間に徳がない、そのような者がどうして大廈《たいか》の屋梁を保てましょうかい。ちょいと難しい漢詩をつかったが、おれも古い人間で、このように言わんと気分は出ないのですて。嫌な奴のことは思いたくもないし、触れたくもない、ほんとうですよ。おれは奴の根性はとっくに見抜いていた。馬鹿な兄は正直一途で、小遣いにも困っていたのに、奴はこっそり隠れてうまくやっていたのだ。しかし、おれは弟の陰口を親父につげたことはない。それがどうだ。親父が死ぬと、遺産放棄の書類をもってきて署名してくれと言う。おれは自分の意思で家を出たので、親の財産など口が腐っても欲しいと言うつもりはなかった。おれが捨てたものをどこの犬が拾おうと、かまうことはないと思ったものだ。

話はあちらこちらと飛んで埒《らち》もないが、そんな訳でゴイアスの家は二つに割れたのですな。どんな解決をしたのか、そうですか。あや子は良い歳をして二人の息子をつれ、日本に出稼ぎにいったのですか。なんだ、田舎街道に農場の看板をあげたとて、どうせ銀行の肩がわりの百姓。あや子のほうも、はいそうですか、と泣きさがる母子ではないし、毟《むし》り取るものは取るだろうし、身の振り方でもだいたいの見当はつくもの。こうなれば大二郎の行く末も知れたもの、両親もあの世で泣いているだろう。自分らが家運末永くと望みをかけた次男に、とり憑くわけにはいかず、貴方の連れにかかるとは、いやはやなんとも因果な話。

貴方の依頼とは、このおれに親の位牌を作って、朝夕拝んでもらいたいと、これはまた無理難題。末代まで勘当された男なのを、忘れてもらっては困りますな。おれは無一文からブラジルで松木家を起こすことを肝に銘じて今日までやってきました。おれはアメリカに渡ったメイフラワー号の清教徒にならいたい。この国では有難いことに、生まれによる上下貴賤はない、先祖のことなどうっかり持ち出そうものなら笑われる。まずは気楽な自由が身上のお国柄。小作人でも一生小作ではない。甲斐性によっては大地主にもなれる。おれは身内から見放されたが、厚意をうけて忘れない人も何人かはいる。女房に息子はよくやってくれた。今ではまず安泰な老後を送っている。なにも難しく考えることもなかったのだ。疑心暗鬼、苛立ちは早死のもと、親父よりも十年長生きして、親の心が分かるようになった。二人とも糞まじめすぎたのだ。おれももうすこし心を大きく持って、親を喜ばしておけばよかったと、いまでは後悔している。

そういえば、息子は若いころのおれに瓜二つだ。むっつり屋の重厚なタイプで、親に何ひとつ喜ばす言葉はかけん。それで機嫌は悪いかというとそうでもない。それ、内面が悪い、あれですな。しかし、おれには息子の気持ちはよく分かる。かえって機嫌でもとられると気味悪いでしょうな。ところが親父は偽善の国で育ちもまれたせいか、甘言を嬉しがり、人の本心を見る眼はなかった。やはり経験ばかりで、文学など馬鹿にしていたので、こんな事態になってきたのですな。ところで、七代まで勘当をうけたおれが、親の位牌を祀るのも変なもの。そこでこれは是非お宅で祀っていただく、そうすれば両親の霊もおさまる。身内を集めて供養をしていただく。あなたには義父母になるのだから、後世かならず仏果を得られる。義兄は受けてくれなかったと、一族の前で言ってもらっても結構です。今まで通り親戚のつきあい一切なしに願います。

一日もはやく盛大に施餓鬼をやってください。病は気から、清子の一時の精神錯乱などすぐ治りますよ。

一九九五年六月（『コロニア詩文学』五〇号掲載）

野盗一代

ブラジル文学の中でコルデールといわれる一派がある。コルデールとは紐を意味する。紐に吊って売っている本のことで、ちゃんとした本屋には置いてない。たいてい五十ページ内外で、ざら紙に凸版で打ち、色の悪い三色刷りか、ちびた木版画の表紙がついている。わたしの知るかぎりでは全部が韻文なので、ビオロン〔ギター〕にのせて歌えるので覚えやすい。もちろん高い調べのものではなく、浪花節を本にしたものと思えばよい。

わたしはそんな小冊子のいくらかを読んできたが、面白いことに忠治を歌った八木節そっくりなのである。コルデールのあるものは七行詩七・五調。八木節は七・七調で行を区切らぬ長詩である。「ここに出ました三角野郎……」で始まる、博徒国定忠治の行状記は、百姓を泣かす悪代官を殺し、関所を破り、権力に盾つく男として、映画、小説になり現代でも人気のあるのは、彼がいつの世でもうだつの上らない大衆の不平を代行してくれる反体制の人物だからだろう。

さて、この民衆本の内容は、主にブラジル東北地方を舞台にした寓話、民話、ランピオンやシセロ神父の事績を歌ったものが多い。

わたしは、この国の東北乾燥地帯の人と生活、そこから生まれた文学に興味を持ち続けてきたが、あの地方こそはもっともブラジル的なもので、国民の心情はそこに根ざしているものと考えている。いま手もとにある一冊「大頭目ランピオン」を訳してみると、八木節の替え歌になるのも面白い。

これから歌うは　荒れ野のうたで

わしがつづった　筋書きなれど
遠い想いは　忘れはしない
ことは奥地の　野盗の話
聞いておくれよ　彼らの渡世
ランピオンとは　泣く子もだまる
音に聞こえたは　ビグリーノの首領《かしら》

人と生まれて　この世に来れば
ついた運命《さだめ》は　果たさにゃならぬ
よい衆に生まれりゃ　太平気楽
籤《くじ》に外れりゃ　水のみ小作
一歩あやまりゃ　一足ごとに
同じことだよ　ビグリーノといえど
そこから始まる　裏道あるき

人間どもを　お作りになった
神さまでさえ　後悔をなさる
すべては歪み　逆さまだらけ

ひとりが泣いて　ひとりは笑う
こんな筋書き　馬鹿ばかしいと
舞台にのぼり　思いのままに
芝居をかえる　牛追い男

北の故郷　ペルナンブッコ
遠い僻地の　ビラーベーラの村
ランピオンこそは　この地の生まれ
かけた望みは　外れたけれど
闇夜のランプと　異名をとった
絶えてもきかぬ　野盗の首領
さあさあこれから　そのあらましを

このような調べで五十ページも続く長詩になっている。いつか機会があれば完訳してみたい望みはあるが、詩はわたしのものでないので、やはり散文で語るのが性にあう。

ここではほんの四節だけ自由に訳した。興味あるのは忠治とビグリーノとは、国、時代、思想など違うのは当然ながら、社会に及ぼした影響には大きな差がある。歌になった二人はどちらも人並みすぐれて、賢かったことになっている。

忠治は若旦那と言われたほどだから、生家は貧しくはない。ビグリーノは僻地の地主の四男に生まれた。父は育てられず、叔父に預けたといわれる。忠治は腕っぷしが強く、田舎道場に通って免許をとったとか、ビグリーノも知るほどの人は、末は博士か大臣かと褒めたという。俗謡の作者は両人を持ち上げているが、並みの人間ではない素質はあったのだろう。

忠治は兄貴とたてられると賭場に通い、そのうち子分もでき、親分になれば、喧嘩出入りになり、代官を斬ったり、関所破りの後つかまったりして刑死している。ビグリーノのほうも噂など糞くらえで、牛追い、荒馬こなしに余念はなかった。それでも学校には通って読み書き算数ぐらいは習ったのが、後日命知らずの輩を統帥するのに役に立っている。彼は手先も器用で投げ縄、鞍、皮袋など作って、縁日に持っていって売った。

そのうち、行商の仲間に入った。荒れ野歩きの商人で、ラバの背に商品を積み、隊を組んで、農場、中小地主、牧夫小屋などをめぐって旅をした。

家を出れば二ヶ月は帰ってこない。人煙絶えた枯れ野をすぎ、朔風うなる山脈を越え、石だらけの赤い焼け土を踏み、何日も水のない道程のすえ、やっと人の住む青い草原の河岸に着く。道々どこに寄る予定も目的もないけれども、行く先々でその周囲の地形を知り、彼の巡った広い土地を自分の掌をさすように知ったのは、のちに野盗になってから、百人の味方よりも強みになった。

ビグリーノの父、ジョゼーは土地の境界で隣家と争いになる。というのは、力ができると、誰でもが他人の土地を取り込めるということである。隣家にはその郡で勢力のある保安官がついていた。そんな折りにビグリーノが隣の家畜を盗んだというので獄につながれた。

もとは父の物を取り返しただけと言うが、弁解も聞き入れられない。さあ、そうなると黙っていないのはビグリーノの兄弟たち。後日ランピオンの股肱《ここう》になったほどの者たちだから、町の牢を襲って同胞を救い出した。その騒ぎでノゲイラの息子は死んだ。

ビグリーノ兄弟はノゲイラ一族の追求を避けて一時身を隠した。その間に兄弟の父ジョゼーは殺される。このように二つの家族が些細なことから対立すると、現在でも東北にある二豪族の血を血で洗う修羅の世界になる。

ビグリーノは父の仇、ノゲイラ一家皆殺しを決意して時をねらった。

十九節に歌うは、

出かけた町は　サンフランシスコ
さっそく求める　銃にあいくち
手作り袋に　薬莢もつめ
命なげれば　怖いものはない
同胞《きょうだい》たちも　呼び集め
集まってきて　小隊となる
カライス　サビノ　クリスコと
しだいに集まる　無頼の徒
ガットピロンに　ベイジャフロール

モイタブラバに　チチリッカども
タテウ　ジュレマ　アズルモンと
クラボロッショに　ポントフィノ
ゼーバイアノ　ビトリノども
カラビッショに　続くゼーメロン

一節抜いて次に移ると、

情けは無用と　この野盗ども
ビグリーノを　首領にたてて
襲う相手は　ノゲイラのうから
憎い奴らは　セーラ　ベルメリャ
見つけしだいに　容赦はしない
後は火にかけ　焼きつくす
見るも無惨な　インガゼイラ村

ビグリーノの率いる野盗団に襲われたセーラ・ベルメリャのノゲイラ農場は、阿鼻叫喚の地獄図になる。奪った物品は馬の背に積み、あとは火を放つ。立ちのぼる煙を見て、野盗どもは勝ち戦の歌。

オレ　オレ　レンデイラー（せいだせ　せいだせ　レースあみ女よ）
オレ　オレ　レンデイラー

合唱の声も高く、その日の野営地にと引き上げていく。いくらランピオンとて、行く先々で差別もなく悪事をやったわけではない。彼らが来ると知ると内心はともかく、歓迎して迎え、食料や弾薬を供して送り出す大小地主もいたのである。特に零細な貧農には人気があった。日ごろ虐げられているだけに、彼らの勇名に拍手を送ったのである。それ故にこそ二十年にも亘って暴れたのであった。

ランピオン来るとの噂に、二百人の軍警が守備している町でも、すぐに浮き足だって敵に渡してしまう。日ごろ強気で討伐隊をだしていた郡長も、守備が破れたとなると逃げ場を失い、二階から落ちて死んだ者もある。電信線を切られて孤立した北ブラジルの小さな町で、野盗団は傍若無人、好き勝手のことをやる。

政府の猿《へいたい》どもがくるとの報に、金品、物資にふくれあがった彼らは、セルトン〔乾燥した奥地〕に向かって旅立っていく。

ランピオンとて勝ちづめではない。負け軍《いくさ》もあり、苦境に追い込まれたこともある。配下の者を多く失い、彼も被弾して危ないところを逃げたこともある。

ここらあたりで、ランピオンとマリヤ・デーアの出会いを述べてみよう。マリヤは田舎町の靴屋の女房であったが、ランピオンの勇名に女ながらに血を沸かしていた。世に流布している写真をみると、男共のなかでは小柄な女で、顔はふっくりとした童顔の美人である。勝ち気で多血性の彼女は、靴の底をたたいている亭主にあきたらず、家を捨て野盗の群れに身を投じた。

ランピオンの歌のなかでも、マリヤ・デーアとの出会いは一つの山場で、ビオロンの音も一段と冴え、歌う調子も高くなる。

マリヤの母は　耳うちをした
娘よ見やれ　あれがカピトン〔首領〕だ
手を差しのべて　力でにぎり
首領は言った　「ご機嫌いかが」
初めてお目に　かかる嬉しさ
お前さまが　あのランピオン
マリヤはぼおっと　心もそぞろ

大地主さえ　かまきりの斧
頭を下げさす　カピトン殿か
あなたの噂　風の便りさえ
ずっと前から　きき耳たてた
お前さまこそ　おとこの男

わたしは決めた　お側について
朝、昼、夜の　お世話をしたい

もしも女心と　疑うならば
どんな試練も　まともに受ける
弾丸のうなりも　火をふく銃も
北の地の果て　カッチンガ原〔半乾燥地帯〕
山刀腰に　ライフル下げて
わたしの肉は　カピトンの盾
死ぬ時や共に　地獄の底に

うかつに垂れぬ　女の強気
口はきいたが　心は開けぬ
おれには一つの　戒めがある
ジュアゼイロは　神父の諫め
仮のいのちの　渡世の連れに
求めてならぬ　取られた肋骨
野に骨さらすは　おいらの定め

亭主は待ってる　すぐにも戻れ
人の妻とは　そうしたものだ
おれの命は　短い蠟燭
長くは望めぬ　おれ等のさだめ
さっとたつ凪　草のそよぎにも
人と契れば　心がのこる
死ぬときゃ独り　未練もなしに

マリヤは言った　その掟とは
寂しさかくす　お前さまの意地
首領がわたしを　お嫌いならば
わたしはすぐに　戻りましょうよ
あなたの胸は　わたしは分かる
旅は道連れ　世は情けとか
死ぬときゃ共に　手に手をとって

わたしの命は　カピトンのもの

この身を盾に　首領を守る
猿侯《えてこう》どもの　筒口にたつ
マリヤ・デーアの　心意気
さすがの首領も　女には弱い
それにつけても　マリヤはきれい
こんな女は　見たこともない

氷もとかす　女の恋慕
心のうちは　どうあらがっても
先はどうなれ　情けに情け
配下の山羊《おとこ》たち　顔見合わして
これからさきは　どうなることか
首領をみろよ　マリヤに惚れた
野盗の中の　一輪の花

ビオロン弾きは　当意即妙に
歌ってめぐる　北伯の町
歌のテーマは　首領の愛人

人の噂は　口から口に
荒れ野の花は　マリヤ・ボニータ〔麗しのマリヤの意〕
浮き名ながして　のちの世までも

一時、ランピオンらは北伯の反乱軍に迎えられ、大尉の肩書きまでもらったが、ブラジルに独裁制を布き、新国家を目指して意気軒昂なゼツリオ・バルガスは、辺境とはいえ法に従わぬカンガセイロ〔野盗〕の群れが、わがもの顔に跳梁しているのに怒り、司法大臣をしてアラゴアス州執政官オスマン・ロレイロに、大統領の意向を伝えて、野盗群の殲滅を命じた。ペルナンブッコその他の州も共同して、無法者の集団狩りに乗り出した。

そうなると以前のように、ランピオンも動けなくなり、山塞にこもって世の動きを見ていた。ここに前から巡査でありながら、野盗の手先になり情報を集めていたペードロ・カンジドというのが、ランピオン追跡に熱をあげている伍長ジョン・ベザラに捕らえられた。ペードロは官憲の追求を逃げきれずに、ランピオンらの隠れ家に案内する破目になった。

ベザラは八十人の討伐隊をくみ、幾日もの苦難の旅のすえ、ある日の午後、野盗団の隠れ家を見おろす丘についた。ベザラは用心ぶかく夜のうちに隊を分けて、包囲網を完成した。さすがのランピオンもそれには少しも気はついていなかった。

夜は明けてきた。小鳥たちは飛び立ち、梢で鳴き交わしている。群盗たちは早起きはしないらしい。朝はまったく明け放たれた。一人の男が戸口に垂らしたアンベラ袋を押して出てきた。何かの歌をうたっているようで、顔を洗い楊枝を使っているのが、つい目の前に見える。別の小屋からまた男が現れた。眼鏡をかけているので、あれは首領らしい。すると小柄な女が続いて現れ、男のわきにすりよっていった。

時は熟していた。ベゼロ伍長はこの時と手をあげると、ピタリと狙いをつけていた機銃が火を吹いた。同時に包囲隊の小銃もなる。こうなればいくら鬼神といえど命数は尽きたことになる。ランピオンは被弾して倒れた。這って逃れようとしたが、もうその力はなかった。マリヤ・ボニータもランピオンに折り重なり倒れた。二人は固く手を握りあっていたという。

一瞬にして山塞は動転し、血しぶきの散る地獄になる。銃をとって応戦する者、逃げ出す者もあったが、水も漏らさぬ包囲を逃れたのは、わずか二、三人だったという。虐殺のあと隠れ家に踏み込んだ討伐隊は、悪名高い無法者が血だるまになって転がっているのを見た。

隊長は命じてランピオン、マリヤ・ボニータその他、十一人の首をはね、石油缶に塩漬けにして、まずサンターナ・デ・イパネーマに送った。当時、ランピオンの勇名は北伯では神話のようになり、彼こそは不死の者と信じる人たちもあった。が、その後、カンガセイロは全く影をひそめ、ブラジルは近代に一歩を踏み出した。

わしは奥地の　歌ながし奴で
「星のひかり」に　載せたこの歌も
日々のくらしの　ためなれど
おおかみなり〔ゼツリオ・バルガスをさすものらしい——松井注〕が　どんとひびけば

ランピオンとて　たおれて消える
クリスコどもも　地にもぐりこむ
やっと日がさす　北の国ぐに

ランピオンは一九三八年に死んだが、その首は見せしめのためか、長くサルバドール〔バイア州の州都〕のロドリゲス博物館で見世物にされた。彼らの飛び散った血の一滴一滴が、悪党となって全国に生き返ってきたようである。

一九九五年（書き下ろし、作品集『ある移民の生涯』掲載）

虫づくし

FORMIGA-LEÃO
LARVA DE INSETO NEURÓPTERO. VIVE EM PEQUENA
ESCAVAÇÃES EM FORMA DE MEIA LUA. ALIMENTA-
SE DE OUTRO INSETOS QUE EMTRAM OU CAEM NA
SUA TOCA QUANDO ADULTO ESSE INSETO LEMBRA
A LIBELULA. (FAMILIA DOS MIRMELEONTIDEOS)

蟻地獄

その農園は荒れるにまかされてからでも、すでに年久しくなる。軒の傾いた鶏舎の朽ちた柱の根元に、ありじごくは住みついた。

そこは東向きで陽当たりは良く、じかに雨に打たれることもないので、虫は格好の場所と満足し、せっせと砂粒を飛ばして巣作りに励んでいる。

ところが、同じ屋根の下、横木を渡した柱のすみに、蜘蛛が帷《い》をかけている。この隠者はひねもす形而上学の思索にふけって、さらに動く様子もない。朝のそよ風に蔓草のわくら葉が一枚舞い落ちてきて網にかかった。もう幾日も餌にありついていない蜘蛛は、天地開闢の謎、存在の意義は一時お預けにして、ゆっくりと獲物に近寄っていったが、それが草の葉と分かっても、別に落胆するでもなく、もとの座に戻ると、また瞑想にふける様子。

砂のなかにひそむ虫は、天気はよし、朝から庭作りに忙しい。穴の底から砂を飛ばして美しい休火山口に似た、枯山水のすり鉢型の窪地を作る。けれども、この美しい庭が魔物である。ありじごくは虎視眈々として、獲物の来るのを待ち伏せている。

ここは槐安《かいあん》〔蟻の別名〕の都からはかなり離れてはいるが、折には物好きがやってくる。こんなところに簡素にして、均整の整った古跡があったのかと、砂の見事な造形美に魅せられて、すり鉢のふちに脚をかけ、窪みのきわまった処に何かあるのかと、首をのばしたとたんに、パーッと砂礫が飛んでくる。蟻はアッと思う間もなく、もんどりうって急坂を転げ落ちる。あわれな犠牲者は必死になって、砂の坂を這い上がろうとするが、砂の中の鬼はここぞとばかり砂鉄砲を放つので、虫はもがくほどに底に落ちる。ありじごくの鋭い顎で、いけにえは肥えた下腹をはさまれ、砂の中に声もたてずに引き込まれてしまう。

空にとまった蜘蛛の哲学者は痩せていくのに、穴にひそむ虫は日に日に丸く肥えていく。

鶏舎の柱に絡んだ蔓草はしだいに伸びて、やがて青い花をつけたが、花が散ると間もなく白いうぶ毛に包まれ莢が下がる。時には強い風雨があって、ありじごくは丹精の庭をうめられ、蜘蛛は帷を破られる。

この常夏の国でも移りかわる四季はあって、日差しがしだいに北に傾く頃、蜘蛛には珍しく女の訪問客があった。穴の中の虫も脂がのり、肥えてきて、何となく眠くなって砂の底にもぐりこむ。

それにしても、蜘蛛の客は実は押し込み強盗、さすがの認識者も星をあおいで溝に落ちるの譬え。家は乗っとられ、身はびっしりと絹糸でまかれて、毎日すこしずつ血を吸われる。けれども蜘蛛は怒りもわかないし、さほどに悲しくもない、――朝に学べば夕に死すとも可なり――もう長くもない命ではあるが、世の雄どもの生きてきた真理を身をもって知ったと、ぼんやりとかすむ頭で考えていた。後釜にすわった姐御は丸い毛毬を後脚で大事に抱えている。なかにはびっしりと桃色の卵の詰まっているのが透けてみえる。

蔓草の莢はいつの間にか褐色に熟して、早なりの一つの外皮がパチンと弾けると、小粒の種が四方に飛んだ。

季節が晩夏に移った、ある日の夕暮れ時、地中で眠りから覚めたありじごくは、砂の底から頭を出すと、鶏舎の柱に這い上がった。羽化が始まろうとしていた。固い背中の皮が割れ始めると、複眼のある頭部が押し出され前脚や触角が抜けると、虫はくるりと身体をそらし、しばらくその姿勢でいると、羽から下、すべてが外に出る。そのまま脱け殻にとまっていると、薄い和紙のこよりのような羽根はしだいに乾いて広がり、ピーンと張った四枚の羽根になった。

雨に変わるほどの勢いもない西の空の雲は、しだいに流されて遠くなる。折々ピカリと放電しても雷鳴は聞こえない。残り雲は朱から紫に、紫から墨に変わる刻、雀の群れが一団となって巣に帰ってくる。竹むらの上でひとまわりするとばらばらと舞いおりる。

夕立に逃げられた蒸し暑い夕べで、鶏舎のした水の湧く窪地では、蚊柱がたって黄昏に揺れている。羽化をすましたありじごくはうすばかげろうになり、しきりと羽根を震わせていたが、ふわりと宙に浮いた。飛ぶというよりは風に流されるシャボン玉の様子で、蜘蛛の網の下をくぐりぬけると、もう闇の来ている竹やぶの横を越して泉に向かった。

そこは崖を背にした自然の窪みから清水が湧き出し、溢れては、細い流れとなって先の小川に続いている。

うすばかげろうは肉厚い葉をひろげ、薄紫の花をもった水草に休んだ。何を求めてこの水辺にやってきたのだろうか。草の露を吸うためではないらしく、ひっそりと葉にとまったままでいる。それでも羽根は微かに震えていて、薄闇に五彩の色があやしくも光る。

折から背の山から月が昇ってきた。螻《けら》が騒ぎ蟋蟀《こおろぎ》がないても、うすばかげろうはひっそりと息づいているのみで、さらに動く気配さえない。月が高くなると泉は水鏡に変わる。すると水すましは明るくなった水面に輪を描く。この忙しい虫が往き戻りすると、月は水の上で光の破片となって散り、すぐに寄り添っては丸くなる。

それにしてもこの手弱女《たおやめ》は何を待っているのだろう。なんという繊細、頼りのなさは、淡雪のような命のはかなさを見せる造化の妙なのか。うすばかげろうは己れの前身を知っているのだろうか。おそらくは蛹《さなぎ》となって眠っている間に、すっかり自己の行為、吸血鬼の悪行は忘れてしまったに違いない。

ところが、虫好きの変人の調べたところによると、この手弱女の前身はあのありじごくであったという。一時槐安の都で騒がれた、何十匹もの行方不明のあった当時、通りには高札まで立って、蟻は一列になって行動すること、一人でうろうろするべからずとの、その筋からのお達しさえ出たという。

さて、この虫が生きものの定めとはいえ、弱肉強食修羅の世界から、どうしてうすばかげろうなどに変身したのだろうか。そして彼女はこの水辺で何を待っているのか。すると幽かな影が水鏡を過ぎて、草の葉にとまっている仲間の上に重なり一組になった。手弱女がたえるばかりに待っていたのは、この逢引であった。けれども、どうしてこの虫たちは諜《しめ》し合わせたのか。ほかならぬは恋の道というが、今日生まれて卵をうみ、あと何日も生きられないで死ぬというすばかげろう。

紙魚《しみ》

紙魚は紙を食う虫で、昔から書籍の大敵として知らぬ者はない。衣魚とも書くが、漢文調をこのむ人は蠹魚と古い字を用いるかもしれない。蠹というのを漢和辞典で引いてみると、音読みはトであり、訓読みはキクイムシとあって、字義はむしばむであるが、三通りの名詞に虫をあてずに魚としたのはどうした訳であろうか。見ようによっては虫よりも小さな魚、じゃこかさくらえびに似ているようだ。

私の見た限りでは、長さ一センチばかり、幅三ミリぐらいの銀色をした虫で、人目につけば動作はかなりすばしこい。囲い殻を着ていないので、指でおさえると潰れてしまうほど柔らかいのに、これが黴とともに本に大きな害をする。

貴重な古文書に穴があき、食われた文字を埋めるのに、文献学者が頭を悩まし、ついには復元さえできないと聞くのも、みなこの虫の所為だろう。

ところが、罪の意識もない紙食い虫が、害虫として非難されるのを、徳川中期の文人、横井也有翁は「鶉衣《うずらごろも》」のなかの一章（百蟲譜）で詩文に会して吟ずる術も知らないものとして、憐れんでいる。

私がサンパウロ近郊で百姓をしていた頃、日系人の多いS市では、小間物店でも本棚をもうけて、日本から来た雑誌書籍を並べていた。私はそこで岩波の「広辞苑」を見つけ、欲しくてかなわず女房に頼んで、へそくりを出してもらい、その本を自分のものにした。前から望んでいたものだけに、心もそぞろに家に帰りページをパラパラとめくってみると、こはいかに、本のなかほどに、親指の爪ぐらいの穴があいていて、二百ページほどもトンネルになっている。これでは辞書として用はなさないし、女房にも面目はないわけなので、おそらく店主は何も知らないのだろうが、一言の苦情は言うべきだと、翌日、実物を持っていき、主人に会ったところ、彼はひどく困惑した様子で、穴のあいたページを恨めしそうにめくっていたが、代金はお返ししますとも切りださずに、

「まだ新しいので、紙魚にやられているとは知りませんでした。実はすぐにでも別のと取り替えるべきですが、これと同じものがありません。ところで、わたしの使っているのがあります。見てもらいますが、新品と変わりはありません。すこし割引しますから、それでご勘弁を」

と言う。変な商談と思ったが、まるまる損しても本一冊だし、店主も信用を大切にするはずだと考え、承諾することにした。

すると、親爺はお渡しするのは二日ほど待ってほしいという。これも妙な話で、なぜ今すぐに渡せないのかと思ったが、私は生まれつき、人に頼まれると嫌と言えない性分で、それも快諾しておいた。ところが、ここに一つの疑問が残った。考えながら飯を食ったので、汁の椀にソースを注ぐようなへまをやったが、立場を変えて私が店主ならばと、考えを巡らしていると、ああ、そうだったのかと、主の思惑が了解できた。

虫食い本を手元においても、役に立たないのは私と同じなので、主は二冊を勘考して、虫に食われた字を、完全本によって埋めるつもりで、二日の猶予を求めたのだと。

後日、私の手に渡った辞書は、十五年になるが現在も机上にあって重宝している。ところが、あの虫食い本はどうなっているのか。いわば兄弟本であるが、ちょっとした動機からでも、運命がひどく違ってきて、この世の幸せ不幸せに似てもいて、あの本には欠けるところはあっても、縁あって一度は私の手に

渡ったものなので、いつまでも店主の座右にあって、役立ってもらいたいものと願っている。

紙魚について、挿話らしいものを書いたが、紙魚は別称「本の虫」とも言えないこともない。そこで解釈をひろげてみれば、書籍蒐集家、本好き、勉強家を指すとともに、その反面では、世間知らず、理屈屋と言われ、コロニアではあまり好かれないようだ。

私は本で得た知識で世に立とうとは思わない。読書の楽しみは孤独で、隠微なものだが、これに取りつかれると一生別れられなくなる。もし本好きを「本の虫」と称してよいのなら、私などは本マニアの末席に座れるかもしれない。何の因果か、本だけは小さい時からむやみと好きだった。読書家は賢いだろうとは、甘いもの好きは胃腸は丈夫だろうというのと同じで、反対の場合が多いようだ。

それに私の好いたのは文芸書だったので、実生活の上でマイナスになってもプラスにはならないようだった。けれども、好きなものは好き、嫌いなものはどうしても好きになれないのは、どうしようもない。嗜好品のようなものではないだろうか。

近ごろとみに煙草など害があるとかで、八方から苛《いじ》められているが、そんなことはもとより愛煙家は百も承知していて、その害のあるのが旨いのだと言い、世の中に無害というものにろくなものはないと言うかもしれない。コロニアでも老人の健康によいといって、それゲートボール、ラジオ体操、歩く会、何かの木の根、草の葉などと人の口にのるが、けっこう年寄りは歯の欠けるように死んでいるので、人の一生などは須臾《しゅゆ》のことで、煙草でも酒でも好むならやってよいので、背中に灸をすえ、旨い物もよう食わず、吉原も知らずに長生きしても、何の人生かと、とうの昔に江戸人が喝破している。そんな訳で私の半生に「本の虫」が影響しているのは、ちょっと一口には言えないほどである。

芥川龍之介の作品に「酒虫」という短篇がある。昔、支那に斗酒なお辞せずという大尽があった。節酒しようとしてもできないでいたところへ旅の僧が来て、――貴方は大酒をされるが、それは貴方が飲むのではなく、腹の内の虫が飲むからだ――と教えられた。それではその虫を除こうという相談になり、大尽はその日は一滴も口にせず、暑い日中に裸になって庭で腹ばいになった。そして目の前に大盃を置き、強い酒を充たして鼻で芳香をかぎ、口を大きく開けていると、腹から酒虫が飛び出して盃の中に入った。

それからの大尽は一口も飲めなくなったが、同時に家産も傾きはじめ、数年も経ずして一家は離散したという。


いわゆる福の虫のようなものがいるとすれば、「酒虫」とか「本の虫」などは、宿り主にある豊かさをもたらすのではないだろうか。水ごころあれば魚ごころの譬えで、貸し借りの間に何か親身の情がうまれ、宿主に良い環境を作り出してくれるという、それこそ虫の良い理論だが、まんざらの背理になるのでもないらしい。

私の前半生は父から疎まれて、不当な境遇に追いやられたが、自分という者をいくらか知り、好みのままに歩んできたのはよかった。そんな感想を女房にもらしたところ、

「父さんは本当にとくじんですね」

と言われた。そうか。おれは随分自分勝手なやりかたにしがみついてきたが、これでも徳人なのかと自惚《うぬぼ》れていると、とくはとくでも得な人とやられ、それだけ損をした者がいるのを知ってほしいと決めつ

けられた。

そうか、おれは得人なのかと納得した。じぶんの半生といっても、傘寿を越えたからには、人並み以上に生きてきたのだし、一日中読書をしていても、家族の者からとっくに無用人と認められているのは、まことに有り難い。

そんなわけで、私は必要な所用のほかはほとんど家を出ない。歩け歩けと、そういう会まであるそうだが、老人の健康よりも一歩家を出れば、ひったくりに、つむじ風のようなオートバイ、車は人を轢くものと決めている方が恐ろしい。

ナマケモノという動物に、一日四キロぐらいは歩けとすすめても無理なように、私は自分にあった遣り方で暮らしている。まず「本の虫」を喜ばせてやれば、あとは体調などもまことに具合は良いので、残された寿命はこのように生きたいと望んでいる。

紙魚が「本の虫」になり、我田引水の「福の虫」になったので、この章はこれでペンをおく。

嫌われる虫

同じサンパウロ市内といっても、高層アパートに住んでいる人と、私の家族のように都心から離れた区域の一戸建てにいる者とは、生活環境にいくらかの差があるように思われる。そんなことを意識しながら、すこし身辺の虫について書いてみる。

やれ打つな蠅が手をする足をする

と一茶は詠んだが、あの頃はまだこの虫が伝染病のなかだちをするのを、人は知らなかったので、食い物にたかる、うるさいぐらいで殺すのは、あんなに手をあわせ足までこすっているのだから、許してやろうとの憐れみのこもった句であっただろう。しかし、今日は医学によって細菌の運び屋として断定された上は、憐れみどころか殺すべきだとの認識が先に立つので、現代人には同じ作者によって詠まれた雀や蛙の句ほどには、素直に鑑賞されないのではないだろうか。

人間にうるさくまといつく虫で、頭株は蠅と蚊であろうが、蚊などは弱々しい虫でありながら、動物の血を吸いにくるので嫌われる。黄熱病、マラリアなど恐ろしい病気を伝播して、日系コロニアの平野植民地をはじめ、移民史に百年の痛恨を残したのは、みなこの虫である。

過去に日本人は蚊帳とか蚊やりとか、実用のほかに夏の夜の風物詩になる風流なものを創ったが、われわれコロニア人はこの虫から害のみ受けたようである。

次にゴキブリという憎まれ役に出てもらおう。関西生まれの私などは「馬鹿」よりは「阿呆」のほうが、ぴったりと語感が身につくように、ゴキブリよりも油虫のほうが、言葉と実物に隙がないように思える。

この虫は台所をはじめ、下水管、物置、芥の捨て場どこにでもいる。大きなのになると親指ぐらいのもある。褐色でニスをはいたような光沢があり、さわれば嫌な臭いさえ出す。清潔ずきで神経過敏な女性などは、ゴキブリと聞いただけでアレルギー症が出るかもしれない。

こんな虫どもは人間に嫌われながらも、うるさく執拗にまといついて、なかなか人間の生活環境から離れようともしない。

私の現在住んでいる地域は、近年になってにわかに住宅が建てこんできた。それでもまだところどころに空地はある。持ち主が手入れをしないと、すぐに唐ごまや雑草が茂って、そこがよい巣になるらしい、それに通りをはさんで前は尼さんの施設で、広い庭の草木の蔭にいるいろいろな虫が部屋に飛んでくる。

さすがにサンパウロ市では蠅などは少ないが、それでも暑い日には何匹かは殺すので蠅たたきは欠かされない。蚊もうるさい奴で、その上、脳膜炎、デング熱などを伝染させるので都会でも油断はできない。夜、読書などしているとき、机の下の足が痒く感じると、もう刺されていて、むずがゆいのが後をひき、万金油をすりこんでもすぐには治らない。そうはいっても都会には害虫は少ない。

私は永年百姓をやってきたが、田舎には蝶、蟬、蜜蜂、夜鳴く虫など、有益な虫や人に情緒を催させてくれる虫もあるが、いっぽう嫌われる虫もかなりのものである。

農村はどこにでも養鶏場が散在しているし、農家ではたいてい豚なども飼っているので、短い冬季を除いては、蝿や蚊に悩まされる毎日である。農家では窓や戸にナイロンの薄い網を張った枠をはめ、蝿の侵入に備えても、家人が出入りするちょっとした隙にでも、何匹かはすばやく入りこんでくる。

日曜日などに、たまたま都会から客があって、庭でシュラスコ〔焼き肉〕でも始めようものなら、香ばしい匂いにのって、それこそ何千とも知れない招かない客がむらがってくる。まあ、閉めきった部屋で接待できないこともないが、焼き肉はなんといっても野外のものだから、主人側の心づくしも無駄になりかねない。

同村のYさんにこんな話を聞いたことがある。ある年のこと、Y家に日本からの客があった。奥さんのほうの親戚で、どんな目的でブラジルに来たのか、それまでは尋ねなかったが、移住者ではなかった。Yは気をつかって、近ごろの旅行者は生水は飲まないと聞いていたので、わざわざ鉱泉水まで整え、ご馳走を卓に並べて歓待したのに、客はどの料理にも箸をつけようとしない。Yは心底おだやかならぬ気持ちで、――なぜ上がってくれないのか――と聞いたところ、――ご接待はありがたいが、こう蝿のたかっている食い物は、口にする勇気はない――と正直に言ったという。

そういえばY家は果樹が主業であったが、副業として当時もてはやされていた、一千羽養鶏をやっていたので、蝿などは防ぎようもなく、蝿のいない日常は考えられない環境にあった。

Yは人は良かったが、短気者であったのでカッと頭にきて、息子に言いつけて最寄りの市のホテルに客を送っていかせたそうである。

「お前の親戚にはろくな者がおらん。あれはなんじゃい。人の家の客になって、主人と同じ物が食えんとはどういうことじゃ」
と奥さんに不満をぶちまけて憤慨したという。これはYのせっかくの歓待が蝿などが媒介したがために、主客の関わりに罅《ひび》が入った例であろうか。

これはもう移民神話になりかねない挿話だが、かつて奥地の開拓地では、結婚披露宴などは盛大にやったものだった。百人ぐらいの招待客は少ないほうで、三百人というのも聞いたことがある。村中総出で宴会用の料理の材料つくりから始める。日ごろはたやすくお目にかかれない豆腐、コンニャク、刺身、チクワ、カマボコまで器用に作れる人もあった。十頭からの仔豚の丸焼きが、宴会場の長卓にのる豪華さで、もう式場はできあがっているのに、肝心の花嫁一行は道中で大雨にあい、予定の時刻に着けないような例もあったようだ。招待客はお祝いの贈り物を持ってしだいに集まってくる。待ちに待つ花嫁はなかなか到着しない。招待された客の本音はこの日のご馳走にあるのだから、ぐうぐうなる腹の虫はおさえることはできない。世話人は気が気でなく、――花嫁はどこへも逃げたわけではないので、そのうち着くだろうから、ぼつぼつやっていてもらおう――ということになるにはなったが、花嫁は翌朝になってやっと着いた。まさか夜の明けるまで、長夜の宴についていた者もなく、披露宴のやり直しもあったという。

こんな異例も時にはあったようで、婿側にしてみれば大変な物入りだっただろう。けれども多くの人の腹の虫を喜ばせば、それだけ見返りのあるたとえ、婿側の家はその後、夫婦円満、家運は栄えたとのことである。

私は現在、都会住まいで余生を送っているが、ものの考え方は百姓と思っている。五十年からの生活体験は、一朝一夕でそうたやすく抜けられるものではないので、都会での暮らし十年あまりの今日でも、ひと荒れきそうな天候になると、何ひとつ損害を受けるものもないのに、胸苦しく不安になるのは、過去に生きてきた地平線がよみがえってくるからだろうか。過去の私の世界観、人生観は弁証法的であった。人の力を越えた自然は、農家にとって善でもあり悪でもあった。鳥とか虫などの生きものもたいていは農家にとっては敵になる。

ブラジルの詩人、ゴンサルベス・ジイアスが「流離」でうたった、美しい声で鳴くという鳥サビア〔ブラジル産ウズラ属〕も、冬枯れの季節には、農家が丹精して育てている苗床をめちゃくちゃに荒らすことがある。またサンニャソ〔フウキン鳥属〕は、艶のある青紫の絹服を着た、細身の敏捷な美しい鳥だが、これがまた果樹園を荒らすことおびただしい。果実を嘴《くちばし》で一突き一突きしてまわるのである。動作がすばしこいので、猟銃を持ち出してもなかなか照準に入らないのである。

入植してすぐに植えた柿が実をつけはじめた。損得を離れて手入れをし、摘果して大粒に育てた富有の実を、サンニャソにやられたときの悔しさには地団太を踏んだものだった。そうかといって一日中、銃をかまえて鳥の来るのを待ち伏せているほどの暇はない。

よい折に、カスミ網が手に入ると聞いたので、値は張ったが求めてきて、柿の木を囲むように張ったところ、それこそ飛鳥という表現どおり、飛来したサンニャソが網に首を突っ込んで、バタバタと暴れているのは小気味のよいほどだった。一日に三羽もかかったが、みんな細い首をねじってやった。

隣のTさんはイタリア種の葡萄園を持っていた。特に手のかかる種類なのに、収穫前になると、細腰の黒い蜂が紙袋をかぶせた房の下からもぐりこみ、葡萄の玉の皮を食い荒らす。業を煮やしたTさんは、蜂の行動を監視していると、花の蜜ではないが、果汁を口に含んで、一直線に道路をはさんだ先にある自然林に向かう。それからのTさんは殺虫剤を入れた噴霧器を背負い、樹の枝に下がっている蜂の巣を探して歩いたので、付近のブラジル人の噂になったというが、こんな細かい心くばりは日本人ぐらいであろうか。一時は大統領に献上された高級果物も、朝市でニアガラ〔ナイアガラ〕種と同じ値段でたたき売りされてはたまらない。よほど粗雑な栽培の可能な土地のほかは、たいてい放棄されたようである。

話は主題からそれて、現在の私の身辺のことになるが、またすぐに虫のことに戻るので、ページ埋めの一挿話として目を通してもらいたい。私の家の前、通りをはさんで高い塀に囲まれた「マドレジイ」という尼さんの施設のあるのはちょっと紹介したが、一区劃をしめる広い面積に、幾棟かの建物があって、頭の弱い娘たちを集めて芸をしている。敷地内にユーカリの大樹が茂り、マンガ〔マンゴー〕、バナナ、リモン〔レモン〕などの果樹もあるので、季節によってはビンチビイ〔春告げ鳥〕のさえずる声や、蟬の鳴き声を聞くこともある。

このような環境なので、秋口から冬にかけて、西風でも吹くと、家の前に落ち葉が吹き寄せられてたまる。隣のネウザ奥さんから苦情を女房は聞かされていた。私はこの界隈では変人で通っているらしいが、ある日、珍しくネウザさんが箒を手にして、家の前にいるのに出会った。

「こう塵になっては、汚くてしかたがない。爺さん、そうではありませんか」

と私の賛成を求めるようなことを言う。

「奥さん、落葉は汚くはないでしょう。かえって詩趣がありませんか。聞くところによると、パリの公園では、秋になるとたくさんの落葉が散りつもって、風情がわくといわれます。「枯葉」というシャンソンもあるし、詩人ポール・ヴェルレーヌの作品に「秋の歌」というのがありますが、有名な詩ですのでご存じですか」

と訊くと、

「そんな詩人は知らない」

その詩人がどうしたとばかりのたまうのであった。

日ごろの挨拶でも、爺さんの言うことは分からないと、女房にもらしたというほどだから、たぶん私の発音の故だろうけれども、ネウザさんには自家の前に散らかっているものは、落葉にしろ、紙くずにしろ、犬の糞にしてもみんな一様に塵だと、さも憎そうにユーカリ樹を見上げるのであった。

その後、ある日のこと、女房が家の前を掃いていて、ネウザさんと顔をあわした。

「セニョーラ、落葉はそのままにしておきなさい」

と言われたので、

「なぜですの」

不審に思って聞き返すと、ご主人は落葉はエレガンシャ〔エレガンス〕のものと、おっしゃっていられたからと皮肉られたという。

まだ訊いてはいないが、それではネウザさんには蟬の声などうるさいものの一つだろうか。私たちには夏の閑静な昼の一刻、侘しさも加えてあのジーンと、耳の底まで沁みるような声に、先人は名づけて「蟬しぐれ」という珠のような名詞をのこしてくれているのだが。

私の現在住んでいる住まいは、樹木の茂っている尼さんの施設が前にある故か、夜など窓をあけて読み書きしていると、アバジュル〔笠つきライト〕の灯に誘われて、いろいろな虫が入ってくる。ゴキブリがおおげさにバサッと落ちてきたり、カナブンブンが壁に当たって落ち、目の前で仰向けにひっくり返り、脚をばたつかせても、なかなか起き上がれないのも面白い見物だ。ときにはごく小さい三ミリぐらいの虫が飛んできて、ひろげた本の上を這いまわる。ちょうどひと休みしたい折だったので、辞書用のルーペを取り出して観察すると、その虫は横ばいだった。蟹のように横にすべるのでその名が出たのだろう。十倍に拡大してもたいした虫ではないが、身にあった緑色の服をきちんと着て、気どっているのか、ひげをピンと前にのばし、吸い口は食事の時ではないので、行儀よろしく顎の下におさめている。一点非の打ちどころのない紳士だが、横歩きしかできないとは少々情けないではないか。ところがもしその虫に口がきけたとして、――僕たちは君たちがこの世に出てくる前から、この様式でやってきているんだ――と言われると、後輩者としてなんと返事をしてよいのやら。

ところが、こんな場所に迷いこんできて、人間の発明した紙とか、黒インキで印をつけた記号の上を散歩しても、サハラ砂漠のなかに不時着した飛行士のようなものだから、君の生きられる尼さんの庭に早く戻ったほうがよかろうと、本を窓の外に出して振るってやった。

あの横ばいが生きていける場所に帰って、生殖をすまして生涯をおわったかどうかは、分からないけれども、世にある全ての存在を成仏させると説く仏教の教えは、生命ある全てのものが、最善の状態になるという意味なのか。私は若い頃、最善とは「第一義の道」に向かって、各自が持つそれぞれの能力を出し切ることだと考えていたが、いま傘寿をこえてみると、悉皆成仏というのは、全てを生かすことでなくてはならないと考えるようになった。
　すでに述べてきたが、私は永年百姓をしてきたので、青虫、ありまき、そのほかもずいぶんと殺してきたが、横ばいも巻き添えをくって死んだに違いない。心萎えた老人がこの小文をつづって、虫供養としたしだいである。

一九九八年一月（『コロニア詩文学』六〇号掲載）

犰狳《タツー》物語

どこまで行っても小石まじりの、灰色がかった痩せ地であった。旅人たちはいま何処にいるのかさえ分からなくなっていた。ただ一日も早く水のある処に着きたかった。

すでに五日からの旅をしていた。馬の背に積んできた水樽も一つ二つと空になっていった。けれども後戻りは許されない事情があった。

昔、野盗の群れにいたという、ジジイと呼ばれる家長は、鞍の上から、無言で南方を指さすだけであった。二日経ってひとつの山の背を越すと、風景は一変して奥地の乾燥地帯でしか見られない、葉の落ちつくした矮林になった。それは彷徨する一団に苦悩をさらに強いているようであった。

ジジイの言う南方は日のうつろいで判断はできても、野性のアナナス〔パイナップル〕、マンダカル〔巨人サボテン〕の群生、ねじれ曲がり、ひねこびて痩せ瘤になり、地に這っている木々、それらはたいてい棘を持っていて、旅人たちの行く手に立ちはだかった。屈強な若者どもは山刀、フォイセ〔長柄の鎌〕を振るって道をあけた。そのような旅が三日続いた朝、

「水は近いぞ」

ジジイはつぶやいた。その声で一族は歓声をあげた。いくらも行かないうちに子連れの犰狳《タツー》〔アルマジロ〕に出会った。気の早い一人が先込め銃の筒口を向けたのを、ジジイは手で制して、

「子連れじゃ、早くは逃げられまい。後をおってゆけ。巣に帰るじゃろうが、その近くに湧き水があるはずじゃ」

ジジイはその地に居をかまえ、他人とは交わらずに死んだ。その頃まだ子供であったトト爺は長じて農場をひらいたが、ある年の未聞ともいえる大旱魃に遭い、財産のすべての家畜を失い、ついに農場を放棄するに至った。そのあらましを、犰狳のわしがじいさんより聞いた。人間とわしらの不幸な出会い、滑稽、無意味のような日々の出来事を、昔から今にかけて話してみるのも、ひとり身の穴ぐらしの無聊からじゃよ。

旱魃になる気配の年であった。こんな時には仮眠に限るので、わしはちょっとひと眠りと思ったところが、土の底はうまくわしの体温にあう。それでいつの間にかぐっすりと眠ってしまった。トト爺と番犬の忠助の目をごまかすために、内側から押し上げておいた土を軽く爪でかきおろし、年を経たマンダカルの根元からそっと首を出してみた。

地上では熱い荒廃がすすんでいた。この地方独特の旱魃だ！　わしは口をあけて舌を外気にさらしてみると、あっという間にからからになるではないか、——これはどえらいことになるぞ——と直感した。近いうちにでも雨雲がきて、お恵みでもあるようなら、こんな舌の乾きかたはしないものだ。わしがひと眠りしたのも昨年は空梅雨に終わったからである。福は寝て待てというわけではないが、ひと眠りしているうちに事態が好転してくれないかとの望みがあったのだが、わしはうとうとと白河夜舟でなん日過ごしたのか、はっきりとは言えないが、今年も雨期に入っているはずなのに、この按配ではトト爺の牛や馬をはじめ、わしまでが干物になりかねない。

生き物の親、お日さまの恵みはありがたいが、それも充分な降雨があっての話。西の空が朱に染んで日は沈んだ時刻なのに、この熱気はどうだ。竈にかけた焙烙《ほうろく》そっくりではないか。東の巨石の積み重なった丘陵から月姫《ディアナ》さまが顔を出した。これが一年前のこの時刻なら、下の溜め池で蛙のコロ吉が太鼓たたきに忙しいのに、コオロギの丸子の自慢の歌も絶えてしまった。わしが耳をすますと、いつもの場所の倉庫の入口から忠助の寝いびきは聞こえるが、イタチの平太や野ねずみの福松はどうした。まったく動きは絶えたようだ。トト爺の頼みの網の溜め池も、こわいほどの減水ぶりになった。これではとても来年の雨期まで、爺さんの家畜は生きのびられまい。彼は今日の状況を予想していたが（この度の旱魃は彼の限度をはるかにうわまわった）、地主といっても住まいは椰子の葉でふいた屋根の泥壁の小屋で、豊かな地方のように大きな屋敷をかまえ、用水には井戸を掘るとか、近くに川の流れがあるとかではない。裏山に湧水があるので小屋がけをしたという按配であった。それでも並の年なら岩山から噴く水が、細いせせらぎとなって小川になるのであった。その水を窪みに溜めて日照りの年に備えるのが溜め池であった。

一昨年はこの地方には珍しいほどの雨があった。地主は吹く風にさざ波をたてている満水の池に満足して、その年は牛市にゆかなかった。ところがその後が思惑通りにならなかった。昨年はお恵みはほとんどなく、今年に持ち越してきた。

この旱魃ではぎりぎり確保する数の牛、馬、山羊のほかは、みんな見殺しにしなければなるまい、それもまだ最悪の事態ではない。これがもっとすすむと人間でさえ生存はおぼつかなくなる。ところがわしはこの災害の年にでも、たとえトト爺がこの土地を捨てて逃げ出そうとも、生き残る自信はあるのだ。その要諦はひとくちに言えば身ひとつの身軽さだ。それに穴ぐらしだ。なんだ犰狳のくせにと馬鹿にしてはいけない。これでも何十万年と続いてきた旧家の末裔なのだから、どうして生きるための叡知がないと言えるだろうか。ところがこの無人の境に南部から襤褸をまとった三家族が来て住みついた。どうせ臑に傷持つ連中に違いないが、それからというものはわしら一族はしだいに減ってわしひとりになってしまった。それでも裏山の向こうにはまだ一族は栄えている。年に二度、仲間の寄りあいがある。出てみると――権助こちらへこんか、後家さんもいるで――と冗談とも、身の上を案じてともとれる提案をしてくれるが、――わしにも考えるところがあって――と答えておいた。先祖代々の土地をそうたやすくは投げられるものではない。だいたいこの乾燥の地では多くの口は養えないのだ。げんにトトの一族にしてもしだいに減って、トトと女房のドナ・マリナ（どうか神様、マリナの上にお恵みを垂れたまえ）、マリナの実弟のジョン、それに番犬の忠助もいれて、四つの口だけだ。ところがトトとマリナの仲に息子がひとりある。その息子はアラブタの町で神父をしておられる。ルカ神父はこの荒れ野で生まれたのであるが、幼い頃熱病にかかった。もう死んだも同然になった。ドナ・マリナが――どうかこの児の命を助けてくだされ、お聞きくださればこの児を神父にさせます――と願かけをして神様にお祈りをすると、不思議にも熱は引いて病気は治ったのであった。

そんな訳で、トト爺は大反対であったが、ドナ・マリナの強い意思で（いままでに一度も夫に盾ついたことのない人であった）トトもついに兜をぬいで八歳になった息子をアラブタの神父さんに預けたのであった。長じてルカ神父はその地では人徳高い人として、貧富の別なく多くの人の賛迎を得ているという。彼はまた両親思いで、そんな奥地におらずに出てきなさい、三人ぐらいの暮らしなら神さまも見てくださるだろうと、いままでにも何度となく勧めているのだが、トト爺は頑として動こうとはしないのであった。

ところがこの度の旱魃である。目の届くかぎりはおれの土地だ。牛だけでも二百頭はいるといばっても、要するに山猿のからいばり、多く持てば多く失うのたとえ、だれにも持ってゆきどころのない忿懣を、わしがまだ健在で見え隠れにちょろちょろするのが癪で、忠助に押しつけてわしの後をしつこく追いまわさせる。わしの一族の何匹かはトトの手にかかって死んでいる。爺の言うには犰狳の鎧皮は種入れにもってこいだと言うのだ。それでトトの小屋の軒下には、一族の背中の皮が針金に通されて、いくつとなく吊り下がっている。

用心の上にも用心したゆえにこそ、わしはこの歳まで生きながらえてきたが、それでも命を落としかけたことは一度や二度ではない。現にわしには尻尾がない。忠助の奴に食いちぎられたのだ。あの折、ちょっと油断したのだ。歴史の上でも、ちょっとした油断がもとで一国の興亡の原因になるというではないか、わしたち犰狳は「動物哲学」の著者ラマルク先生の説によると、高等動物だが、貧歯類と分類されている。害は受けても害はなさない種類なのだ。そんな憶病者なので、餌といっても土の虫ぐらいのもの。時には爺の木芋をちょっと失敬することもある。ところが大欲には瞽《めくら》なのに、小欲にはすぐ目につく小人のさがで、――大泥棒の権助め、また盗みよった。こんど見つけてみい、鎧皮ひんむいて干し肉にしてやるからな――とすごいことを言う。たかが木芋の一本や二本、言うにことかいて大泥棒とは片腹痛いじゃないか。ここら辺り一帯はおれの土地だというが、誰からも買ったものではないし、譲られたものでもない。不毛の地に来て自分勝手にそう決めているだけなのだ。さいわいわしは地の底に穴を掘って生きてきた。これは親父の教えだが、長い日照りになればマンダカルの根元にいけばよいという。どんな狂暴な旱魃でもその植物の下におれば、飲み水に不足はないと教えてくれた。そういえば穴の壁からのびた白い根の先から、水滴がぽたりぽたりと垂れている。こんな楽園はめったにあるものではないが、腹だけは減ってくるので、爺の畑にこっそりと出かける仕儀になる。翌日、トトは忠助を呼びつけ、――この地面の掘りようは権助のものだ。てめえの夜番が足らんもんでこのざまだ――と横腹を蹴られる。主人持ちほど哀れなものはない。どんな無理難題を押しつけられても、ご無理ごもっとも、毬のように丸くなって拝受しなければならない。わしはこう見えても誰の指図も受けない。横柄な主人なら後ろ足で砂でもひっかけて、もっと奥地にいって山犬にでもなっているだろう。ところが忠の奴、主人に忠義づらして、残飯食いのくせに主人の財産を食いあらすは権助とばかり、わしをしつこく追いまわしくさる。ところがこの忠助、根がすこし足らんので、いつもわしにまんまと一杯食わされる。これは遊びだが、夜のうちにこっそりと溜め池の土手にだまし穴をほって小便でもひっかけておくと、忠助の奴、わしの臭いにひかれてやってくる。穴掘りはわしの特技で、縦穴横穴、ななめでも、なんでもござれだ。このだまし穴は入口はせまく中は広くしてある。すると忠助、わしが奥で昼寝でもしているかと勘違いして、まずは手柄にわしの首でもあげて、主人のお褒めにあずからんと思慮したのは、敵をも知らぬ愚鈍とはこのことか、いっきに頭を穴に突っ込んだ！　けれどもわしは忠助を穴埋めにするほどには憎んではいないので、穴は浅くしておいた。ところが奥行はひろく入口は狭くしておいたので、首をしめられる格好になった。いくら後ろ足でつっぱねても、それぐらいではどうにもならない、だいたい根性のない性なので、窮地に陥ればまったくだらしがない。キャンキャンと泣きわめいて、後ろ足をばたばたやっているところを主人に見つけられた。はじめトト爺はおかしがっていたが、股肱《ここう》とも頼む者のだらしのない道化ぶりに、にわかに腹がたってきた。

「このど阿呆めが」
と怒鳴って、忠助の尻尾をつかんで引きずり出し、土手の下に向かって投げ出した。ところがわしの罠にかかったのを笑ってばかりではいけない。これはもう過ぎたことだが、わしは危うく命を落とすところであった。なにしろ相手は猛獣なのだ。主人のためとあらば火のなか水のなかでも平気で飛び込む命知らずだ。わしは忠はいないと見こんで、昼間なのにトトの倉庫に忍びこんだ。ところがいないはずの彼がいた。なにしろ相手は身も軽く、いっきに跳躍して獲物との間を縮める術も知っている。わしは間一髪というところで穴にもぐったが、忠助の奴に尻尾をかまれた。わしも南無三、命がけだから穴の壁に四つ足でふんばって抵抗すると、ぷつっと尻尾が切れて先は相手の口に残った。わしはこれを天祐とばかり穴の奥深くもぐりこんだ。それ以来、トトの鉄砲と番犬には気をつけているが、大事な尻尾をなくしたのは残念でたまらない。尻尾などどうでもよいではないかという者もいるが、どうしてどうして、犰狳の権助ともあろう者が、背中に泥をつけて仲間の寄り合いにゆけるものじゃない。その汚れをぱっぱっと払うのが尻尾なのだ。

それにわしは仲間のなかでは長老なので、いくらかの権威を示さにゃならんが、尻尾がないとそり返りもできんのじゃ。愚痴はこのぐらいにしておこう。尻尾のおかげで命びろいをしたのだからのう。

あいかわらずの日照りは続いていた。トト爺は猟銃を肩に忠助をつれて、農場の被害を調べに出かけた。ちょうど食い物が払底していたので、わしはよい折とばかり木芋の掘り残しかトウモロコシの軸一本でも、失敬してやろうと、地主小屋の庭まで顔を出すと、この家の主婦ドナ・マリナにひょっこり出会った。わしはこの婦人とはもう何回となく面識がある。会えば決まって何がしかの物を下さるのだ。

「やれやれこの日照りじゃ、タツーさんも食い物に難儀していると見える、可哀そうにのう。うちの牛もどんどん倒れるが、お前のように日になんぼもいらないものまで苦しむとは」

彼女のひとり言をきいて、わしはドナ・マリナの心が読めたので、キューキューとないてみせると、

「よし、よし、待っていな」

彼女は穀物の入っている黄亜麻の袋から、トウモロコシの軸一本を抜いて、わしの足元に投げて下さった。かねてからわしはトト爺には恨みがあったが、婆さんのマリナには大恩を受けているので、トトへの恨みは忘れることにした。わしは情けのトウモロコシの一本をくわえて巣にもどった。

トト爺は地所の見回りから帰ってくると、

「のう、義兄弟、わしらの家畜もずいぶんとウルブ〔クロハゲタカ〕の餌になったが、何頭ほど残っている」

「そうですな、パトロン。たいがいは倒れましたからな、残っているのも骨と皮だけのものですわい」

「そうだろうて、義兄弟、そこで家にはどれほどの食料がある」

「そうですな、皮なりのトウモロコシが十五俵ほどに、干し木芋粉が五俵ぐらいのものですな。脂とか塩もずいぶん減ってきました。けれどもラバ五頭は弱らせませんで」

「逃げ出すときのためにか」

「そういうことになりますか。いやはやこれはどうなることやら」

「そこで義兄弟、お前の予想はどうじゃ」

「何ごとも神さまのおぼしめししだいですが、パトロン、溜め池の水が干上がるようなら、それまでですな」

「家の者の飲み水はどうなっている」

「わっしらだけなら心配いりません。そのつもりで樽にたくわえておりますでな。先代の折もひどいのがありました。マンダカルを伐り、獣どもの餌にしましたが、こちらが逃げ出すまえに大雨になりましたからな」

「それじゃ、親父の時のよりもひどいわけだ、マンダカルもみんな伐ってしまったしな」

と、さすが剛直なトト爺も憔悴して顔が青黒くなって元気がない。

「なあに、パトロン。ルカ神父さまがおられますからには、心配は無用ですわい」

「マリナのたっての願いとあって、おれは息子を金玉なしの男にしたが、いまとなってはあれがただ一つの頼りか」


わしはまたひと眠りした。ほかに何をすることがあろうか、このたびは短いまどろみであった。実を言えばわしも寝飽きていた。例のマンダカルの根元から首を出して、トトの小屋をうかがった。するといつもとは様子が違うのだ。朝だったので屋根から漏れる煙で、家に人がいるのはたしかだが、ジョンの姿が見えない。それに囲いに入れられているラバ五頭のうち二頭はいないので、これでわしにも事態は読めたのであった。

トト爺は義兄弟をアラブタの息子のもとへ使者に出したのであった。一週間たった頃から、トトは南方を向いて立ちつくす日が続いた。ところが使者は二週間たっても戻ってこなかった。ジョンはよく義兄の相談役になっていた。無学であったがけっして愚鈍な性ではない。環境のせいで結婚もしなかった。しかし不遇をかこつこともないようであった。

ジョンはブラジルの豪農の家族のなかには必ずいる、実直な子飼いの家僕のような一人であった。自分の役目をちゃんとすました後は、裏山の巨石のかげで黙然として一服するのであった。彼は無類の煙草好きであった。もしある人が、ジョンに――きみはなんのためにこの世に生まれてきたのか――と尋ねたとすると、彼は――煙草を喫みに――と答えるかもしれない。

それも自分で喫むぶんは自分が栽培した。煙草の葉は臭いので、どの家畜も寄りつかなかった。それで細流のわきの土地に種をおろした。一、二回の草とりだけで煙草はよく育った。ときに虫のつくことがあると、彼は丹念に葉を一枚一枚裏がえしにして、見つけた虫をつぶすのであった。葉が充分に成熟して厚みをもってくると、下葉からもいで集め、草の繊維で編んだ縄にはさんで、何条となく部屋の壁に張りわたすのであった。何日か過ぎて葉がしおれ、脂がにじんでくると、ジョンは掌に唾をはきながら葉をねじて縄に編んだ。

作り方によっては糖蜜をぬったり、火酒を吹きかける方法もあるというが、ジョンはそれを嫌った。何本かの縄煙草ができると、それを宝のように自分の部屋の泥壁にかけておく。日がたつにつれて自然とニコチンの脂が出て、茶褐色の上等のきざみ用の煙草になるのであった。

旱魃はこの地にいすわって、まだ動こうとする気配はない。地上のすべてのものは灰色に灼けただれた。

出発してから三週間はすぎたのに、ジョンは帰ってはこなかった。トトは冴えぬ顔で起きてきた。昨夜、彼は妙な夢をみた。

「のう、おかか、ジョンは死んだかもしれんぞ。ゆうべ夢枕に出てきて、山越えはやめてノゲイラ農場に入れと言うた」

「そうですか、不思議なこともあるものですね。わたしにも弟は来て、山越えはするなといいましたよ」

剛毅な荒れ野の男は感情を顔に出さなかったが、ジョンの亡霊が出るようならこれまでと、旅立ちを決意したようであった。幾日かの準備のすえ、彼らにも思い出の多い土地を捨てる時がきた。いざ出立ちというきわになって、トト爺は自分の小屋に火を放った。たちまち上がる黒煙は紅炎に変わり、天をついたが、わずかな間に、一物も残らず灰燼に帰した。

わしがマンダカルの根元から首を出してみると、三頭の馬をくんだ一隊は、先にゆくのにトト、中のにはマリナ、しんがりには水樽、食料、野営の道具などでふくれあがった荷を負わされた、大柄のがついてゆく。

陽は地平に沈みかかっていた。トト夫婦は南を指して出発した。昼の炎暑をさけて、夜の旅をするようであった。

わしにとってゴメス一族は恩讐こもごも、かかわりの深い仲であったが、マリナの大恩を思い、どうか無事アラブタへ着くように願うばかりであった。

主人に許されたのだろう。忠助はマリナの鞍の後にちょこんと乗っている。

二〇〇三年三月（『ブラジル日系文学』一三号掲載）

コロニア今昔物語

第一話　若い女、豚に尻をなめられた話

今は昔、志あって異国に渡ってきた者は、昼は夜、夏は冬の違いのたとえ、遠く天文の頃、ポルトガルの船、種ヶ島に漂着して鉄砲を伝え、続いてザビエル上人、九州に来て、キリシタンの布教を始められた。フロイス殿は東洋の果ての国の風習が、西洋とはまるで反対の多いのに驚き、書簡をもってその変わった仕種の数々を本国に伝えたとか。

それから四百年ほども経て、驚かした者の裔が驚く立場になり、同じ言葉を話すこの国に、子孫を後世に残すことになったのも、まことに浅からぬご縁でござろう。

ところで、移民は定めによって一年は勤めなければならぬという。耕地に着いてみて新来者は吃驚《びっくり》仰天！　白ペンキ塗りの邸宅の入口に立っていたのは、雲つくばかりの大男、薄茶のシャツに、こげ茶のズボン、黒い長靴、腰のバンドには見たこともない本物のピストルを吊っている。移民には威張っていた通訳も、大男の前に出ると、ペコペコと頭をしきりに下げるのも奇態でござった。すると大男は何やら言ったが、もちろん新来者には何のことやら分かるはずはないが、――よく来た――ぐらいの歓迎の意味は、支配人の笑顔で察したのでござる。

すぐに本部からガタ馬車が出て、いくつもの丘や坂を越えてコロノ〔契約農〕長屋に着く。これでおのおのの家は決まって一安心、夕食は古参の移民が世話をするしきたりになっている、明日は本部の売店で食料や雑貨類が買えるという。けれども次便になった大包みが来るまでは、まことに無いといえば、これほ

ど何も身につけてないのも珍しい。

この農場に入った家族に小川竹松と申す人がござった。さる県の郡役所の書記をしていたが、新任の所長にひどく嫌われて、辞任せざるをえない立場に追いやられた。見るもの聞くもの癪の種にならないものはなく、むかっ腹のすえ小川は長女の学業もやめさせて、ブラジル行きを決心したのでござる。

その夜、小川一家は佐々木家の世話になった。手づくりの味噌をつかった吸い物、若いパパイアの漬け物、主婦が心づくしの赤飯、干鱈の天火焼きが出た。小川の女房が恐縮して礼を述べると、佐々木は――礼には及ばんですたい――と言い、農場からわしらに世話賃が出るという。小川は佐々木の正直さが好きになり、これをご縁に長くご交際をと願ったのでござる。

上戸の小川は出されたピンガ〔火酒〕を試してみて、――これなら焼酎と変わりはないと――一杯、二杯と重ねるうちに、すっかり良い気分になり、――何かひとつ歌いますかな――女房が袖を引くのもかまわず、歌い出したのはひえつき節のひとくさり。

庭のさんしゅの木
鳴る鈴かけてヨーオーホイ
鈴の鳴るときゃ出ておじゃれよ
鈴の鳴るときゃ
何というて出ましょヨーオーホイ

駒に水くりょと言うて出ましょヨー

以下ははしょるとして、小川の美声にみんなしゅんとなった。武骨な佐々木は移民にもいろいろな人が来るものだと感心したが、相対に骨の細い小川の人たちが、農場の仕事に耐えられるかとも心配したのでござる。

やがて客人の辞する時がきた。佐々木の女房は、――あんたたち、明かりもないでしょう――と石油の小灯にマッチをそえて渡した。小川のひとたちが家に帰った刻はすっかり夜になっていた。住まいの裏に続く牧場の先に流れがあるらしく、夜目にも白く夜霧がたちこめていて、ケロケロと鳴く蛙の声がする。蒸すような温気《うんき》が家のなかにこもっていて内地では知らない獣の臭いがあった。

すっかり酔った家長は「方丈記」の一節（それ三界はただ心一つなり。心もし安んじからずば、……宮殿、楼閣ものぞみなし）を口ずさみ、もう何処でもよい寝転びたい様子。三人の未成年は母親がシーツをひいてくれるのを待って、かたまって寝てしまった。

家のなかが女だけになると、姉娘（初枝）はさも差し迫ったように母を呼んだ。旅をすると便秘がちになるというが、そのことについて気がつかなかったのは妙なほどでござる。が、さて切実に迫られてみると、はたと困ったことになり申した。あてがわれたのは瓦ふき板壁の住まいでござるが、これほど簡素なものはまたとござるまい。二つに仕切った部屋と、一段下ったところが台所か、片隅にくどらしいものがあるだけで、流し台とか棚とか便所らしいものは見当たらない。思いあまった母親は、――ちょっと父さん――と呼びかけた。

酔いにのって桃源に遊んでいたブラジルの鴨長明殿、寝呆け頭ではすぐに名案も浮かばない様子。けれども、家長は農家の次男で、中学にやってもらい、役所勤めはしていたが、農婦の日常は知らぬわけではないので、――まあ、いまのところは仕方がない――と思案し、裏に行き草むらの蔭ですますのがよかろうと教えた。ところがいざ要るとなると、落し紙さえないしだい。母親は手提げから布切れを裂いて娘に渡した。

それから、ものの一分もした頃、キャーという叫び声を出し、初枝はまろぶように駆けてくると、見張っていた母親にだきついて、ワァーと泣く仕儀になり申した。母親は何のことか分からず茫然と立っているばかり。初枝の悲鳴を聞いて、隣のジョンの一家は窓をあけ、近所に呼びかけているもよう。気の毒なのは移民となった長明殿、火酒の酔をかって登仙の夢はかなわぬようでござる。母親が聞き質したところ、何物かが娘の尻をなぜたということにござった。

痛むところはないし、傷を受けたもようもないので、まずは一安心となり申したという次第。佐々木の親爺さんも悲鳴を聞いて、駆けつけてくれたが、事情が分かってみると大笑いになり申した。

コロノ長屋の裏はコロノたちが自由に使ってよい牧場で、馬や牛をはじめ、何十頭という豚が放し飼いになっている。水と草はあっても特に餌などはやらないので、雑食の豚などは人の排泄するものをあさるという、それでご馳走の催促をされたのだといって、親爺さんは笑った。

ところが、この話には後日談がござる。初枝嬢は縁あって同県出の成功者の息子と結ばれ、現在、名も隠れなき名士になっておじゃるのは、いやさかのかぎりじゃ。また佐々木の家族も小川の口添えで、世に出て栄えていると申すとか。

第二話　少年、木の株を豹と見て恐れたこと

今は昔、その頃の移民はこの国に来ると、コーヒー農園の労務者として、一年を勤めるのが規約になってござった。父母に連れられてブラジルに来た太吉は、まだ十五歳であったが、ここでは一人前と見られ、父からは一梃の鍬が与えられた。まだ事情はよく分からぬながら、故国と違ってこの国では、コロノから借地農、それより上の地主になれるのを知った。賢い少年だったので、父の言うように十年のうちに成功して、内地に帰れるとは思わなかったし、たとえそのような身分になっても、自分は帰らないと考えるようになった。太吉はすっかりこの国が好きになったのでござる。仕事はきつかったが、働くのは嫌でなかった。

その日、太吉は本部へ買い物に出かけていった。半年ばかりで彼は日常の用事は足せるほどにポ語〔ポルトガル語〕を覚えた。家に戻るともう九時を過ぎていた。すぐに鍬に水樽を持って、今日から除草の始まるフンドンという、いちばん遠い山に出かけた。

農地は整然と区画されていて、間に馬車の通れる道もあるが、コロノたちが近道をするために、しぜんとついた小道が別にあった。太吉は、水樽の取っ手に鍬の柄をとおして背負い、弁当の入った南京袋を前に、振り分けにしたのを肩にして間道にさしかかった。この辺りのコーヒー樹は年も古く鬱蒼と茂って、気味の悪いほどにござった。このような場所は早く抜けるに限ると、太吉が目を前にやると、ちょうど小径の曲がったところに何者かがいるようだった。樹の陰から異様なものがこちらをうかがっているのは確

かでござった。太吉は金縛りのようになってもう前に出ることはできなくなった。それにしてももうすこし見定めようとすると、相手は動いたようである。豹！　太吉は視覚によって直感した。実物はまだ知らないが、写真では見ているし、つい一ヶ月ほど前、農場の山に豹が出たというので、本部から支配人、監督、それに屈強な男たちが鉄砲を持って、狩りに行ったのは聞いている。獲物には会わなかったというが、そのような獣がうろついていても、なんとなく似合うような場所であった。

太吉は用心しながら後ずさりして、ある距離をつくると、くるりと体を回して一目散に駆け出した。本道に出てほっと胸をなでおろし、――大望ある身が、豹のようなものに食われてたまるか――と思うと、つい笑いたくなった。

家族のいる山に着くと、――えろう遅いじゃないか――と実は心配していた父は文句を言った。――まわり道をしたからだ、おれ逃げてきた。間道に豹がいるぞ――と意気ごんで太吉が言うと、父は笑って、――ああいうものは夜のものだ、昼は穴などで寝ているのだ――と見てきたようなことをいう。すると直吉叔父が、――太吉それ本当か――と聞いた。

太吉がうなずくと、それじゃいまから行こうということになり、監督のジョンに知らせ、隣の受け持ちの田中さんも呼んで、太吉を案内役に四人で出かけた。

その場所に着くと、太吉が経験した状況とは少し違うようであった。それでも曲がり角のところに、何かいるように見えた。――あれだよ――と太吉が指さすと、――何もおらんじゃないか――叔父は恐れるふうもなく先に立つ。三人は後に続いた。曲がり角に着くと、古い切り株がコーヒー樹の間から、突き出ているだけでござった。

――太吉。お前の見た豹というのはこれか――叔父が株に手をかけて揺すると、根はすでに腐れていたのか、呆気もなくころんでしまった。太吉も歳をとり世の中の経験も積んだのでおじゃるが、あの獣が、まぼろしで樹のくされ株だったのは、すこし意外だったと申したとか。

第三話　山伐りの男、森で女の白骨に出会った話

今は昔、S州の奥地がまだ山ばかりの頃、一年の耕地ぐらしで、日常のポ語の会話に不自由しなくなった男、家族といっても渡航のための方便でござったので、分かれてひとり身になり、なにか良い金もうけの口はないかと、開拓地の旅籠屋に泊まって、宿の主に尋ねたところ、――よい日当となると、山伐りがよか――という。男は力仕事には自信があったので、この話にのることにした。山伐りにも親方がいて、請負で一アルケール〔二・四二ヘクタール〕三百ミル〔貨幣単位ミルレースの略称〕、賄いはするが、貰い分から差し引く、前貸しは一切しないなど、口契約ながら取り決めがすむと、すぐにでも出発ということで、十人ばかりが車に乗りこんだ。三刻ばかりも走って山に着いた。そこからは道は途絶えているので、一時間も歩いて仕事場に着いた。そこには椰子の葉ぶきの小屋があった。荒くれ男たちに対して、親方は温情主義で接しているように見えた。しかし、ただの人間でないのは男には分かっていた。

仕事はじめの朝、親方の縁者という若者の淹れたコーヒーに、玉蜀黍のせんべいで腹ごしらえをする

と、人夫たちはそれぞれの持ち場についた。まずは下ばらいをして山伐りにかかった。コンコンとあちこちで澄んだ斧の音が山にこだまする。やがて半刻もすると、巨木の森をゆるがせて倒れる響きが起きる。人夫たちは大樹に挑み、鋭利にといだ斧で切り込んでゆくと、幹の芯に楕円形の色変わりの木質が出てくる。男たちはメニーナ〔若い娘〕といって喜ぶ。ところが樹にしてみれば、おのれの恥部を人にさらしては、もう生きてはゆけない。まず梢が細かく震えはじめ、しだいに傾くと、哀れにもどっと倒れるのでござった。

夕暮れになると、人夫たちは小屋に帰ってくる。近くの流れで一日の汗を流すと、すぐ晩飯になる。豆汁に油飯、焼肉も出る。火酒がまわると、男たちは開拓地に入ってくる娼婦の話。そこで遊んだ話などの猥談になると、昼の仕事の疲れなどどこへやら、哄笑の席になるのでござった。

単純で無邪気な者の集まりのようであったが、大事なものは肌身離されなかったし、なかには北で悪事をやり、逃げて来ているのもいるようであった。男は荒くれのなかにまじって暮らしていたが、この仕事はそういつまでもやるものではないと考えていた。

この山もそう無限ではなく、他の側からも入りこんでいるという。ある日、前方が明るくなった。人夫たちは歓声をあげたが、ゆく先に一本のフィゲイラ〔イチジク〕の巨木が立ちふさがっていた。これは男の持ち場になっていたので、様子調べに出かけた。このような化け物には、二階建てほどの足場を組み、仲間の応援を得て、四人ぐらいで取りかかる必要がござった。ゆうに十人は手をつなげるほどの巨木は、蛸の足のように根を八方に張り、分岐した山並みのすそのように、あら皮をかぶって地下にもぐっている。

そのくぼみのひとつに、男は白く晒されてなお腥羶《せいせん》の気の残っている動物の骨らしいものを見た。ところが子細に観察をすると、それはまさしく人骨でござった。黒く豊かな髪はまだ頭蓋についていた。ふたつの眼窩は陰深い穴になり、その下の鼻腔、唇はすでに腐れ落ちて、欠けたところのない白い歯は閉まっていず、いくらか開いているようすは、浅ましくも恐ろしい、ひとりの女のなれの果てのようにござる。手とか脚の骨、肋骨などは方々に散乱しているありさま。男はまだ他に何かないかと、当たりに気を配ると、幹の瘤に朱色の薄織の布を見たのでござる。手にとってみると、それは流れ水に紅葉をそめた絹布であった。おそらくこれは故人が生前に首巻きのようにして使っていたものとすると、この仏は日本人、それも妙齢の女のものであろうかと、男は推しはかったのでござるが、なぜとも深くは考えもせず、布をたたんでズボンの隠しにしまったのでござる。

すぐに親方は呼ばれた。人夫たちと相談のすえ、この件はなかったことにした。というのはその場所に穴を掘り、拾い集めた骨を埋葬したということでござる。

それから男は一年ばかり山にいたが、資金にするものもできたので、他の仕事をはじめた。けれどもあの絹の切れはいつも、旅券とともに胴巻におさめていた。男は特に信心深い者ではなかったが、どのような人の末にしても、縁あって形見として持っていれば供養にならないかとも思ったからである。ところが、たびたびあの樹の下でさめざめと泣く女の夢をみるようになったので、男のいる町に某宗の分院が建ち、本山から坊さんが来たと聞き、男はさっそく寺をたずねてくだんの布を見せ、訳を話して何分かの寄進をし、永代供養を頼みはべりしとか申す。

第四話　痛みをこらえて、災いを受けた男

今は昔、片言ながら日本語の分かる二世が一世に、――梅に鶯、竹に雀というが、梅に雀、竹に鶯ではなぜいけないのか――と、尋ねたということでござる。一世はびっくりして、梅に鶯とは昔より決まったことにはべれば、是非もないしだいにござると申したとか。

治まる御代はありがたいものながら、世の中の不景気、東北の冷害など、聞くも哀れな話もござったとか、狭い国土に多くの民、はみだし者の出るのはことの道理、移民などは余計ものと言われたとか。けれども海を渡るほどの人は気概がござる。意気地のないのはたとえ乞食に落ちても、生国を離れないものでござろう。

ところが家長は血の気余って、この国で十年のうちに一万円も儲けて、故郷に錦を飾ると、ピンガの酔いをかって上機嫌になっているほどで、足元はまことに頼りないものでござるが、この国に慣れてみると、天災はなく、人に上下はない。人心はおおらか、十域〔一域は一アルケール〕の地主ともなれば、一国の主、客間にはミシンを置き、百リットルのピンガの大樽を据える豪華さ。口には出さないながら、――これが内地だったら――と思わぬ家長はなかったと申す。

ところが、コロノぐらしの頃は、何かの思い違い、竹に鶯のたとえ、とんでもない災難を受けた者もあったという。

新来者に泉という人がござった。農場に入って無事すごしていたところ、内地からの持病、リューマチ

が起きた。脚の関節が腫れて仕事にも差し支えるようになり申した。そこで湿布をしようと思ったのでござる。小麦粉に水と酢を入れ、よく練って患部に貼るのだが、今までにそれでけっこう治してきていたので、ここでもその式でやることにした。

さいわいに小麦粉はあるが、新来そうそうで酢までは手が届かずにござった。家長は子供を古参者の田中さんにやって、——酢をすこし貸してたまわれ——と言わせたのでござる。子供が持ってきたのは、ほんのコップ半分ほどの量でござった。泉は人に物を貸すのにあまりにもけちくさいと思ったが、借りるのに文句を言うは修養が足らん。一回分にはこれで充分と、麦の粉に酢をまぜながら練っていると、酢の強い匂いが鼻をつく。この国のものは火酒のようになんでもきついので、これならよく効くはずだと、痛むところにべったりと貼り、早めに床に入ったのでござる。

後日、人に語ったところによると、一晩じゅうピリピリと痛んで、寝るどころではなかったとか。朝になって様子をみようと、湿布をはがすと、これはまた何としたことか、皮膚の薄皮が練り粉についてずりと剝げたのでござる。

いかさま、昔話にある因幡の白兎のようになったと申す。訳を聞いて見舞いに来た田中さんは、——女房ならよく使い方を教えてあげたのに——と気の毒がったが、ことは後の祭りでござった。

泉は事情がわからず、二十倍にも薄めて使う酢酸をそのまま湿布にしたのでござる。臑《すね》の傷は全治するのに三ヶ月もかかり、それが借金になり、とうてい返済できる見込みもなく、身ひとつで夜逃げをしたとか。

けれども人生は禍ばかりではない、行く先の邦人の農家で、三年もみっちりと働き、かなりの資金を手にしたので借地農になった。折りからの綿景気に当たり、今日の泉家の礎を据えたとか。またリューマチの奴も、おもわぬ荒治療に恐れたものか、二度と戻ってこないとかの由。人の世の禍福はあざなえる縄のごときもの、禍にもめげず、福にもおごらぬ心情が肝要と、後日、泉翁は人に語ったと申し伝える。

第五話　巨根の男、入り婿して養家を絶やすこと

今は昔、世の中はまだ大戦《おおいくさ》の始まらぬ、のどかな頃でござった。S州は東北線の起点B市の近郊で、武部とてコーヒー園五十域を持って、裕福に暮らしている家がござった。武部家は丹波の国のさる豪農のわかれとて、自らは語らざるも、しぜんと備わる人品に、外人さえも尊敬をもって接するほどでござったとか。

ところが主人の篤介どのがかりそめの病のために病死されてござる。営農のほうは古い移民出の上田が忠実に采配しているので、未亡人はなんの危惧もなかったものの、残されたのは夫人にひとり娘の直子なので、いずれは婿を迎えるはずなのを、亡父は昔気質の人とて、のばしのばしにしておいたのでござった。

娘のほうにも夫にしたいと思う青年はなかった。未亡人になった母親はにわかに慌てて、これはと思う有力者に、適当な若者を世話してたまわれと、頼んでまわった由にござる。支配人の上田にも、気にかけ

てくれとは幾度となく口にしていたのでござる。

ところがいざ婿探しになると武部家が上品すぎ、かくれもない旧家の裔《すえ》というので条件にあう家の次男三男がなく、そのままになっていたのでござった。ある日、上田は商談があって、邦人経営のコーヒー精選工場にゆくと、主の赤松が——A郡の宇陀さんの次男はどうかと思っている。父親は人格者だし、南朝に関わりのある旧家らしいのじゃ、家柄も似合うじゃろうて——と持ちかけた。これは未亡人が赤松に頼んでおいたものらしかった。上田はこれまでにも、よく主家に尽くしてきたと思っているが、婿とりには気持ちが進まなかったのでござる。身のほどをわきまえていたし、主人の亡くなったのをしおに、辞めさせてもらって自分の持ち山に入り、一本立ちになりたかったのでござる。ところが他から話があれば、仲介の労は惜しまない人柄でおじゃった。上田は夫人の許しを得て赤松の運転する車で宇陀家を訪問した。

ここで成功した移民の型として、赤松の半生を紹介するのを、読者は許してくださると思う。赤松は古い移民の子だが、ひさしく農場の通訳をやっていたので、それほどに語学がある訳ではなかったが、大地主の執事の知遇を得て、開拓地分譲の売り子になり、——うちの会社はガランチード〔保証付き〕ですたい——とお経のようにとなえて、土地を売りまくったのであるが、案外と信用を受け、会社からは歩合をもらって、産をなした男でござる。

ところが父親なる人は、内地で馬車屋をやっていたほどだから、名のある先祖はいない。その頃、日本では建国何千年〔紀元二六〇〇年、西暦一九四〇年のこと〕とかで、国威を内外に示して復古調の盛んな時代だったので、財をなした赤松は自分も名のある系図が欲しくなった。

移民のなかには変わった人もいると見えて、赤松は系図つくりという者に紹介されたのでおじゃる。

むかし戦国の頃、近畿に赤松なにがしという大名がいたので、その家を先祖にしようと相談は決まった。ブラジルの成功者、赤松にとっては、日本の歴史に出てくる者なら誰でもよかったのである。彼は系図をつくっておいたので、武部と宇陀の両家の仲人に立って引け目はないと満足したのでござった。

ところで、宇陀家は、南北朝のころより大和に名のある旧家の裔で、主人がこれは家宝といって見せたのは、さるやんごとなきお方から先祖が拝領したという、いかにも古刀といった趣の柄に、黄金の瑞雲を透かし彫りした短刀でござった。赤松はじぶんにも先祖の紋の入った刀があると、負けぬ気で張り合ったが、上田などは恐れ入って伏しおがんだと申す。

ところで先祖がいくら立派でも、実在している本人が劣器なら仕方はないが、次男の雅史は日本人離れのした巨漢で、上田などにもなかなかしっかりした若者に見えたのでござる。後日、両人の見合いになって、直子は雅史の偉丈夫に一目惚れ、雅史も直子のいみじくも旧家の血をついだ楚々とした気品ある姿に、これほどの女なら命もいらぬというのぼせよう。両家の家系にも申し分のない家柄、このふたりの行く先は夫婦円満、家運隆盛に見えたということにござったとか。

ところがあまりにも出来すぎたことがらには、時には魔がさすのたとえ、この二人、男は妻を得てなんとなく男くさくなり、女も夫をもって身のこなしに色気づくと申すのに、男はなんとなく落ち着きをなくし、女はしだいに痩せ萎《しお》れてゆく様子に、まず心配したのは未亡人でござった。そこは親子のことゆえ、閨《ねや》のことなど聞きただすのに、――雅史さんはとても優しくしてくださる。ただお勤めをした後は命が抜けるよう――と母に答えたとか。母親は腑に落ちない気持ちでおじゃったが、自分らの若い頃のことを回顧して、嬉しいこと、恥ずかしいことで、度をすごすのも若いうち、けれども生気が抜けるとはどんなことか理解できず、母親は娘を育てるのに、すこし大事にしすぎたと思ったのでござる。

ところが直子はますます痩せて、眼に生気が消えて、眼瞼のあたりが黯ずんで老婆のような顔つきになるようす。母親は、これは夫婦の仲があまりにも良すぎると推しはかり、娘をとうぶん自分の部屋にと思いはべりしが、口に出すわけにもいかず、思案投首《しあんなげくび》のところ、それから間もなく直子が吐いた。月のものもないとの由なので、それを口実にして一時母娘はおなじ部屋に寝ることになり申した。ところが日がたつにつれて悪阻《つわり》がひどくなり、直子は入院したほどでござったが、小康えて帰宅すると、夫婦は泣いて抱擁し、もう決して離れまいとする様子に、若い者をむりに分けるのも、夫人は自分の嫉妬よりと考え、二人の同衾を許したのでござる。

ところが、ここに武部家の婿について妙な噂がたった。若旦那のは別物だというのである。雅史は紳士の作法はこころえていたが、尿意をもよおしてきたので、つい気軽に立ち木に向かってはねていたのを、アンナばあさんに見られたのでござる。

アンナの家族は武部農場のコロノだが、ばあさんは人柄を買われて、主人宅の女中として働いている。律義者の一家で悪意のない陽気な人たちであった。けれども、自分の見た変わったものは、だまっておれないのは人の性、王様はロバの耳をしているのを知った理髪師のたとえ、ばあさんはそれを嫁に話した。嫁から夫に、それがどのような表現で広まったか、文字にするには気がひけるほどだが、要するに若旦那のは巨根だというのでござった。

この噂は上田の女房の耳に入ったので、上田の知るところとなってござる。真偽は別にしても、事が事だけに、未亡人の知らない件を知らすか、知らさないか、困ったことになったと悩んだ。それにしても、直子は自分の衰弱がどこからきているのか、知らないのではないか。帰宅した彼女はまた一段と痩せた。日を数えて膨れてくる下腹をかかえ、肩で息をしている様子は、鳥追いに立てた案山子《かかし》が風に揺れているようだと、人々はある不吉を予感して噂したとか申す。

さる一日のこと、たまたま雅史が外出しているおり、直子はアンナの目の前で昏倒した。仰天した女中の注進で、未亡人はじめ、上田も駆けつけ、八方救急の手を尽くしたが、直子はついに蘇生せず、腹の子とともに二つの命は、芋の葉に宿る水玉よりも脆く、吹く朝風に散り失せてしまった。

何も知らずに帰宅した雅史は、異様な家の騒ぎ、ついで妻の頓死を知って、直子の亡骸に取りすがって号泣する有様に、貰い泣きせぬ者はなかったと申す。また未亡人は——これほどの逆さごとやある——と狂乱の態で失神されたとか。その日以来、夫人は床に伏す日が多くなったと申す。

ところがここに微妙な変化が武部家に起きた。上田が辞職したのもその一つであった。それは彼の不実ではなく、主家に婿が来ればゆくゆくは身を引くつもりであった。ただそれが遅れたのは、若夫人の死去などがあったためで、それに噂が彼の気持ちを重いものにしていたのでござる。

雅史は血縁の絶えた義母のことを思い、なるべくは共にいて営農のこと、軽い話題などで夫人の気持ちをやわらげるようはべったが、いつもうまくすすむとはいかなかった。

つい話が亡き娘のことになると、それは人それぞれの寿命と思えば諦めもつくが、このさき自分の身の上はどうなるかと思えば、つい涙声になって、——雅史。わたしを捨てないで——とにじりよれば、婿も悲しくなり、——ママエ〔お母さん〕、ご心配なく——と義母の肩に手を置いた。

その夜の地主屋敷は悲哀の気が満ちて、明け方まで死人の家のように物音ひとつたたなかった。

翌朝、未亡人は起きられなかった。——奥様、どこかお悪いのですか——具合を聞いたアンナに、——つい辛いことを思い出してね——と言うと、——それはいけません。お体に障りましょう——女中も涙声になるしだい。

それでもアンナの整えた朝のコーヒーはすましたのであるが、それからは床につく日がしだいに多くなり申した。それから半年、未亡人はしだいに弱って、婿やアンナのゆきとどいた世話のかいもなく、燃えつきる蠟燭のように身まかったのでござる。

雅史は自分が武部の家に不運をもたらした男のように思った。見るものすべて悲哀の種でないものはない。これでは生きてゆけないと考え、農場を手放すことにした。けれども義父や上田の苦心になるものだけに、なるべく縁のある人にと思い、かつての仲人でもあった赤松に相談したところ、武部農場は良い不動産だと、赤松は食指を動かしたとか。いみじくも真の旧家は滅び、偽物は世にはびこるのたとえとか、赤松はまたひとつ財の上に財をつんだのでござる。

ところが——入り婿して一年ばかりの内に、養家の根を絶つのも成功のうち——との心ない噂がたち、雅史は人中にも出られないしだいで、気分一新のつもりで、彼は広大なM州に移り、売り物に出ていた小農場を求めた。そこを足場にして身柄も帰化人になり、政府の払い下げの土地を請願したのでござった。将来への布石はこれで整い、もともと巨漢の彼のこと、それに若い身のこと、精力も吹きあげてくるので、時には紅燈の地に足を運ぶこともござった。

雅史の通う娼家に、マリザと呼ばれる大柄の女郎がいた。訳あって私生児を産み、篤信の両親は怒って娘を勘当するしまつ。子連れ女はその日ぐらしにも困って、働き口をたずねて歩いたが、あまりにも大柄なのと子連れなので、どこでも断られるしだい、ついに娼家の女中として頼んだところ、女将は哀れに思って、マリザを下働きに雇ったのでござる。

ところが、物好きな男もいてマリザに目をつけ、——酒席に出さないか——と女将に交渉すると、そこは商売、店や本人にも利益になるとみて、マリザにもちかけたところ、本人もあっさり承諾した由にござる。店に出ると人柄のすれてないのを買われて、すぐに四人の男たち、細君に頭の上がらない、小男の呉服屋の主人、大柄の女はどうかと指名してくる肉屋の親爺、女泣かせには自信があるという金物屋の隠居、りっぱな旦那がたが贔屓《ひいき》にしてくれるので、一見の客は取らなくても、収入は女中のときの比ではない。月々かなりの貯金のできる勢い。

ある日、マリザはサンパウロから流れてきたジョアナという年増の女と口喧嘩になった。ジョアナはマリザを馬鹿にして、命令するような口をきいたので、おっとりとしたマリザもかっとなったのでござる。——女将さんは別だけど、お前さんの指図は受けないよ——とやりかえすと相手は、——なんだね、女中あがりが——と、さも見下げた様子に、——それじゃ、お前さんは何様かね——とやられて、ジョアナはマリザの横顔に平手打ちをやったのでござる。さすがのマリザも心底から怒って、ジョアナの首筋をつかんで持ち上げたのでござる。女にしては大柄で背は一メートル七〇はある。体重八〇キロを超える女で腕力もあるので、ジョアナなどは起重機に吊り下げられた軽い荷のようなもの、ぽいと寝台の上に投げられて、青くなって震えるしまつにござった由。

この騒動でマリザはいっぺんに名物女になってござる。そんな出来事は知らずに、雅史は気晴らしのつもりで店に来た。特に名指しての女はいなかったが、泊まれない旦那のひとりを送り出していたマリザが空いていた。

一夜を過ごした雅史はすっかりマリザが気に入った。人柄もよし、鷹揚でゆったりとして、彼が今までに知った異性でこんな女は初めてでござった。日を追って通ったところ、初めての印象は変わらず、身の上を聞いても、子供のあることまで正直に話して、贔屓にしてくれという。

雅史は自分の身の上も話して、身請けをしたいと告げた。愛人というのではなくて、正式に結婚しようというのでござる。女は子供はあるし、こんな商売に身を落としているので、今はよいが、先のことを考えると、いてもたってもおれない気持ちになることがある。男は大勢いる。口先ではうまいことをいっても、本音では食い物にしようとかもてあそびものでしかない。それなのにこの財産もある客は結婚してくれと申す。大女が感極まって抱きつくので、雅史ほどの男も思わずよろめくしだいでござった。

処はM州のある地方で、道に迷った邦人の旅行者が一晩世話になった農場で、主は二世でふたりとも大男に大女で、子だくさんの家族だったとか申す。


二〇〇三年一二月（『ブラジル日系文学』一五号掲載）

ジュアゼイロの聖者

一

「信仰あれば山も浮く」
これ人の世の救い主
イエスさまのお言葉じゃ
光をもってこられたに
心なきやから盲たちは
なんとその人を木にかけた

二

信じることの力とは
おんみずからに示されて
ひとりの者が癒されて
おおくの人にさとされた
立って歩めおそれなく
信じる心が治したと

三

ユダヤびとから異教徒まで
信仰ひろめこのように
あわれな者に手をおいて
イエスの名には実がある
十字架の旗かたむかず
今日もあるそのように

四

シセロ上人はこのように
利口おろかを分けもせず
教えの種をまいたので
荒くれ下根の者でさえ
信心の芽をふくらませ
いまではおおくの実になった

五

シセロ・ロマン・バチスタは
おだやかな性の児であった
クラットの町に店をもつ
商人夫婦を父母として
四十四年に生をうけた
前の世紀のことだった

六

パライバ〔州名〕に学び長じては
もっとうえの学業は
カジアレイロのコレジオ〔神学校〕に
仁徳たかき助司祭の
ロビン師の教えうけ
数珠を手にして修行する

七

きびしい日々に耐えられず
神学生は逃げだした
望みを息子にかけていた
老いさらばえた父なれど
そこで不心得をいいきかす
叱る言葉はきつかった

八

やめてはならぬ学業は
厳父はさとすいとし子に
なしたことないこれまでに
教えにそむくことをした
もう子供ともいえないが
そのときシセロは十八歳

九

わずか二年のそのあいだ
心血こめた甲斐あって
課程のすべておさめては
セミナリオおえ卒業した
給費生からえらばれて
とくに助祭に出世した

一〇

フォルタレーザ〔セアラ州の州都〕のブライアンは
かつてシセロのいたところ
席は次席であったけど
告解だけはできないでいた
信じることの他はみな
千々に心がみだれては

一一

シセロは邪道にはいったと
学友のなかで噂たち
きわめているのはもっぱらに
魔術のほかにあれこれと
オカルトのほかいろいろと
ユダヤに密教星うらないと

一二

現れきえる心のまぼろし
それらの影のあるものは
消えずにながくいのこって
シセロにみせる幻を
ペードロ二世〔ブラジル最後の皇帝〕の退位など
時のくるのを予言した

一三

わるい噂は流れても
セミナリオをでよという
追放の命もなかったが
うるさく身にまといつく
たえることない迫害を
シセロはあえて気にしない

一四

ついに一千八百七十年
九月のすえに辞令うけ
学長の反対にかかわらず
シセロ・ロマン・フィリオは
神の道をひろめるために
司祭の職に身をおいた

一五

二十六歳という若年で
神父の職をうけたので
たぶん前例のためだろう
または悪意のためなのか
布教するにも教区なく
教会さえももらえない

一六

クラットに身をよせたものの
どうなることかこのさきは
身すぎ世すぎは楽じゃない
むかしの友の学校で
不遇の身をば気にかけず
ラテン語講座の席をえた

一七

ところで教区の上役は
シセロには好意なく
町よりとおく五里もある
草木もかれた荒れ野原
われらの痛みの聖母寺
行けといわれた寺守りに

一八

ところは村とは名ばかり
教区は砂漠とかわりない
牛おいたちや博労が
一夜の宿にたよるのを
たつきとしてただひとつ
月日をおくる村のひと

一九

千八百七十三年弥生の頃
上人がそこに赴任した日
寺の広場で牛はほえ
出迎えたのは女たち
母親たちに童貞も
のちの下女まで顔だした

二〇

ないものづくしのこの村が
ジュアゼイロの町になる
上人さまがかえられた
苦しむ者には助けの手
訪ねてくれば助言した
まことの牧者となったので

二一

日々のくらしは賽銭で
お寺まいりのささげもの
供物などのあまるおり
物持ちよりは受けとって
貧しい者に配るので
ことはまことにうまくゆく

二二

供物はしだいにふえてゆき
善きことはさらに善く
貧しき者には手をのべて
落ちこぼれのないように
己のものにはごくわずか
必要のほかはゆるさない

二三

貧ほどこわいものはない
食うにものなく仕事なく
上人だけがただたより
願いはすべてかなえられ
まずは急場のささえとし
パンに衣服に励ましも

二四

奢りの罪はなれよと
いつも上人は説いていた
色即是空を悟らぬ者
悟りの道よりとおのいて
毒ある虫にかまれては
地獄の責め苦におとされて

二五

わずかながらすこしずつ
それらの者をみちびいて
悪行のものを善人に
不信心者を信徒へと
悩める者には安らぎを
病める者にはすくよかを

二六

シセロに啓示は日々くだる
絶えることなくつぎつぎと
うかがい知れぬところより
それは地元の民のため
問題事件もかたづいた
予言のようにおさまった

二七

聖体おがみみたままを
言葉わずかに真実を
十二使徒にうかがって
神のつたえをききとりて
事のなりゆき解決を
神がかりして口にした

二八

この世のことについてなら
もうどうにもすべはない
神が終わりになさるなら
誰がそれをとめられる
ただにシセロにおすがりし
この世の人へのお恵みを

二九

シセロが予言したことは
啓示とされて記述された
疑うものは誰もなく
だれもが言葉にしたがった
シセロの予言は確実に
早くかおそくあらわれた

三〇

神の啓示をうけついで
あまたの予言なされたが
日に月に年をへて
それらはすべて当たるので
より真実をもとめての
巡礼者はあとたたず

三一

年のおわりは常ながら
みそかの日のそのうちに
ひと目上人をおがまんと
百人からの巡礼が
シセロの予言ききたくて
まことの教えもとめては

三二

年のはじめの集会で
雨のことなどうかがうと
シセロはいったこうなると
すべての人はうなずいた
こうだといった見とおしは
外れたことはかつてない

三三

人それぞれがもってくる
私ごとのそうだんも
伺いたてる上人に
なにも話さぬそのまえに
お目にかかったそのときに
事はすでに治まっていた

三四

折にこんな者もいた
殺してやろうとつけねらい
仇をとげたい一念で
身のほどしらぬ男には
上人もときには怒られて
そいつに罰をくらわした

三五

こんな話ももってきた
隣どうしで仲たがい
もとは飼い馬のことだった
意地にいじがかさなって
それについてお願いと
シセロにおいでくだされと

三六

男の望みも辞しがたく
歩いて寺をでられたが
六里の道をきてみれば
白壁の家ひとつきり
にわかに天地晦冥し
盲となって闇のなか

三七

しばらくの後声があり
お前の隣はどうなった
相手はいるかと声はいう
男はこたえた独りだと
にわか盲の目あきびと
なにも見えない道なども

三八

声はさそった道づれと
わしはお前の道しるべ
ジュアゼイロがのぞみなら
わしの連れになるだろう
お願いしよう聖母さまに
あちらで良くはなるだろう

三九

声のひとは手をだした
そしてすぐにもさきに立つ
そのとき男は思うよう
ふんでる土から足はなれ
浮いたように歩いたと

四〇

時のたつのもおぼえなく
一時間もと思うとき
さあ着いたとの声かかり
男は声にききただす
わしがここでなすことは
留守にはするが待っていよ

四一

ひざまずけとは別の声
男はかがみ思うよう
わしは懺悔をせにゃならぬ
すべてのことを告解し
隣のことや飼い馬のこと
イエスさまにお赦しを

四二

そして尋ねたいる場所を
すると厳《おごそ》かな声がして
神父さまのご前だと
ひとつの誓いおもいつめ
願いのすじをなすために
ここにきたのではなかったか

四三

男はないて告白した
なんと罪ある己かと
赦してたもれ代父さま
救世主さまイエスさま
聴聞者の足もとで
なしたすべてを懺悔した

四四

聞いていわれた上人は
わしに赦しをねがっても
できるは神の子ただひとり
ゆるされることのことわりは
お前の信心かたければ
やがて償いはあるじゃろう

四五

わしはすすめる改悛を
祈禱台にゆくがよい
免《ゆる》されるよう神さまに
ただひたすらに願うこと
視力がもどるそれまでは
ひざまづいてお祈りを

四六

帰宅のときはわしに言え
お前におくるものがある
なくてはならぬ忠告や
なにがいるかを教えよう
ただしい暮らしの掟など
どうなせばよいか聞かせよう

四七

哀れな者はひざまづき
おろがみおがむご聖体
神に免しのおいのりを
己の罪のお赦しを
ただひたすらな懇願で
見たのはひかりきらめいて

四八

ひらけたまなこにうつったのは
光かがやく祈禱台
われらの痛みの聖母さま
十字架受難のイエスさま
「汝ゆるされたり」の声があり
なんじの信心が治したと
四九

男におぼえはなかったが
十時間ものお祈りで
立ち上がって倒れたのは
体がしびれていたからで
すると誰かが手をかした
助祭どのを彼はみた

五〇

シセロはいわれた息子よと
けっして仇をおもうまい
救われるのはただひとつ
幼児のようなこころにて
信心もって望みかけ
徳をもって愛せよと

五一

和解の気持ちになったのを
家にもどってみなにいえ
隣にいって手をだして
すべてのことを打ち明けて
免しをねがえあらいざま
平和にくらせみなともに

五二

なぜか知らずになんとなく
男はおそれおののいた
それでシセロにお聞きした
わしが家でたまえのこと
どうしてお知りになったのか
わしの望んだそのことが

五三

神父が男にこたえるに
天より声がわしにくる
それで相手がよくわかる
どちらをえらぶ善と悪
そこに考えがいたるとき
導かれてはこのように

五四

正気になって考えた
司祭はなぜに千里眼
なぜかまったく分からない
凡夫をこえた上人が
人にむかったそれだけで
相手の心がよめるとは

五五

シセロ上人はこのように
狐つきや犬つきを
つんぼめくらかたわ者
そのほかおおくの病人を
もとの体になおされた

五六

神の教えをときかせ
正しき道をさししめし
愛と仁にこころこめ
民の味方となったので
「わしらの代父」とだれとなく
しぜんと慕われるようになる

五七

奇蹟といわれた行いは
語りつがれてつぎつぎと
おおくの人にひろがった
ここでくわしくは歌うまい
もしも証言がいるならば
さあ信者たちにきいてみよう

五八

ジュアゼイロの聖人との
噂はしだいにたかまって
全国よりの巡礼は
いやがうえにもましてゆき
奇蹟をもとめよる人は
外国からもくるほどに

五九

すると妬みと野心家は
政治までにもってゆき
なんの実りもないままに
民の牧者にたてついて
ただそれだけでジュアゼイロは
革命のきざしがたちこめる

六〇

はじめは奇蹟にはんたいし
つぎに教会がくわわった
それは一信者にはじまった
アラウジョのマリアをば
巡礼者はほめたたえ
準聖女ともちあげた

六一

彼女の篤信みんな知る
聖体拝受の式のとき
聖餅を口にうけたおり
血にまじってうつろいて
主のうけられた創口が
マリアの体に見たという

六二

疑ったのは司祭だった
噂のもとをしらべんと
調査会までつくったが
いろいろ調べたそのあげく
綿密な調査のかいもなく
偽の証拠はでなかった

六三

シセロ上人のこの件は
司祭の疑いによるもので
彼の位は地におちて
怒りに民はいきりたち
至上の命にさからった
けれどシセロにはしたがった

六四

なんのための命令か
ジュアゼイロの教区から
時をおかずに広まった
家畜はつれてゆけないが
遠くあるがよい暮らし
それはその時はじまった

六五

このたびのことにかかわって
シセロのかわりに上からは
ひとりの司祭がおくられた
けれども民は承知せず
その任命に反対し
おおきな騒ぎにわきたった

六六

新任の神父のミサには
席はがらあきのありさまで
過去についてはわるくいい
前任の者を非難した
シセロ神父にかんしては
信者たちからやじられた

六七

おさまらなければ争いが
命をかけても人びとは
シセロ神父をまもらんと
名もない病にかかったよう
道にはずれた行為にも
どこにゆくやら分からずに

六八

それにつけても上人は
巡礼者にとりまかれ
ただに祈りをするばかり
神の道をば人にとき
暴力などは否定して
いままでなしてきたように

六九

騒ぎはおきず時はたち
いつかながい年につれ
巡礼者はますばかり
ともに不平もかもしだす
それにつけても上人は
あがない許しをまっていた

七〇

ただに赦免をねがっては
ローマにいって嘆願を
ある日それを決心した
己の罪を懺悔した
けれども聖なる教王は
受理することもしなかった

七一

シセロは帰った悲しんで
聴かれないのに気をおとし
けれども自分の教区では
信徒からは迎えられ
巡礼者のあいだからも
盛んな拍手がわいてでた

七二

上司の命にはしたがった
すぎることにはつつしみを
求められればことわらず
成すべきはなしていた
きたる者へはいつくしみ
みんなに法悦あるように

七三

参詣者のお供物の
贈り物はうけとって
反対の者やその他には
人のたすけは口にせず
富める者には差し出させ
貧しいものは受けとった

七四

ここらで挿話のひとくさり
上人の館でいつくしまれ
育てられた娘だが
ある日のことその娘
人が仰天するような
目にしたことを口にした

七五

恰幅のよい重みある
地主が寺をおとずれた
背中に袋をおっていた
シセロを拝してこういった
わたしはこれをもってきた
どうか受けてくだされと

七六

そして男はでていった
シセロもそこを留守にした
物見たかいは女の性
袋に手をかけあけてみた
中味をみてはびっくりし
気もとおくなるほどに

七七

それからすぐに間もおかず
神父は部屋にもどってきた
貧しい者の訴えに
助けをもとめる者をみて
シセロはきがるに手をのばし
袋をとって恵まれた

七八

貧者のさるのを娘は見
おおきな宝のきえたのに
走ってつげた代父さま
あなたは知らずに与えたと
あの袋の中味とは
砂金でおよそ八百匁ほど

七九

シセロ渋面して厳粛に
叱って上人のとかれるに
娘よそれを口にするな
罪になるぞ鞭うちの
他人のことは気にするな
誰が見るのを許したか

八〇

ジュアゼイロにひろがった
このような噂はつねにおき
シセロの徳はますばかり
巡礼なども助けられ
食料などやお金まで
そのときにあるなにもかも

八一

山なす信徒の贈り物
ゆたかにみのるジュアゼイロ
農場までも受納して
登記までするしだい
その他おおくの土地までも
贈り物はたえまなく

八二

下心ある者はそれをみて
おおくの人の人気とは
まつりごとにあるとした
うまく民をひきこんで
政治にことよせよびあつめ
市長か議員になるために

八三

二つの町の反目は
その時からはじまった
政治家どもの手まわしで
ただしい者のいいぶんが
どうして次点になったのか
なぜに得点でまけたのか

八四

ジュアゼイロのたたかいは
州の法もからまって
お祭りさわぎにたかまって
クラットからは独立し
シセロ神父はおしだされ
市長殿に名ざされた

八五

そこで政界はわきたった
髪や髭をやくほどに
大統領までにおよんでは
フランコ・リベロ大佐まで
訴えられる仕儀になり
それはなんとかはねのけた

八六

ジュアゼイロの民により
無法のものと非難され
法は無効とさけばれて
解放の時がきたとされ
クラットよりジュアゼイロは
同格の都になるために

八七

大統領のラベロは
その要求をしりぞけた
すると事態はたちまちに
口から口につたわって
奥地にまでひろまった
硝煙のにおいたちのぼる

八八

ジュアゼイロの群集は
ニュースがたしかと知るにつけ
警笛ならしかたまって
警察署におしよせた
なべての暴行ふせぐため
町を圧制からまもるため

八九

信徒たちは四方から
戦の場にかけつけた
猟銃肩にくるものや
ラッパ銃に小銃や
ライフルにピストル短銃
鎌に短刀山刀

九〇

フラビオ・バルトロメウが
民兵の指揮官に
ジュアゼイロの周囲には
塹壕をほりすすめ
六米《メートル》ものはばがあり
深さもじゅうぶん弾よけに

九一

ジュアゼイロへと壮丁は
山や荒れ野からやってきた
戦いまじかにあるときき
それぞれ武器をてにもって
修羅の場もおそれずに
己の町をまもらんと

九二

痛みの聖母の守りには
守護の祈りがあげられた
信徒はみんなおちついて
それによく訓練されていた
ひとりひとりの思いには
心にかようものがある

九三

日ましにふえる信徒たち
野盗までが身をやつし
日ごとについでたえまなく
ほられた穴の塹壕に
獣のように身がまえて
敵のくるのをまちかまえ

九四

敵は安易にやってきて
遊びのようにふるまった
町にせめてはきたものの
鼠おとしにおちこんだ
はじめての攻撃にしくじった
張り子の虎の中みせて

九五

ふかいりをした敵兵は
雨とあられの弾うけた
一人が一人をやりつける
すももの実がおちるよう
どこからうった弾ややら
わけもしらずに死んでゆく

九六

射撃戦はたけなわに
狂気のようにうちまくる
司令官の厳命で
町をすっかり包囲した
いっきに前線つきやぶり
全軍あげてせめよせた

九七

敵もあっぱれ勇敢に
塹壕なんど突破せんと
とびくる弾はものとせず
突貫をしてつっこめば
ふかい溝にころげおち
穴のなかで死ぬばかり

九八

倒れる兵の数をみて
作戦かえる司令官
戦闘中止の命をだし
兵のなかばをのこしては
囲みをといてにげだした
それゆえ町は守られた

九九

ジュアゼイロのたたかいで
負傷した者はだれもない
埋められたのは敵ばかり
こうなるものとの信念で
己の義務に身をささげ
守備の線をまもりぬき

一〇〇

また日をべつにあらためて
敵はふたたび攻めてきた
はじめとおなじ戦法で
せめてはきたが殺された
負けた戦に心なえ
戦線すててにげだした

一〇一

ジュアゼイロの民兵は
守備をすてて追撃に
敵のしりにくいついて
おそれおののくすぎる町
そんなものは横に見て
フォルタレーザこそ目的と

一〇二

町のおそれはなぜならば
商売などは手につかず
町のとおりの大店の
金目のものは持ちさられ
日につぐに日をかさね
フォルタレーザは目のまえに

一〇三

徴収した汽車にのり
州の首都にはいったが
けれどすでにその時は
連邦政府は令をだし
州の政府にたいしては
仲裁の仲をとりもつと

一〇四

そこでセッテンブリノ将軍は
仲裁役をかってでて
信者たちと話しあい
それは正式にみとめられ
なんの騒ぎもおこらずに
もどってきたぞジュアゼイロ

一〇五

いまは圧政のあともなく
ジュアゼイロに日はすぎる
生きとしいきるそのように
上人は勤めをつとめられ
教区のために世のために
なくてはならぬ聖人と

一〇六

地の果てからも巡礼は
ジュアゼイロにやってくる
よき忠言をきくために
シセロの声は天の声
まことの道をあゆむよう
しめして曰くへだてなく

一〇七

くる病人はうけいれて
治療のききめいちじるしく
癒されるのをねがっては
巡礼者は列になり
よき報告をおみやげに
国へもどる旅したく

一〇八

シセロの人気はひろがって
熱にうかれたようになり
一千粁《キロ》のかなたから
馬の背中にのせられて
悪鬼ばらいのミサうけに
来たかいあってまた国へ

一〇九

月日はむだにすぎなくて
シセロ神父の令名は
とおい国までひろまった
奇蹟をおこす上人と
巡礼者は名づけては
ジュアゼイロの聖人と

一一〇

年はながれて三十四年
敬う者やけなす者
そのようななかで言われるのに
わしは遠い旅にでる
その時もすぐまぢかいと
ゆかねばならぬ招かれて

一一一
痛恨とともにわしはゆく
天の判事の前にたち
そこではただだに祈るだけ
至福があれとねんじては
疑いなどはすてさりて
不幸などは克服して

一一二
信徒たちにこう告げた
病の兆候をみた日から
いろいろ薬をもちいたが
病に効果はなかったと
三十四年ふみ月二十日
シセロ上人はみまかった

一一三
聖職者の遺体とし
教会内にうめられた
祭壇台のそのしたに
遺骸は棺におさめられ
おおくの信者の悲しみは
涙となってしたたった

一一四
シセロが遷化《せんげ》したあとも
巡礼者はますばかり
お墓まいりをせんものと
あらゆる土地からやってくる
参詣人のたえまなく
ジュアゼイロは人の波

一一五
お願いをした願かけは
ききとげられて成就する
お礼まいりはその後で
約束ごとの贈りもの
寺の費用はじゅうぶんに
それらのもので贖った

一一六

まいとし霜月二日には
死者の日とて墓まいり
千台からの自動車で
巡礼者はやってくる
バスは満員自家用車も
遠くの者は空からも

一一七

いろいろと上人の人形が
町の通りにおしだされ
とくに七十年のとき
かつてなかったお祭りに
ジュアゼイロではまだ知らぬ

一一八

また霜月のすえつがた
おおくの信徒にささえられ
シセロ神父が司祭にと
叙任された記念の日
百年目のふしめとて
みんなで祝うお祭りに

一一九

市長と神父はかたりあい
祝典のよういした
町はうつくしく飾られた
音楽隊も参加して
十五名の神父たちの
うたった聖歌はおごそかに

一二〇

学童たちの行列が
時をえてはくりだされ
通りは旗でかざられて
シセロを賛迎するために
信者たちの広場にて
フットボールの試合など

一二一

二万人からの群衆で
町じゅうはわきかえり
十万という人たちが
郡のうちにて宿をとり
このおおいなる祭典の
催し事に参加した

一二二

シセロが住んだその家は
まことの大廈《たいか》といってよく
記念館にと保存され
人を惹く場所となり
つねに扉はあけられて
参観人は気のままに

一二三

そこにあるすべての物はみな
上人さまの遺愛品
整頓された部屋には
壁のすみには額があり
展示物には見張りつき
感歎するよな品ばかり

一二四

シーツをしいた寝台に
贈り物などおいてある
貨幣とかまた装身具
信徒の人それぞれで
まえは病人願かけし
きかれてまめになった人

一二五

奇蹟の家はいまもあり
まことにおきた場所であり
おおくの病がいやされた
保存してある肖像画は
病のいえた証にと
きかれた願いのお礼とて

一二六

ソコーロにあるお堂には
奉納品はやまとある
ホルトのお堂もおなじよう
百人からの願かけの
巡礼者の信心の
証の写真おさめられ

一二七

見上げるほどのおおきさで
およそ人目をひくほどに
郡が予算を計算し
建造費は支払った
その立像に人はいう
なべての人のよりどころ

一二八

シセロの像はたてられた
これぞまことの驚きで
二十七米の丈をもち
それはみごとな立ち姿
ホルトの丘にすえられて
あまつみ空にそびえたつ

一二九

仰ぎ見る像の印象は
ジュアゼイロの聖人なれと
丈も似ておなじもの
これより先につくられた
守りの神のキリストの
リオにあるのとならんでは

一三〇

百年目をふしめとし
郡役所が音頭とり
立像をも記念して
シセロ・ロマン・バチスタは
司祭の位についてより
誉れもたかき聖徳を

一三一
それ上人の一生は
苦しむ者の親となり
迫害にはたちむかい
害なす者をうちくだき
われらの痛みの聖母を
いつも戦の盾として

一三二
ジュアゼイロにかつてない
祭りは盛大なものだった
けれども他の日なども
年中お参りの人々は
ひきつづきたえまなく
国じゅうからとつ国から

一三三
遠くはなれた四方より
シセロの像は目についた
祈りの声と花火とで
賛迎をする民により
なしたいことをすぐにでも
歩いてでもお参りを

一三四
観光客や巡礼は
ジュアゼイロにはたえまなく
毎日のようにむくやかに
辺境の町にかかわらず
なに不足なく人々は
参詣人を客にして

一三五
上人の名で商いは
まことの信用をうけ
店は聖人の名をつけ
それを頼りの綱にして
お土産物の店店は
お参り記念の商いを

一三六

シセロはいまもいますよう
民の信仰おとろえず
ジュアゼイロは実りあり
日をかかさずに供物あり
うけた手からでるものは
貧しき者への救いの手

一三七

ただにわずかにシセロだけ
偽物もかずのなかにいれ
なべての奇蹟者のなか
死をこえた不死の人
それは信徒の胸のうち
つねに生きていますゆえ

一三八

栄光　ひかり　愛などを
キリスト教徒の信仰を
燃える炎たやさずに
神と罪人の仲にたち
いつの時にも道しるべ
ジュアゼイロの聖者とて
父なる神への信仰で

おわり

あとがき

訳者

ここに訳した一編は、ブラジル文学の一派コルデール版（紐つり本）をもとにした。広場などで路上にならべて鬻《ひさ》いでいる類のもので、すべて韻文になっていて、七・七調で長くつづくものや、五行詩七・五調のものもある。日本の八木節に似ていなくもないとも言える。ビオロンにのせて歌えるようになっていて、流し芸人のための台本にも使えるのである。テーマは多様で上は政治から、下は日雇い男の刃傷沙汰にまで、とくに野盗の頭ランピオンを歌ったもの、シセロ神父をたたえたものは人気があったといわれている。近代化がすすむにつれてこのような、民衆芸術がきえてゆくのはまことに惜しい、訳者はこのような小冊子のいくつかを蒐集しているが、閑人が無聊をもてあまし、とりかかったのがこの仕事であった。ご一読をたまわればとこいねがうしだいである。

二〇〇四年七月　　T・M

二〇〇四年七月（書き下ろし、作品集『ジュアゼイロの聖者　シセロ上人御一代記』掲載）

野盗懺悔

わしのような刑余の老いぼれが、今さら何を言うことがありますかい。言ってみれば恥さらしの身の上、昔の仲間を思い、心ならずも命を奪った人びとに謝るばかりですわい。

わしは良い運にあわなかった。悪い星の下に生まれたとしか思われんのじゃ。どうせ畳の上では死ねないものと決めてはいたが、兵隊どもの弾にあたって、コロリと死ねばよかったのに、それもできなかったのじゃからのう。これも犯した罪の数々、終身刑に下獄して、お前は命のある限り生きて、自分のなした悪行をよく噛みしめるがよいとの、神さまのおぼし召しでございましょうか。

お客人、あなたは新聞記者ですか、そうではない、それでは物書きの一人ですな。お人の悪い、わしのような野盗の生き証人のいるうちに、話を聞いておいて、本の種にでもしようとの魂胆ですな。こんなひと壺の火酒につられて、自分の半生を得意げにふくほどには耄碌はしておらんわい。

けれども、この古酒は格別ですな。やはり北の国の焼け土で育った甘蔗のものは違いますな。わしも八十歳を越えましたでのう、いまでは半分もやれませんわい。

危うい命の綱わたりをやりながら、勝ち戦のあと、星のふる空の下、夜営のおりなどは焚火を囲んでの、酒と女、ビオロン〔ギター〕を弾じて、踊りくるったものだが、あの仲間で今日生きている者は誰もおらんのじゃ。そういえば、わしが捕まってオリンダに送られ、法廷で判決を受けた時の裁判長、セザール・ゴルジン殿、わしの弁護に立ってくれたドトール・アドルフ・シモン殿、ペードロ・カウア検事殿、その他の立派な役人がたも、みんなあの世に旅立たれている。

この南国でも冬の夜は長くて冷える。これも罪あがないのひとつとして、わしの半生を語ってみましょうかい。と言っても、この歳でおおかたは忘れたところもあるが、嘘を交えたり自分に都合のよいための、作り物と思わないでいただきたい。

はじめにわしは、悪い星の下に生まれたといったが、これは後日降りかかってきた災難のことを指したので、わしを育ててくれた両親には、恩愛の思いがあるだけじゃ。わしの父はペードロ、母はボルビーナ、きちんと教会で神父さんの祝福を受けたりっぱな夫婦で、野合などではなかった。

わしの生まれた土地は、ベルナンブッコ州はインガセイラ郡の管轄に入る、パゼウという処だ。北方から続いてきているコロニア山脈の尽きるあたりの河辺に、農場を持った我が家は名の知れた旧家であった。

ひとりの牛飼いの子供の出生などどうでもよいが、その話は事実か、本当なら生年月日も知りたいという、貴方のような考証ずきな人もいるから言いますがのう、わしの生まれは救世主さまご誕生から一八七五年目の神無月の二日じゃ。その年は雨の一滴もなかったと古老が語ったといいますが、旱魃のくるった年で、わが家で頭の二つある子牛が産まれたとか、死神が家に入ったとか、いろいろと人は噂にしたといいますがのう。

わしの父はかなりの土地持ちで、放牛もいた。親父は文盲であったが、それで良いとしてわしに勉学させようとはしなかった。ところが母は町育ちで読み書きができたので、わしは家庭教育を受けたわけだ。わしらの土地では物知りは馬鹿にされたし、ひらけた便利なものには縁がなかった。わしらの土地で尊敬された者は俗謡歌手、巧みな牛追い、荒れ野の道案内、上手な鉄砲うちに野盗でしたわい。

わしの親父は敬虔な信者で、その上まっとうな農場主で、卑怯なまねや酷いことは嫌っていた。

わしが十九歳の年、親父は暗殺されました。町からの帰り道、甘蔗畑の茂みから狙い撃ちにされたのじゃ。それでも豪気に家僕のいる小屋に来て、——相手はラーモスの者だ——といってこと切れたといいます。

ラーモスはこの地方では勢力をもっている男でした。そのような犯罪には世間は関わろうとはしないし、司法は見て見ぬふりをするし、かえって犯人をかばう様子。わしはその時、父の仇も討てない腰抜けと、他人から後ろ指をさされる男にはなりたくはなかった。親の仇を子が果たさなくては誰がやると、堅く心に誓ったものだった。

歯には歯、じぶんがAME《けり》をつける。これほど早い解決の法はない。警察もいらなければ書記もいらぬ、裁判所などじゃまものだ。わしの報復はまっすぐだ。わしは射撃には自信があった。これまで狩りに出て撃ちもらしたことはめったになかったでのう。ガキのころからそんなことをして育ったからだ。

忘れもしない六月五日だ。町に行くと女たちの家でラーモス家のジョンというのが絡んできた。難癖をつけて喧嘩でわしを葬る考えだったらしい。ところがジョンは死んだ。この事件があってから、わしの身辺はにわかに騒がしくなった。インガセイラの警察が動いて、わしを逮捕しようとした。署長はアントニオ殿といったが、折からの騒ぎでその人は死んだ。

怖じ気づいたラーモス一家は、用心棒で身をかため、親戚のいるイマクラダのダンタス農場に身を隠した。そうなると、わしとわずかな者どもとでは、手出しはできなくなった。究極の目的は復讐にあるのだから、どうして司法の手から逃れるかに、わしの半生は費されたのだ。

わしの遠縁にあたる老シルバ・アイレスという者が、長年の敵テーシェラを消したいが、是非手を貸せといってきた。わしもラーモスを討つのに力が足らんので、シルバと同盟して、テーシェラの屋敷を囲んだが、相手は早くもこちらの計画を知って、逃亡したあとだった。この襲撃は失敗だったが、わしはアイレスと同盟できたので、より強力な野盗団になることができた。

まずパゼウという土地に戻ることにして、もと身内の者が支配するカンピナに向かった。インガ郡に入ると別路をとった。組長マルセラは敵対する農場の用心棒どもによって殺された。一応シルバの農場に入って、おいおい仲間が寄ってきたのち、野盗団の再編成が話され、その場でわしは団長に推された。それ以来親からもらったマノエル・バチスタという名をアントニオ・シルビーノと変えて、厳しい隊の規律に従う旨宣誓したものじゃ。

インガ郡の司法はわしを逮捕するように布告していたが、わしは戻ってきた。風の便りというが官憲は早くも逃げ出していた。荒れ野暮しの野盗には、その田舎町は宮殿のようなものだった。酒に女は不足しなかったし、公証役場は放火して焼かれた。

けれどそこにも長くはおれなかった。一八九九年、カンニョチョで家畜商に化けて、三ヶ月ばかりそこにいた。ところがそこのボスのジョゼ・アウグストと衝突して、わしらは退いたが、この恨みはいつか返すと言っておいた。

ある農場でわしらは用心棒に雇われていたことがあったが、お客人、こんな話がある。

――のう、アントニオの兄弟、おらの女房が里に行ったきりで帰ってこんのじゃ。それでひとつ力を貸して連れ出してくれんか、五コント〔貨幣単位で千ミルレース〕は出してもよいが――と提案してきた。その頃の五コントは大金だった。わしが一団の首領として荒くれ男を統帥してゆくにはどうしても金は要った。わしは行動の方法を研究した。気位の高い奥さんは旦那を嫌って、一族の経営するサンタ・ラウラの砂糖工場のうちにある、邸宅にいるのまで分かっていた。

従弟のアルゼミノと部下を先行させておいたが、決して人を狙うな、空砲にせいと言い渡しておいた。そしてわしは夫人を乗せる駕籠を部下に持たしてくるしまつだ。

わしは工場を包囲して突入した。屋敷にいたのは女中に下僕だけで、大旦那は娘を連れて州都に行った後だった。わしはその工場で乱暴をはたらく気持ちは毛頭なかった。けれども野盗のやることは戦争だ。思いもしない事態は避けられない。一人の小間使いがわしの前に飛び出してきた。わしは反射的に引き金をしぼった。一瞬の差で勝負の決まる修羅の場では、相手を見定める余裕はない。状況はどうあったにしろ、罪もない小娘の死はひどくわしにこたえた。

わしらとて、ただうろつき歩いて、目的もない無法をなしたのではない。ときには人目を避けて辺境の農場で、ゆっくりと手足をのばしたいと思うことがある。なかには好意ある農場もあり、そこで何ヶ月か過ごしていると、どこから知るのか州の保安隊がやってくる。見張りの報告に、農場主にかかる迷惑をおもんぱかって、わしらは早々にカッチンガ〔半乾燥地帯〕の原野に逃げたものだ。

ある年のことだった。どうしたことかしつこく保安隊から追跡されたことがあった。高みから望遠鏡を眼に当てると、一人の牛追いを先に立て、五十人ばかりの集団がやってくる。わしはこの案内さえ倒せばこちらのものと、一発のもとに彼を落馬させた。予想の通り道案内を失った一隊は、前進をやめて後退していったが、はたして本部に帰られたかどうか、荒れ野を知らない軍隊にとって、帰途をたどるのは、闇の夜に烏を探すようなもの、あらでもないこちらでもないと、彷徨するうちに渇きと飢えによって自滅したのじゃろう。
貴方はわしらが血を流してきた、カッチンガの原野をご存じない。ありがたいことにわしが引退しているこの土地は、雨はあり、日の光で万物はよく育つ。ところが奥地では肝心の雨がない。来る日も来る日も太陽の熱にやかれると、動物はもとより植物さえも、どうかして水分をとられまいとして、身を守るのじゃなあ。このような環境ではほんのわずかな種しか生き残らないのは、学問を修めておられる貴方には、わしが言うまでもなくご存じでしょう。わしら野盗どもはその他の事情に詳しい者によって、山砦のような処につくか、旅の半ばでゆらめく陽炎の先に、ジュアゼイロ樹〔ナツメ〕の傘を広げた姿を見たときは、心底ほっとしたものですわい。

わしらは兵隊どもと違って、国家から上等な武器弾薬がじゅうぶんというわけにはいかないので、こちらから挑むなどはしなかったものだ。たいていは奇計などで振り放したものだった。

隊員のなかには鼻のきく者、耳のきく者がいて、一里先の敵の動静を詳しく言い当てた。いずれも命知らずの勇猛な者ばかりで、その特性によってあだ名を持っていた。わしもその頃は若かったが、ほんの子供あがりもいた。炊事係のもう六十歳をこしたパウロは父の友人であり、わしの代父でもあった。まことに義理がたい賢人とはこの人のことで、我が家に災難が降りかかってからこのかた、年少のわしを助けて、後日みごとに父の仇をなしたのだが、難しい問題のおりはこの老人に相談したものだった。

ある時などは、なにひとつ身を隠すもののない荒野で、討伐隊に包囲されたことがある。交戦のさなか九人もの仲間が殺されるのを目撃したことがあった。処刑されるときの絶叫を聞いたが、どうすることもできなかったわい。ただ泣く子も黙るといわれたフランシスコ・カンポスは声もたてずに死んだという。

まことの勇者は自分が処刑される時の態度によって決まるだろう。こういう剛勇の者が野盗にいたのを青史に残しておきたいものだ。

その年の冬、ジョゼという男の耕地で休養した。主人は牛などほふって歓待してくれ、つい油断していると軍警隊に包囲された。これはジョゼに裏切られたので、この日は多くの部下を死なせ、わしも被弾した。後日、わしはジョゼにたっぷりと仕返しをしたが、野盗どうしでいがみあうこともあった。セバスチョン・コレイアという男がことあるごとに、わしに対抗していたが、偶然に出会ったのをしおに、一発のもとに息の根をとめてやった。

当時、州統領の命令で、ルイ・ゴルベイアという野盗殺しが、わしの首をあげると息まいて追跡してきた。わしは難を避けて他州に入った。トラピアの町へ弾薬を仕入れに行った日だった。わしはいつも危ない命の綱わたりを経験してきたが、その日はすんでのことで落命するところであったわい。市場の立つ日で農夫たちのごったがえしだった。一人の知らぬ男が寄ってきて、——お前はアントニオ・シルビーノじゃろう——と言いざま、短刀で突いてきた。わしは一瞬に身をかわすと、隠し持っていた拳銃で相手の胸を撃った。弾は心臓を貫いたのか、保安官は顚倒した。即死であった。拳銃の音で何が起きたか分からないままに市場は騒然となった。急を知って仲間が馳せつけてきた。この事件はほんのわずかの間に起きたことで、警官が呼ばれる前に、わしらは一頭の馬に二人が乗り、その場を立ち去った。

世のなかが開けるにつれて、こんな荒れ野にも文明の波が押し寄せてくる、政府は外国の会社と組んで、石油の事業に乗り出した。この荒蕪の地でも深い井戸を開鑿すれば油が出るというのだ。わしは自分の勢力の範囲のうちに、そんなものが入るのは好まず、ことごとに工事の邪魔をしてやった。州政府はふたりの将校に百人の兵をつけ、わしらを殲滅にきたので、わしらは他州に退却したものだ。

こんなぐあいで避けられる衝突は避けたが、戦いはずいぶんとやってきた。敵もやっつけたが、味方も欠けるのに、つねに新入りは絶えなかった。それだけ世の中に不満をもつ者がいたということだろう。

わしが半生のうちで観たところによると、人間には三つの型があるようじゃ。敵対する者、内心では嫌だが顔には出さずに受け入れる者、それから心から歓待してくれる者。そのうちで二番目が見分けにくい。最上の饗応をしてくれるので、つい油断していると保安隊に密告されるのじゃ。突然に囲まれるのは通告によるもので、裏切り者にはそれだけの報復はしたし、屋敷には火を放ったものだ。

わしらはだいたいに行く先で歓待された。味方には悪事は一切しなかったものだ。稀にはわしら命知らずの無法者も、娘に好かれることがある。事態がそのようなおりは、その部下に真人間になれと諭して、心よく隊から除外してやったものだ。これとは反対にいざ旅立ちとなって、娘が暴行を受けたと泣訴《きゅうそ》する恩を受けた農場主もあった。わしはすぐに隊員立ち会いで裁判をした。原告の言い分が正しく明らかであり、被告も自分の行為は認めたので、惜しい隊員であっても規定は曲げられず、処刑したものだった。

ある年のこと、わしらは毒を盛られたことがあったわい。

お客人、次にその話を聞いていただこう。ジュレマという処にとどまっていた折のことだ。そこの女地主の息子がぐれて、わしの代父の手下だったのが、わしの隊に編入されていた。ある時の戦いに脚をやられた。除隊して郷に帰っていたのを、保安隊に縛《ばく》されて郡役所のある町の牢屋につながれていた。ジョンといったが、場合によっては町を襲って彼を救出してやってもよかったのだ。まず様子を知るためにその女地主の処に、一隊は宿をとっていた。ジョンの母親というのは寡婦で、もう五十歳を越していた。一日も早い息子の救出をと言いながら、自分に降りかかるかもしれない災難を恐れているふうも見受けられた。彼女に接したはじめから、態度になんとなく変なところのあるのを、わしは直感していた。食卓が用意され木芋粉に、干し肉の油炒め、いんげん豆のスープが出た。辺境にしてはなかなかのご馳走であった。ところが女主《おんなあるじ》の手は震え、その顔色の変わっているのをわしは見逃さなかった。部下の者に目配せしたので、何かあるのはみんな了解したようだった。

わしは常に銀製のナイフと匙は肌につけていた。出された料理にはいつどんなおりでも、それを食物にさしいれて、無駄ばなしで時間をかせぎ、ナイフなどが変色しないか、するかを見極めてからでも、主側にまず食ってもらうのだ。礼儀にかなわないのは知っているが、一団の命をあずかっている責任もある。それにわしらは盗人の群れだから、そう礼儀ぶる必要もないのだ。

前に話したラーモス一家は、わしが官憲に追われて僻地に隠れたのをさいわいとして、少佐（大地主の称号）は家族をつれて冬の休暇に来ていた。わしは情報をつかんで隠密に国に帰り、ある日、凧にのった野火のように地主屋敷を襲い、一族を殲滅した。燃え上がる火の手に家族の者は驚き慌てて外に出るのを、こちらは闇に隠れて、狙い討ちするのだから、一家の者は女子どもも折重なって倒れた。その夜のわしは悪鬼にとりつかれていたのじゃ。この事件は野盗に敵対する大地主たちを戦慄させたという。これでわしの半生の目的は達したわけで、大事件だけにわしはなんとなく虚脱したようになった。

わしは今でも子としての義務を果たしただけと思っている。司法が正しく動き、正は正として正しく動き、邪は邪として罰せられたなら、わしもコロニア山脈の谷あいで、平和な野叟《やそう》で一生を過ごしたはずだったがのう。

あっ、話がつい横にそれてしまったわい。婆さんは——親分衆、木芋の粉だけでは喉は通りませんわい、いまスープができますでな——と言って台所に隠れた。その隙にわしは大皿から木芋の粉を匙ですくい、この家の飼い犬に投げてやると、空腹だったのか、がつがつと食う。それを観察していると、犬の奴、なんとなく不安らしい動作でいたが、ぱっと跳ね上がったが身の自由を失い、ばったりと倒れると白目になって、口から血を吐いた。脚をつっぱり痙攣を起こしていた。やがてそれもやむと四脚をのばしたまま動かなくなった。毒だ——と注目していたひとりが叫んだ。わっと一座は騒然となった。すかさず五人からの者が立って台所に入った。生肝ぬきが、雨にたたかれた鶏のような婆を引きずってきた。ジョンの母親は土気色の顔になり、唇が震えて入れ歯がカチカチと鳴った。——いつかアントニオ・シルビーノの一隊が来れば、これを食い物にまぜて出せ、これをなしとげれば息子はすぐにでも放免してやろう——と、シロー伍長に言われたという。わしは母親の息子かわいさの故の悪事だから、憎いことはなかったが、こう大勢の前であらわになれば、隊の掟というものがあって、どうしようもなかった。——婆の生皮をはいでやれ——と、狂暴をもってなる生き血がわめいた。屈強な二人の隊員が婆に寄り添って、屋敷の裏の木立ちに連れていった。すると間もなく乾いた銃声があがった。

その日はわしには幸運の日だった。元隊員の母親というので、油断をしておったなら、わしらは全滅するところであったのだ。わしは——火を放て——と命令して、そこを立ち退いた。

わしは掟にない殺生は避けてはきたが、やはりゆく先々で流血はついてまわった。インガ村に隠れていたころのことだ。夢に悪魔がやってきた。——おお、主の十字架によって守りたまえ——。そいつは赤毛の男だったが、——アントニオよ、おれの国に行かんか——男はわしの気を引いた。けれどもそこは何処とも言わんのだ。——どうせお前は地獄ゆきだが、おれの力で思いのままにしてやる——と言う。そんな能力のある者は、神様に背いた奴しかいないと思うと、背筋が寒くなったもんだ。——わしはシセロ神父に告解して、ある重い罪を犯しているが、信心によって後悔してあれば、すべての罪は許されると言われたのじゃ——。赤毛の男は——そんな安請け合いは当てになるかい——と笑いながら顔を寄せてきた。その息の臭いこと。わしは吐きそうになって、短刀を抜くと、——おれは刃物や弾では死なない者だ——と消えていった。

貴方は教育のありなさる方なので、もうお分かりなさるだろうが、つまりあいつはラテン語でマル・アニマ〔悪霊〕という奴でしょうな。なるほど、わしはさんざん人の血を流してきた。けれども、それはそのように仕向けられたからで、じぶんの悪行は弁解しないことにしよう。わしの罪のすべてはシセロ神父さまに告白した。神様はすべてお見通しであられるので、結果よりも原因を重んじ、ひろい慈愛をもって接してくださる。キリスト様とともに磔《はりつけ》になった善い泥棒のように、必ず救いはあるものと信じている。

わしは短刀を抜いたが、手ごたえはなかったので鉄砲を放った。が、そいつは、——また会おう——と言って消えてしまった。

わしの放った銃声で夜営していた連中は、敵襲と騒いだが、わしは夢のなかで実際に撃っていたのであった。それからは仲間が案じてくれるほどに、わしは活気がなくなった。これも年のせいと思い、隊長の役を辞退したが、なかなか隊員は聞いてはくれなかったのだ。ビーラ・ノーバにとどまっていた頃だ。

わしの誕生日にちょっとした祝いをしてもらった。その日に一人の男が、首領とは前からの友人だと言って、部下に箱を祝儀だと置いていった。受けとってみると手錠が入っていた。

これはひとつの予告のようなものだった。その後も奇妙な出来事が続いて起こった。わしはそのことが気になったので、その地の祈禱師にみてもらうと、首領は気疲れをしているから、すこし休養したがよい、ウルクバルの方向が安全だと占いに出たという。この度は少数ながらよりぬきの精鋭をつれて、祈禱師の示した道をたどった。すると前からわしに含むところのある他国者クリスチアノの一隊と出会った。彼は退却したが、撃ち合いがあったので、彼らの連れていた牡牛は動けないほどの傷を受けていた。わしらはそのままに二レグア〔約十三キロ〕の旅をした。行く先の枯れ野に蔭を落とし、酸っぱい実で旅人の渇きをいやしてくれ、夜の宿もしてくれる、わしらの聖なる樹ウンブゼイロ〔タマゴノキ〕の根元に着くと、なんと流れ弾に当たったあの牛がいるではないか。牡牛はうなったがもう立つ力はなかった。わしらはその夜、牛を屠殺したが、後味のよいものではなかった。ウルブイルは古い友人の土地だし、充分に休養でき体力もついたので、タクアリチンガに向かったが、――シルビーノ、気をつけろよ――と聞こえるようで、旅の足は重かったなあ。

　前方には身ひとつ隠すもののない原野があった。こういう場所では夜分ならともかく、昼間の行軍は戦略あり経験に富んだ者のとるところではない。わしもそのことは熟知していたが、分隊を率いている代父シエメと、ある処で合体する約束があったので強行した。運もなかったが、強力な保安隊に包囲された。わしは被弾してしばらくは失神していたらしいのだ。その間にわしが身につけていた銃に小袋までなくなっていた。部下のひとりが隊長は死んだと思いこみ、わしの物をとって血路をひらいて逃げたようだった。知恵者のジョアキン・モウラというのも傷ついていた。彼は――首領、ご運がありますように――と言い残して、残っていた弾でみずから頭を撃って、恥を知るしかたで死んだ。

わしも年貢の納めどきが来たのを知った。自決しようとしたが、銃に短剣もない、それに体が動かないのだ。そうしているうちに頭がくらんでふたたび失神してしまった。

わしを捕虜にしたのは一兵卒だったが、さっそく出血の手当を受け、駕籠にのせられてタクアリチンガに送られた。二日の旅にかかわらずわしの傷は悪化しなかった。それからカルアルに向かい、汽車にのせられて州都レシフェ市に運ばれた。

医者に看護兵がつき、警察署長がわしを見張っていた。取り扱いは一級のもので申し分はなかった。二千人からの群衆が駅に集まって、わしが収監される監獄までついてきた。銃弾は胸から背中に貫いていたもので、恥のない傷だった。医者は致命傷ではないと告げた。それは気休めではなくて、一年ばかりの刑務所ぐらしのうちにすっかり元気になった。わしは模範囚と認められ、看守の受けもよかったのだ。監獄といってもカッチンガという、刺のある矮木の茂る焼け野ぐらしに比べれば、これはもう極楽のようなものだった。

どうしてだって？　頭の上には屋根があり、身のまわりには壁があり、風雨を守ってくれる上、三度、三度の賄いつき、それに護衛兵がついて、身の安全を守ってくれたからのう。

一九一六年、わしはオリンダに送られた。九月に裁判になるという。この話のはじめに申し上げたが、わしの裁判を司った方がたは次のような、高潔な役人がたであった。

ドートル・セザール・ゴルジン殿、この方は政府が任命した裁判長、学識も高く名門の出とうけたまわっていた。わしの弁護に立ってくださったのは、著名な学士アドルフ・シモン殿で、わしの奥地での行為の正当性を申し立ててくださった。次の方は検事ドトール・ペードロ・カウア殿で、この方はわしの罪状を何ひとつもらさず告発する、恐るべき人物であった。裁判のはじめに、被告は自己の行為の弁明はできると、申し渡されていたので、わしは自分の行為の正当性について申し開きをした。

わしは荒れ野の人間として、誇りをもって育てられた。自分の額に汗して生活するまっとうな人間であった。ところが強欲な奴が隣にいて、いろいろと策をめぐらしていられなくする。ときには無法者をやとって、家長とか邪魔者を暗殺する。そうしてやつらは肥え太るのだ。わしが十九歳の年、親父は暗殺された。警察に犯人の逮捕を願い出たが、それは梨のつぶてにおわった。これは他人に任しておけることではないと、わしは考えたのじゃ。子が父の仇を討つのは正当どころか、義務でさえあった。ところがはじめの行動は満足できるものではなく、かえって相手を用心させ、わしは警察に追われる身となった。

それで仕方なく荒れ野に隠れたが、これは野盗になるほかは選択もない途なのじゃ。

判事殿はわしの言い分は理解しているはずなのに、わしの自己弁明はでたらめと決め付けた。検事殿の恐るべき論調では、わしは兇賊どもの首魁で、悪の巨魁とまで非難したのち、――このアントニオ・シルビーノなる男は無法者の首領として、奥地では何百人となく官民男女の別なく殺害し、悪行の限りをつくした兇賊で、本官は陪審員の良心を信じるが、この人間獣に最高の刑を課するように――と論じた。

わしの弁護に立ったアドルフ・シモン殿は、――被告は決して無辜の者は殺害していないし、掠奪はしなかったし、子ども大勢のやもめの家には恵みさえしている――と、真実のことを言ってくださった。死人が出たのは戦争であって、決して個人の恣意からではない、被告とその一団が逗留している処では、祭り騒ぎの歓待を受けたのは何故か、声なき草莽の嘆きを被告どもが代行しているからであろう――と結んだ。

検事殿も自説を固持して、公の金庫は荒らされ、重要な書類は焼かれ、公の損害は計りがたいものであると論難した。わしは反論して、公金というが金庫には何もなかったこと、証文のような紙切れはもともと灰のようなもの、民家を焼いたのは裏切り者の家だけであると、自己の弁明をした。

裁判は休憩時間をもってから再開された。

裁判長セザール・ゴルジン殿は厳《おごそ》かに、わしの刑期を国法に従い、終身刑と言い渡した。わしはおおいに不服であったが、破獄してでもまた暴れる気力はなかった。わしも歳をとったが、その間に何回かの恩赦にあずかって、自由の身になった。このわずかばかりの土地と小屋で老骨を養っているが、篤志の方があってのう、いろいろと援助をしてくださる。自分では思ってもみなかった。

老後の日々であるが、聴くところによると民を治める、教育のある者が法網をくぐって不正をなすとか。正義の賢人が立って、正しく国を治め、民のなかにひとりでも飢えに泣き、病んで薬も得られない者のいるうちは、上に立つ者は食わず飲まずに日を過ごすがよい。これほどの賢人の出ないうちは国は治まらんわい。

いや、わしも歳のかげんで、つまらぬ寝言を言うようになったわい。終わりのほうは聴かなんだことにしてくだされ。

野盗懺悔　後記

この作品は拙作「堂守ひとり語り」と「野盗一代」とあわすと、作者のブラジルの東北もの三部作になるかもしれない。すでに名をなした大家でも、登場する人物はいうまでもなく、年代、場所をおもくみて、何十冊の文献をあさり、現地を踏むときいている。

本篇はこの国でそう遠くではない過去に材をとっているが、この種の話は歌に、小説に芝居、映画と汗牛充棟のありさまときく。ところが考証については、陋巷にて求めた紐つり本をもとにした粗末さ、正史のほかの外伝としての、伝奇物として読んでもらいたい。

本篇は翻訳ではなく、また特定のテキストを下敷きにしたものではない。

二〇〇九年一月（書き下ろし、作品集『野盗懺悔』掲載）

ちえの輪

平日でも人出でごったがえすセー広場で、露店商人からちえの輪を買った。近年になって、この界隈はひどく柄が悪くなったという。悪の巣窟のように報じる新聞もある。街路もひどいもので、下水がたまり、紙くず、プラスチックの小袋が散乱している。すえた臭気がつんと鼻をつく。一日に何万人のものが往来する通りだから、たいていは心なき人たちによって捨てられるごみが靴の先にひっかかる。それに物売りが多い。炭火で焼いた怪しげな肉を串刺しにして売っている男がおれば、その横ではトウモロコシの煮たのを売っている。インジオ風に髪をのばした者が、草の根、木の皮を地面に広げて、効能をしゃべっている。その後ろでは拡声器まですえて、神の福音を伝えている。そのすこし離れた所で人垣のあいだから中をのぞくと、男が忍者の黒装束に身をかため、八方からナイフを内側に突き刺した自転車の輪を抜けてみせると、今にも演じて見せるかといわんばかり、腕を上げたり足踏みをしたり宙返りまでするが、一向に飛び込みそうもない。そのうちに仲間が帽子をもって銭を集めにくる。すると人垣はあっけなく崩れて、後はわずかな遠まきの人数だけになる。けれども大道芸人が気にもせず大声で叫んでいると、すぐにまた黒山の人だかりになる。

もう記憶もかすむ年にもなるが、わたしは少年の日の祭礼の日を思い出した。この国に来たきりで一度も訪日をしていないので、現在の故国の風俗は全く知るよしもないが、わたしが稚児であった某神社の祭礼には、屋台店が並び大道芸人が参詣人を呼んでいた。今でもわたしは祖母から生姜菓子を買ってもらったのを忘れないでいる。なにかの折にそのことを想い出すと、口の中がピリリとして生唾がわいてくる。

セー広場はメトロの中心点であり、セー大寺院が地上にそびえ、参道には二列に植えられた帝王椰子、すぐわきにメトロの昇降口がある。つつじの花に囲まれた人工池に落ちる水の布、ふき上げている噴水、ジレイタ街、キンゼ・デ・ノベンブロ通りに入る前に、少し背のかがんだアンシェッタ神父の像、その足元にうずくまっている裸体の土人たち。神父は若い頃、背骨を病んだ。ザビエルが日本に行った頃、彼はブラジルに渡ってきたという。

冬が去ればチプアナ〔マメ科の大木〕が淡い芽をふき、黄色い花をつけ、夏には涼しい葉影を落とすこの広場は、今から五百年前アンシェッタ神父が草葺きの教会を立てた場所という。この場所は決して清潔とはいえないが、そのかわり活気がある。ある年代の市長のように、厳格に市の条例を実行すれば、何千人という人が生活に窮するだろう。一茎の花は人の心をうるおすだろうが、それも十分にパンあっての話で、いつになればパンあっての人の世に成るだろうか。私はこのような雑然とした処に足を運んだが、紐吊り本の何十冊はそこで求めたものである。

その広場の一隅で組み立ての机をおいて、ちえの輪を売っている前にわたしは立った。いっぷう変わったように曲げた太い釘を手にして、店主は外したり入れたりして客を呼んでいた。人だかりは少なかったので、わたしは人の間から首を出して、容子《ようす》を見ていた。

「日本はあんなに小さな国だが、日本人は頭を使って新しい技術を生んで、世界一の金持ちの国になった。頭を使わん者は、一生どん底暮らしから抜けられない。さあ、ちえの輪を買って頭の訓練をしな」

大道商人は明らかにわたしを指していた。

過去にわたしは粗野な連中から、日本人なるがゆえに、小馬鹿にされた時期があったが、近年はそんなことは無くなった。そういえば賞賛される場合が多い。その場かぎりの香具師《やし》の放言にしても、わたしは悪い気はしないのであった。

　生れつき、インチキくさい物、まがい物、頼りない物などに興味のあるわたしは、つい手を出してみた。たった今、店の主が目の前で入れたり外したりしたちえの輪を、わたしは入れてみようとしたが、どうしても収まるどころではない、頭の中が白くなった。わたしは自分でももう少しどうにか成らないかと思うほどに勘が鈍い。それとは反対に女房は勘が鋭い。良いこと悪いことについて予感がするという。それについて危なく命が助かった件もあった。人はわたしを変人と評したが、わたしは自分を小物と思っている。

　その時はこんな釘の曲がった物に、振りまわされて癪にさわったが、人の見ている前では頭がかっとなって冷静に考えるどころではない。この屈辱を晴らすのは、家に持って帰ってからにしようと考えた。捨て金のつもりになって値段を聞くと、三百クルザード〔一九八〇年代後半の貨幣単位〕という。こんな釘の曲げた物にしては、日本の繁栄のもとにしても高すぎるではないか、ひやかしにしてもよいと思った。すると香具師はわたしの逡巡をみて、逃げられては損と思ったのか、もう一つつけるから持っていけと言う。こういう連中には商品に定まった値などはないのだ。上客とみればふっかけるし、ネゴシオ〔交渉〕になればいくらでも下げる。それでも香具師は二つのちえの輪を手にとって、遊びはこんな具合にと手早くやってみせると紙に包んでくれた。

　さあ、帰宅してから大変なことになった。ひねくり回したあげく、晩めしも早々にすませて、書斎にこもった。夜は十時頃までかかっても、易しそうな奴まで根性まがりか、どうしても外れない。小癪にさわるし手に余るはで、それを机の上に投げ出して見ていると、それは男女のまぐわいの様に見えてきた。これは元来外れないものを、香具師が手品を使ったのではないかとも疑ってみた。けれども彼はわたしの目の前ではっきりと、入れたり出したりしたのだ。

その夜は無念のまま床に入ったが、眠れるどころではない。わたしは五十代で心臓を悪くしたので、それ以来少し無理をすると、体調が崩れる。妙なものを買ったと後悔したが、これを片づけないことには、おちおちと眠りもできないことになった。翌日はやたらとひねくり回すのをやめて、机の上において眺めた。それはただひねくっているだけでは駄目で、古代ギリシャの数学者じゃないが、ピタゴラスの原理を探求しなければならないと考えた。ところがこと数学、幾何となると、わたしは全く自信がない。ちえの輪を頭の中で分解して出し入れの原理を見つけ出すなどはわたしには出来ない。

すると、わたしの過去にこれと似た一件があったのを想い出した。それはいまの女房と一緒になって一週間ほどの間の出来事に似ているからだ。

女房と床を共にした過去の件を思い出した。見合い結婚だった。その時わたしは童貞だった。彼女のことは知らない、聞いてもみなかった、多分処女だっただろう。わたしは結婚について深い考えはない。一人前の男には女房があり、子供もいるぐらいにしか思っていなかった。それに肉欲は自由にはけると予想した。田舎暮らしだったので動物の性交は日常に見たし、雇人の卑猥な話も聞いていた。ところが実際には動物と人間は違うし、耳学問はわたしには役に立たなかった。まるで闇の中に立てた的に向かって矢を射るようなものだった。それに花嫁さんは身固くもズロースまで召しておられたのだ。世之介ならば女を甘い口語りで陶然とさせながらお宝をいただくところだが、わたしは女体の上に重なるとすぐに射精していた。わたしは正常な性交はどんな形になるか知らないながら、その時は女の下着を汚しただけで、失敗だったと思ったものだ。つまりわたしは琴瑟《きんしつ》相和して楽しむべき初婚の幾日かを、不安と躁然（悄然？蒼然？　焦燥？）のうちに過ごした。なにも慌てることはなかったのだ。幾日かの後、わたしは酒を飲み、女房の下半身をあられもない姿にして、いどんで目的を果たしたが、彼女はこの間にわたしという男を評価したようだった。

後日になるが、わたしはTさんと文芸を通じて知己になった。ある時たまたま初夜について話し合った折、Tさんは次のような話をしてくれた。

――わたしはある派のキリスト教の信者でした。そこである娘が好きになり、結婚を承諾した上の付き合いを求めたのです。娘はあなたが両親に言ってくれというので、わたしは娘の家に出かけて、単刀直入にK子さんをぼくに下さいと頼んだものです。かならず幸福にしますと言ったようで、後日の笑い話にされましたが、わたしたちは教会で式を挙げ、公証役場で結婚届けをすませ、神の前でも公民としても立派な夫婦になった訳です。ところが貴方の告白された体験と、わたしとは少し違うようです。わたしは性交については男女が自然に親しんでの後の行為と考えていましたので、自分を信用してくれとか、将来の生活についての計画とか、子供は何人などを語ったものです。もちろん抱き合うとかキスはしましたが、子供をつくる行為はしませんでした。確か十日目ぐらいでしたか、妻の方からわたしたちは夫婦になったのだから、あれをいたしましょうと、子供たちがかくれんぼうをする相談のように言います。わたしは人倫の元になる行為の大切なことは知っていました。牧師も一夫一婦たがいに愛情を保って生涯を送ることを説教されます。わたしはもう少し慣れてから、または愛情が自分のものになってからと考えていましたので、貴方の言われるように、始めに愛情の印としての性交は考えていませんでした。

性交が十日遅れようが、初夜はどうあろうが、わたしは夫婦の中に罅《ひび》が入るとは夢にも考えていませんでした。——

と告白されたのには、わたしは横面を張りとばされたような衝撃を受けたのを今でも忘れないでいる。

わたしは思うようにならないちえの輪を机の上に投げやって、そしてぼんやりしていると、女房が入ってきた。彼女は笑いながら様子を聞く、——お前やってみい——とわたしが渡したのを五分ばかりいじくっていたが、——抜けました——とわたしに返した。

ある日、わたしが篋底《はこぞこ》を片づけていると、あの難物のちえの輪の一つが出てきた。あっさり女房に退治された奴だが、こんな処で長命していたのだ。そういうと女房は黄泉に旅立ってから十年にもなる。あの信心深かったT氏夫婦もこの世の人ではない。わたしは天寿を得て生き残ったが、このちえの輪はどうなるのかとの疑問は残った。

二〇一〇年脱稿

解説　「遠く、あたらしい声」がころがりだす

いしいしんじ

ブラジルのことなんてなにも知らなかった。

レコードでききおぼえたいくつかの曲と、映画の名前、有名な都市の名、世界一のにぎわいをうたわれる盛大なカーニバルのこと。ぼくは、日本の浅草という地域のそばに十二年間すんでいたけれど、年に一度、そこで行われるサンバ祭に、おおぜいの日本人にまじって本場ブラジルからのチームが出演し、目抜き通りをすすんでいくだしの上で踊りまくる、ということがあった。浅草という、文化の毛玉のふきだまりのような場所にたちあがった、サンバチームのからだは、人間というより黒豹やピューマが、天からの糸で吊され、空中で跳ねているようにみえた。それから、王子の製紙工場ではたらくバイーアうまれのアントニオ。招かれたアパートのなかは、一見して未来のカプセルルームのようにきらきらと輝いていた。よくみると、壁一面にぎっしり、使用済みのテレフォンカードが貼りつけられてあった。ぼくの「知っている」とおもっていた「ブラジル」はほんのこれくらいで、日本から飛行機でほぼ一日かかり、およそ百年前の船ならば五十日を要する、「ほんとうのブラジル」

について、物理的にも心象的にも、想像したことさえまったくなかった。ぼくにとってそれは「遠すぎる声」だったのだ。

「遠い声」は、だから、はじめからぼくの耳にはっきりと響いたわけでなかった。宵闇につつまれた畳の部屋で横になり、なかなか寝付けずに天井に浮かびあがる灰色の雲をぼんやりと目で追っているそのとき、窓の外、電信柱のむこう、いくつもの屋根をこえた裏路地のどんつきで、不意に誰かが、耳慣れない声で、むかし語りをはじめる。あるいは砂浜におりたち、ナイフのように弧をえがき、波をわきたたせた海岸線のはるか先をみやったとき、けぶるもやのなかに現れた背の低いひとかげが、海に向きなおって口をひらくところが、たしかに目にはいった気がする。そのように「遠い声」は、はじめのうち、耳にとどいたかあいまいだし、きこえたかとおもえばすぐに、さらに遠いところへひきさがってしまうようにみえるのだが、気がつけば耳の底にその声は巣くい、卵をうみ、声のひなをかえし、ぼくのからだのすみずみで増殖をはじめている。「遠い」とおもっていた路地のどんつきや、海岸線のはてに、いつのまにか、もう自分が立っていることに気づかされる。声のひなを育てるえさは、また響いてくる「遠い声」だ。耳をすまし、ぼくは何度もその声をもとめる。その響きはじょじょに、なつかしささえおびてくる。声が波をなし、風景を、街を、ひとびとのいとなみをかたちづくる。ぼくのなかに、声のブラジルがあふれる。

声のブラジルは、なによりまず、においのあふれかえるところだ。人間の手で、はじめてめくりかえされる荒れ野の土。炎暑に浮かびあがる玉の汗。男同士があつまれば、そこにむわっと獣のかたちをした臭気のかたまりがあらわれ、木卓の上にこぼれた蒸留酒を吸いあげるだろうし、女同士なら、あたらしい石鹸と古い石鹸がいりまじり、春の川のように流れおちる母乳、それに赤々とした血のにおいが薄霧のようにたちこめる。場所全体のこうしたにおいだけでなく、ここブラジルでは、声を発するひとりひとり、ちがったにおいをまとっていることに、当たり前のように気づくだろう。においとは、はるか見えないところから響く、「遠い声」自体の余韻でもある。声のブラジルにいるひとりひとりが、その地にやってきた歴史＝「ストーリー」をかかえている。創生期の神話のように、そのストーリーはひとしなみに、大洋の果て、潮の香のたちのぼる埠頭の記憶、さらにその先の光へと通じていく。

不運につけ、思惑違いにつけ、これほどに辛い辛抱をするぐらいなら、内地でもなんとかやっていけた筈だったと、一度も考えなかった家長はおそらく一人もいまい。ようやく自立してしだいに生活も安定し、子供らが成長するにつれて、これが我が子かと疑うほどに、言葉の不通、思考の相違が、子弟にこの国の高等教育をさせた家庭ほどはなはだしく、親子の断絶に悩む者も多いと聞く。それは他国に移り住む者の受ける苦しみだろうが、口にすればすべてが不調和、不自由で、なにか胸のなかに溶けずにあるものを持っている一世は、祖国は国家の格をこえて、信仰の対象にまで高められていた。(『金甌』)

また「遠い声」のブラジルでは、においや声と同じように、夢やまじない、「目に見えないなにか」

が、ひとびとの暮らしをひそかに裏打ちしている。土地に住む精霊のときもあれば、人間の悪意、祈りが、別の姿でたちあらわれるときもある。声のブラジルの住人は、金銭と同じかそれ以上に、夢を集め、夢に生き、夢にとりつかれる。夢に足をひっかけられて、命を失ってしまうものもいる。


しっとりと露をもった野苺の根もとに、マクンバは祀られてあった。女竹を裂いて編んだ底の浅い笊に里芋の葉をしき、それに玉蜀黍の実と木芋粉を盛り上げ、栓を抜いたピンガ瓶が立ち、首を切られた黒毛の鶏の血に染まった頸骨が曲がり、皮をむいて突き上げていた。燃えつきた蠟燭は傾き、片側に流れた蠟涙は段をなして台にこびりついていた。

「与助、いまからS氏の拝み屋まで、一緒に行ってくれんか。先生でなけりゃ、こんなもの触りもでけんわ」（『土俗記』）

夢が「弟」の姿をとり、夫婦に山越えの危険を知らせる。名うての野盗は、夢にむかって短刀を抜き、鉄砲を放つが、その夜以降だんだんと活気がなくなり、ついにとらわれの身となってしまう。

こうした夢を、手に取りやすいかたちにしたものが、ビオロン、ギター、つまり音楽だ。それぞれちがうにおいの人間同士を、音楽はつなぎ、溶けあわせ、ひとつにする。ひとりひとりばらばらな声のブラジルでは、ビオロンのつまびきが、いっそう切実にもとめられる。一見そうとはみえない場面でも、楽器の音はたえずかすかに鳴りひびいて、「不調和、不自由」のなかにとりこまれてしまったひとびとにとって、最後の救い、握りしめた手に、わずかに残る夢としてはたらく。

結城は「荒城の月」「真白き富士の嶺」を弾いた。彼は好きな曲なので感情をこめて弾いた。男はいつの間にか姿を消していた。娘はメロディの哀傷にうたれ、嗚咽しながら激しく咳いた。結城はひどく何か悪いことをしたと思い、娘の背に手をおいた。(『山賤記』)

このようなビオロンは、それこそ娯楽、気なぐさめをこえ、信仰の対象そのものとなっている。

そして声のブラジルは、日本語において語られる。

「ほんとうのブラジル」のにおいがたち、夢が流れ、ビオロンが響き、野盗が馬を駆り、決闘がおこなわれ、銃声が鳴り、アルマジロが自分語りをはじめる場所なのに、その声は、ぼくの知っている日本語なのだ。ただそれは、ぼくがふだん耳にする、滅菌、脱臭された空気のなかに、たよりげのない像を浮かびあがらせる、情報化された語彙のつらなりなどでなく、「ほんとうのブラジル」にきたえられ、ためされ、それだからこそ大切にあつかわれてきた、力強く、「遠い」日本語だ。

「遠さ」は哀愁、もうそこにはいられない自分を、過ぎ去ってしまったものを惜しむ気持ち、ブラジルのことばでいう「サウダーヂ」を、われわれの胸によびおこす。はるか遠ざかった場所からみれば、それぞれ縁遠かったひとや情景が、おもいもよらないつながりをもったり、似通ってみえてきたり、たがいに重なったりということがある。大きさも、光のエネルギーもまるでちがう、何百光年も離れ合った恒星同士が、この大地からみあげるわれわれの目に、真っ暗なひとつの天空の上に貼りついてみえ、また互いに牛のかたちや、ひしゃくの形、棍棒をふりあげた勇士のかたちにみえてくるのと同じように。だから「遠さ」を生きる人は、失われたものをなつかしむだけでなく、たえず新しい風景に目をひらいてもいる。父と子はぶつかりあいながら成長し、アルマジロと虫たちが人間のいとなみにとけていく。ふとした拍子にちえの輪がはずれ、街の無名のざわつきのなかから、ききおぼえのある「遠く、あたらしい声」がころがりだす。

本のかたちをして、空間、時間をこえ、その声はぼくの手元にやってきた。耳をすませているあいだ、ぼくはぼくでありながら、ぼくから遠く離れ、さまざまな声と組み合わさって、酒瓶のかたち、馬のかたち、短剣のかたちをなしていった。「土地はいくらでもある自由の国」と皮肉めかしていいながら、その声は天空高くのぼり、「いくらでもある」というその土地をまたぎ、大陸上の星々をきらめかせる。いつか、薄暗い灯火のもと、つまびかれたビオロンのささやかな音が、「遠い声」となって、いま、ここにひびく。

〈著者〉

松井　太郎（まつい・たろう）

父貞蔵、母きよを両親として、一九一七年神戸市に生まれる。日本の国籍は今も保持。

一九三六年、父の失業を機に、一家でブラジルに渡った。サンパウロ州奥地で農業に従事。一家は四年後には二五ヘクタールの小地主《ミニフンジオ》となった。

第二次世界大戦、またその後の日本移民社会の動揺を大過なく切り抜ける。

意見が合わなくなった父に勘当され、妻・子どもを連れて新しい生活を始める。過労がたたって病を得たが、気候のよいモジ・ダス・クルーゼス市の郊外に移り、病気から回復。妻と息子の働きによって、安定した生活ができるようになった。後日、息子がサンパウロ市に移り、スーパーマーケットを出したのを機に隠居。

生来、文芸に親しんできたが、隠居後に創作活動を開始。年一作ぐらいの割で創作し、コロニアの新聞・同人誌に投稿を重ねてきた。

現在もサンパウロ市に在住、なお創作活動を続けている。

二〇一〇年に松籟社より『うつろ舟　ブラジル日本人作家松井太郎作品選』（西成彦・細川周平　編）を刊行した。

〈編者〉

西　成彦（にし・まさひこ）
一九五五年生まれ。立命館大学大学院先端総合学術研究科教授。専攻は比較文学、ポーランド文学。
著書に、『ラフカディオ・ハーンの耳』（岩波書店、一九九三）、『イディッシュ　移動文学論Ｉ』（作品社、一九九五）、『森のゲリラ　宮沢賢治』（岩波書店、一九九七）、『耳の悦楽　ラフカディオ・ハーンと女たち』（紀伊国屋書店、二〇〇四、芸術選奨文部科学大臣賞新人賞受賞）、『エクストラテリトリアル　移動文学論Ⅱ』（作品社、二〇〇八）、『ターミナルライフ　終末期の風景』（作品社、二〇一一）など。
訳書に、ゴンブローヴィッチ『トランス＝アトランティック』（国書刊行会、二〇〇四）、コシンスキ『ペインティッド・バード』（松籟社、二〇一一）など。

細川　周平（ほそかわ・しゅうへい）
一九五五年生まれ。国際日本文化研究センター教授。専攻は近代日本音楽史、日系ブラジル移民文化論。
著書に、『サンバの国に演歌は流れる　音楽にみる日系ブラジル移民史』（中央公論社、一九九五）、『シネマ屋、ブラジルを行く　日系移民の郷愁とアイデンティティ』（新潮社、一九九九）、『遠きにありてつくるもの　日系ブラジル人の思い・ことば・芸能』（みすず書房、二〇〇八、読売文学賞受賞）、『民謡からみた世界音楽　うたの地脈を探る』（編著、ミネルヴァ書房、二〇一二）、『日本語の長い旅　日系ブラジル文学史』（みすず書房、近刊）など。

遠い声　ブラジル日本人作家 松井太郎小説選・続

2012年7月20日　初版発行　　定価はカバーに表示しています

著　者　松井　太郎
編　者　西　　成彦
　　　　細川　周平

発行者　相坂　一

発行所　松籟社（しょうらいしゃ）
〒612-0801　京都市伏見区深草正覚町1-34
電話　075-531-2878　振替　01040-3-13030
url　http://shoraisha.com/

装丁　西田優子
印刷・製本　モリモト印刷株式会社

Printed in Japan

 ISBN978-4-87984-309-8　C0093